NF文庫
ノンフィクション

新装解説版

証言・ミッドウェー海戦

私は炎の海で戦い生還した!

橋本敏男　田辺彌八ほか

潮書房光人新社

証言・ミッドウェー海戦——目次

写真提供／各関係者・雑誌「丸」編集部

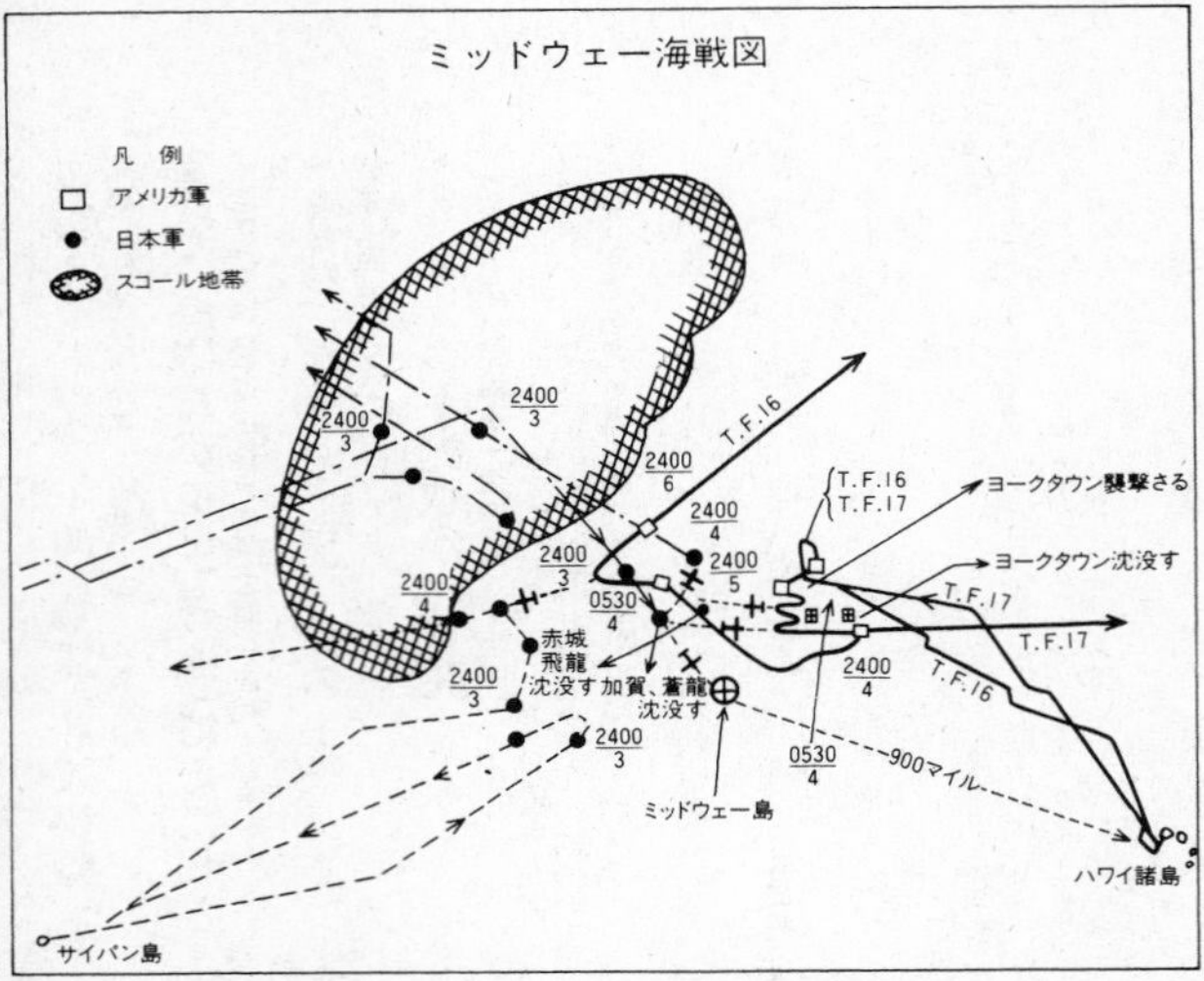
凡 例
アメリカ軍
日本軍
スコール地帯
2400
3
2400
3
2400
6
2400
4
2400
3
2400
5
2400
4
0530
4
2400
3
2400
3
2400
4
0530
4
T.F.16
T.F.16
T.F.17
ヨークタウン襲撃さる
ヨークタウン沈没す
T.F.17
T.F.17
T.F.16
赤城
飛龍
沈没す
加賀、蒼龍
沈没す
900マイル
ミッドウェー島
ハワイ諸島
サイパン島
ミッドウェー海戦図

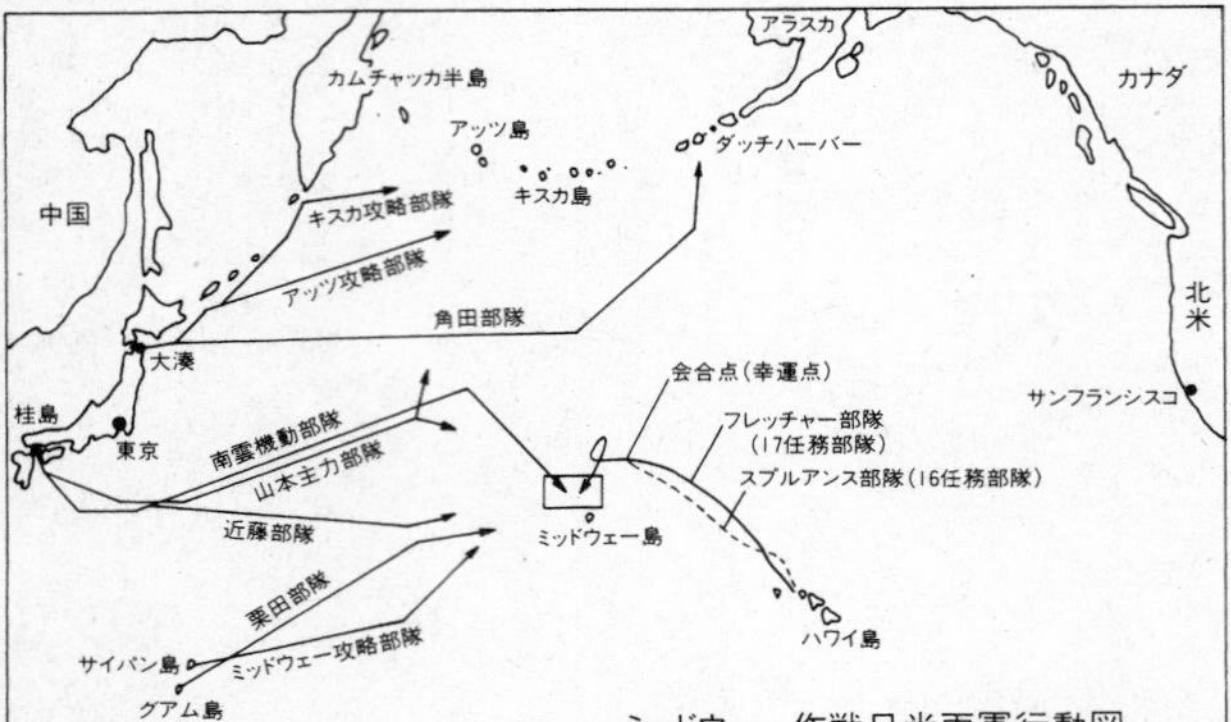
アラスカ
カナダ
カムチャッカ半島
アッツ島
キスカ島
ダッチハーバー
中国
キスカ攻略部隊
アッツ攻略部隊
角田部隊
大湊
北
米
桂島
東京
会合点（幸運点）
フレッチャー部隊
（17任務部隊）
スプルアンス部隊（16任務部隊）
サンフランシスコ
南雲機動部隊
山本主力部隊
近藤部隊
ミッドウェー島
栗田部隊
ミッドウェー攻略部隊
サイパン島
グアム島
ハワイ島
ミッドウェー作戦日米両軍行動図

証言・ミッドウェー海戦

私は炎の海で戦い生還した！

「飛龍」航空隊ミッドウェーの奮戦と玉砕

元空母「飛龍」艦攻隊第二小隊長・海軍大尉　橋本敏男

暗号は解読されていた

連合艦隊の全兵力をあげておこなわれたミッドウェー作戦の企図はどこにあったか。同島はハワイの西北西一〇〇〇カイリにある一孤島にすぎないが、その戦略上の価値はイースタン島の陸上基地とサンド島の水上基地にある。これはアメリカにとって大切な哨戒基地となり、わが艦隊の行動をはなはだしく掣肘《せいちゅう》する位置にあった。

そこで本作戦の目的はミッドウェーを攻略してわが基地をおしすすめ、同方面からのアメリカの行動を封ずるとともに、反撃に転ずるアメリカ太平洋艦隊の空母と巡洋艦以下の残存艦隊を潰滅させるにあった。

そこで、ミッドウェーを攻略する数日前にアリューシャンのアッツ島、キスカ島に上陸作戦をおこなって米軍を北方にひきつけておいてから、南雲部隊がミッドウェーを空襲して所在航空機をたたき、つづいて攻略部隊が同島を占領する。一方、反撃に転ずるアメリカ太平洋艦隊に対しては、まず南雲部隊の空中攻撃によって敵空母に先制空襲をかけて制空権をにぎり、しかるのちわが主力部隊の全力をあげて洋上決戦をいどみ、敵艦隊をいっきょに撃滅するにあった。

出撃後、中部太平洋一帯の天候はしだいにくずれだし、数日間はまったく深い霧の中をさまよわなければならなかったが、このため敵潜水艦や哨戒機に発見されず、士気ますますさかんであった。しかしながら米軍はわが暗号を解読して、手ぐすねひいて待ちかまえていたのである。

一方、飛行艇によるハワイ偵察作戦は、ハワイ西方の環礁で潜水艦から燃料補給をうける計画だったが、敵艦艇がすでに同礁にあることがわかったので行なわれなかった。

またハワイ、ミッドウェー間で哨戒にあたっていた潜水艦からも、敵水上部隊発見の報告はなく、敵情としては、ハワイ方面から発せられたおびただしい緊急信の傍受《ぼうじゅ》により、異様に緊張した空気から推察して、敵はわが出撃を察知したと思われる、という程度にすぎなかった。

第一次攻撃隊発進！

連合艦隊の最先鋒をうけたまわる南雲部隊は昭和十七年六月五日の日の出三〇分前、「飛龍」飛行隊長友永丈市大尉を総指揮官とする一〇八機の第一次攻撃隊を、ミッドウェー島攻撃に発艦させた。

黎明《れいめい》の中を「赤城」「加賀」から九九式艦上爆撃機（各機二五〇キロ陸用爆弾一発搭載）各一八機と零式艦上戦闘機各九機、「飛龍」と「蒼龍」から九七式艦上攻撃機（各機八〇〇キロ陸用爆弾一発搭載）各一八機と、零式艦上戦闘機各九機が、つぎつぎと発艦し、艦隊上空を一周する間に見事な編隊をくんで、あけそめる空へ銀翼をかがやかせながら、南東の決戦場へむかって進撃した。

同時に、水上偵察機など七機の索敵機（進出距離三〇〇カイリ）が、敵水上部隊をもとめて発進する計画であったが、そのうちの四機が故障のために発艦は三〇分近くおくれ、そのうえ一機がエンジン不調でひきかえした。この一見、些《さ》細《さい》に思われるつまずきが、本海戦の勝敗のわかれ道になろうとは……。

機動部隊は発艦のためにみだれた隊形をととのえ、「赤城」「加賀」「飛龍」「蒼龍」を中心として、そのまわりを「榛名」「霧島」の二戦艦、「利根」「筑摩」「長良」の三巡洋艦と一二隻の駆逐艦でかこんだ。そのとき艦隊の位置はミッドウェーの北西二四〇カイリ、天候は晴れで高度五〇〇メートルくらいに断雲があり、海上はおだやかで南東の微風がそよいでいた。

攻撃隊は四〇〇〇メートルの高度をとり、先頭が総指揮官友永大尉のひきいる水平爆撃隊の艦攻三六機、ついで「加賀」飛行分隊長指揮の急降下爆撃隊の艦爆三六機、「蒼龍」飛行分隊長菅波政治大尉指揮の制空隊の零戦三六機は、制空隊と直接掩護隊の二手にわかれて、後上方と上方を進撃した。

やがてミッドウェーを三〇カイリの前方、断雲の下に発見した直後、待ちかまえていたグラマン戦闘機約三〇機が、友永隊の上空一五〇〇メートルからまっさかさまにつっこんできた。この第一撃をかわすことができず、友永隊の二機が火をふき、つづいて友永機の右燃料タンクにも弾が命中して、燃料がしぶきのようにふきだした。

護衛の零戦はすぐグラマンにおそいかかり、空中ではあちらでもこちらでも、敵機が火をふいて墜落していった。この熾烈な空中戦は約二〇分間つづいたが、その後は視界内にあるものはすべて友軍機だけで、圧倒的な勝利におわった。

片足操縦の爆撃行

イースタン島の陸上基地とサンド島の水上基地にはすでに在地機はなく、両島の間には魚雷艇が水すましのように走りまわっていた。

対空砲火はものすごくさかんで、爆撃直前に、「飛龍」艦攻の竜《りゅう》飛行兵曹長機が直撃弾をうけ火をふいて墜落し、爆撃後は菊池六郎大尉機も被弾のため高度を下げながら編隊をはなれていった。

攻撃隊は計画通り、水平爆撃隊はサンド島の水上基地を、急降下爆撃隊はイースタン島の陸上基地を的確に爆撃して、両基地の格納庫その他の地上施設をふっとばした。

「飛龍」艦攻隊の第三中隊長角野博治大尉は、グラマンとの空戦で、左足くびを一三ミリ弾でつらぬかれ、風房を鮮血にそめながら片足操縦で爆撃を敢行して帰途についた。途中、いくどか失神したが、偵察員稲田飛行兵曹長が棒でなぐってはげまし、奇蹟的に生還した。

「飛龍」制空隊の中隊長重松康弘大尉は、空戦で愛機の操縦索を切断されたが、方向舵のきかない飛行機を巧みにあやつって見事に着艦した。これらは数例にすぎないが、南雲部隊搭乗員の士気が盛んで、技量もまたベテランの域にたっしていたことをしめすものであった。

これよりさき、機動部隊では第二次攻撃隊の発進を準備していた。これは敵機動部隊の出現にそなえての待機であるので、艦上攻撃機はすべて雷撃隊として魚雷を、艦上爆撃機は二五〇キロ通常爆弾をそれぞれ搭載した。

偵察機からはまだ〝敵艦見ゆ〟の報告はこなかったので、南雲司令部はふきんに敵水上部隊はいないものと判断して、ふたたび陸上攻撃をおこなうため、雷撃機に搭載中の魚雷を陸用爆弾にかえるように下令した。この装備がえはたいへんな仕事だった。

午前四時ころ、機動部隊は敵陸上機、B17大型爆撃機の水平爆撃と、B26中型攻撃機の雷撃をうけた。その来襲敵機の数は約五〇機、そのいずれも艦の回避によって命中弾はなく、機動部隊は無傷で、しかも敵機二十数機を撃墜した。

敵は空母をともなうごとし

第一次攻撃隊が母艦上空に帰ったときはちょうど敵の空襲の最中で、友永隊が編隊をといて着艦する直前に、「飛龍」は大きく舵をとったと見た瞬間、猛爆の水煙りでそのすがたはぜんぜん見えなくなった。搭乗員一同は風防ごしに、ハッとかたずをのんだが、やがて「飛龍」は水煙りの中から白波をけたててその勇姿をあらわしたので、おもわず機上で安堵の胸をなでおろした。

角野大尉はみずから片足を止血し、超人的な精神力と体力で愛機の操縦をつづけて着艦したが、そのまま意識を失った。列機搭乗員の小林正松上等飛行兵曹以下数名は着艦後ただちに病室に行って、軍医官に輸血を申しでて、自分たちの血を上官におくった。

午前五時ころ、偵察機から、

「敵らしきもの一〇隻見ゆ。ミッドウェーよりの方位一〇度二四〇カイリ、針路一五〇度、速力二〇ノット、〇四二八」

と報告がとどいた。しばらくして、

「敵兵力は巡洋艦五隻、駆逐艦五隻なり」

と打電してきた。空母がいないなら、この部隊の始末はあとまわしでもよいかと思われたが、五時三十分になって、

「敵はその後方に空母らしきもの一隻をともなう。〇五二〇」

とふたたび報じてきた。

「飛龍」に坐乗する第二航空戦隊司令官山口多聞少将は、南雲忠一中将に信号を送って、

「ただちに攻撃隊発進の要ありとみとむ」と意見を具申《ぐしん》した。しかし南雲中将は、待機の戦闘機が敵機の邀撃にあがった今、十分な戦闘機の掩護なしの攻撃隊の悲惨な末路と、洋上艦艇に対する水平爆撃の命中精度の低さ、および雷撃隊の成果の大きさなどを勘案して、正攻法による全力攻撃を決心したのである。

ふたたび「赤城」「加賀」では、艦攻の爆弾から魚雷への装備がえがはじまった。

午前六時三十分ころ、一〇八機の第二次攻撃隊の出発準備が完了し、いままさに発艦を開始しようとしたとき、突如、敵機動部隊の艦載機が雷爆撃してきた。約一時間にわたる約九〇機の敵機の攻撃によって「赤城」「加賀」「蒼龍」はあいついで命中弾を浴びて大火災をおこした。

もはや無傷の味方空母は、「飛龍」一隻のみとなった。山口少将はただちに、「我ただ今より航空戦の指揮をとる」旨を全軍に布告するとともに、「飛龍」飛行隊のみによる第二次攻撃隊の発進を下令した。

「飛龍」艦長加来止男大佐は、午前七時四十分、飛行分隊長小林道雄大尉を指揮官とし、急降下爆撃機一八機、戦闘機六機よりなる攻撃隊を発艦させた。

小林攻撃隊は来襲敵機のあとをつけて進撃し、敵空母ヨークタウン上空に達したが、敵のレーダーで探知されたため、敵上空直衛戦闘機の大群の真っ只中に突入し、激烈な空中戦闘をまじえて悪戦苦闘をかさね、のがれえたものはわずか八機にすぎなかった。

必殺の意気に燃えた八機は、熾烈なる防御砲火の中にまっさかさまにつっこみ、空母ヨークタウンに二五〇キロ爆弾三発を命中させたが、「飛龍」に帰還したのは艦爆五機と戦闘機三機のみで、攻撃隊指揮官小林大尉も第二中隊長山下途二大尉も、そして小隊長近藤武憲大尉もともに帰らなかった。

米空母ヨークタウンを屠る

第二次攻撃隊発艦後ただちに、山口司令官は残存全力をもってする第三次攻撃隊の発進準備を命じ、飛行長川口益少佐は友永大尉を指揮官とする第三次攻撃隊を編成した。あつめられた兵力は、雷撃機一〇機と戦闘機六機で、そのなかには「赤城」「加賀」の被爆後、「飛龍」に着艦した「赤城」の雷撃機一機と「加賀」の戦闘機二機もふくまれていた。

友永指揮官の愛機は、さきの攻撃において右燃料タンクを被弾しており、応急修理もおわっていなかったが、これも中にふくまれた。部下搭乗員が自分の飛行機と交代していただきたいといっても、敵空母は近い、片方のタンクだけで充分だといって受けいれようとしなかった。山口司令官と加来艦長は、とくに艦橋をおりてきて、整列している友永隊長らとかたく手をにぎり、搭乗員を激励した。

かくて午前九時四十五分、友永雷撃隊一〇機は、飛行分隊長森茂大尉の指揮する六機の戦闘機にまもられて発艦した。

はるか右前方、断雲の下に、白波をけたてて東進する空母一隻を基幹とする輪形陣を発見した友永隊長は、ただちに突撃を下令して二手にわかれ、自らはその先頭にたってものすごい防御砲火の中を真一文字につっこんでいった。列機もわれ劣らじとこれにつづいた。

友永雷撃隊の攻撃をアメリカ側は、つぎのように記録している。

ヨークタウンの応急修理が終わってまもない十一時三十分ころ、日本の雷撃隊が来襲してきた。過去の戦闘において、かつて見られなかったほどの猛烈な防御砲火をおかして、日本雷撃隊は突進してきた。防御弾幕の突破に成功したのは一六機中の半数にすぎない八機であった。これらはアメリカ雷撃隊に匹敵するほどの勇敢さで、突撃をこころみた。そのうち、発射に成功したのは五機にすぎなかった。五本の魚雷のうち、二本はかろうじて回避したが、その直後二本が左舷前部に命中し、一本が中央部に命中した。日本の搭乗員は全員戦死したが、彼らはヨークタウンを道づれにしたのである——。

この攻撃から帰還したのは、雷撃機五機と戦闘機三機で、友永隊長も戦闘機の森大尉もついにかえらなかった。帰還した一搭乗員は、隊長機が魚雷を発射した瞬間、炎につつまれながら空母の至近距離を体当たりするように突入するのを見た。その最期を確認するいとまもなく、敵グラマンにくいさがられて応戦し、つぎに空母を見たときには自爆と思われる褐色の煙が一面にあがっていた。友永隊長は空母に自爆したものと思うと報告した。

惨たり、四空母沈む

早朝のミッドウェー攻撃いらい三次にわたる攻撃によって、「飛龍」はその搭載機の大部を失った。搭乗員の死闘もさることながら、「飛龍」の乗員は加来艦長以下全員が飲まず食わずの奮戦であった。払暁以来、「飛龍」に突撃してきた敵機は一一五機、回避した魚雷だけでも二六本、爆弾は約七〇発をかぞえた。

午後二時三十分、太陽を背にして接近してきた敵急降下爆撃隊一三機が、突然つっこんできた。

三弾までは回避したがあとからあとから続く攻撃で四発の命中弾をうけて、ついに火災と誘爆をおこしてしまった。黒煙は天に沖し、最後の空母「飛龍」もまた戦闘不能となった。

月明かりの中で、総員退去を命ぜられ、ついに軍艦旗がおろされた。そして山口司令官と加来艦長の二人だけが、「飛龍」と運命をともにすべく静かに艦橋へのぼっていった。やがて、二本の魚雷航跡が白く「飛龍」に走っていった。

*

待ちうけていたグラマン

ミッドウェー海戦における「飛龍」の奮戦や、山口多聞司令官、加来止男艦長の名将ぶりについては、すでに数多くの出版物に紹介されているし、また同海戦後、すでに二七年余をへた今日、私の記憶も部分的なところで正確さを欠くところもあるので、ミッドウェー海戦をつうじての「飛龍」全般の戦闘についてではなく、断片的ではあるが、勇戦奮闘のすえ壮烈な最後をとげられた「飛龍」飛行機隊の上官や戦友たちの想い出をのべてみよう。

友永丈市飛行隊長が「飛龍」に着任したのは、機動部隊がインド洋作戦を終えて内地に帰還した昭和十七年四月であった。それまでの艦攻隊長の楠美正少佐が「加賀」の飛行隊長に転出したので、その後任としての着任である。

友永大尉は、私が飛行学生の後期を宇佐航空隊で修業をうけたときの教官であり、日支事変では数々の武勲をたてた歴戦の勇士であった。

教官対学生という立場からか、「友さん」の愛称で呼ばれてしたしみのもてる教官という感じのほかに、ちょっとこわいような感じもあった。

それは、余計なことはしゃべらないことと、後輩の指導にあたって、自分の後継者を育成するという熱意からの厳しさがあったためであろう。ぼくとつ剛毅《ごうき》で飾り気がなく、親分肌の人柄で、またスポーツマンでもあった。

ミッドウェー海戦の第一次攻撃(ミッドウェー島攻撃)は、「赤城」の淵田美津雄中佐が病気のため、友永隊長が総指揮官となり、その指揮する飛行機は合計一〇八機であった(艦攻＝「飛龍」「蒼龍」各一八の計三六機。艦爆＝「赤城」「加賀」各一八の計三六機。戦闘機＝各艦九の計二六機)。

私は固有編成では「飛龍」艦攻第一中隊の第二小隊長であったが、友永隊長が総指揮官のため固有編成をはなれて、友永機の偵察員をつとめることになった。

昭和十七年六月五日、ミッドウェー島の北西二四〇カイリの地点で、日の出三〇分まえに四隻の空母から発艦した第一次攻撃隊は、しだいに高度を上げながら、ミッドウェー島をめざして進撃した。

ミッドウェー島の手前三〇カイリ付近にさしかかったとき、突然、左上空一五〇〇メートルからF4Fグラマン戦闘機約三〇機が、わが攻撃隊に襲いかかってきた。

この敵機群の第一撃により、指揮官直率中隊の艦攻二機が火をふいて墜落していった。そして指揮官機もまた燃料タンクに被弾し、燃料が滝のように流れ出した。友永隊長は、

「飛行士！　やられたタンクは、右か左か？」

とどなった。

被弾部は翼のつけ根付近で、左右どちらのタンクか判定にしばらく時間がかかったが、どうやら右タンクとわかった。

すると隊長は、燃料コックを切り換えて被弾した右タンクがカラになるまで右タンクの燃料を使い、右タンクがカラになってはじめて左タンクに切り換えた。

このわずかの間にも、彼我の激烈な空戦がつづいたが、零戦の奮戦によって敵グラマンはつぎつぎと撃墜され、約一五分後には空中に敵機を一機も認めなくなった。

彼我空戦の死闘の間にあって、適切な回避運動や燃料コックの切り換えを実施した隊長に

である。対し私は、先輩にはとてもおよぶところではない、と感心するとともに教えられもしたので

ミッドウェー島には二つの小島があり、イースタン島には陸上機基地、サンド島には水上機基地があり、艦爆が陸上基地を、艦攻が水上基地を爆撃した。

敵機はわが攻撃を事前に察知して、いちはやく離陸してしまったので、地上にはほとんど敵機を認めなかった。だが敵の地上砲火はきわめて熾烈であり、かつ正確であった。

そのため水平爆撃のさいちゅうに、「飛龍」艦攻第二中隊の竜飛行兵曹長機が直撃をうけて火だるまになって墜落していった。

また、第二中隊長菊池六郎大尉機も被弾のため、少しずつ高度を下げていって、ミッドウェー北西約三〇カイリの海面に不時着水してしまった。

対空砲火の射程距離からはなれ、ほっと一息ついたとき、隊長機の電信員福田飛曹長が無線機が故障した、と報告してきた。

「この大切なときに、故障とはなにごとか。どんなことをしてもすぐ直せ」

と私はどなりかえした。

それからしばらくして福田飛曹長が、

「故障の原因は敵の機銃弾です」

と私に弾肩部のえぐれた一三ミリ機銃弾を手渡したが、飛行手袋をはめた手で受けとった弾は、まだ熱かった。

被弾なら仕方なしと、その後の報告や命令は、小型黒板に書いて二番機に知らせて中継発

信させた。

母艦への帰投の途中、隊長は菊池大尉のことを非常に心配して、

「なんとか助けてやりたい。状況がゆるせば戦闘機の援護のもとに水偵をだしてもらって助けたいものだ」

と、ひとり言のようにつぶやかれた。

被弾したまま隊長機は発艦

味方母艦の上空に帰りついたとき、それどころではなかった。敵陸上機が攻撃の最中で、われわれは「飛龍」の付近を旋回しながら、その武運を祈りつつ見守るのみであった。

する突然、「飛龍」が回避運動で大きく艦尾を横にふった瞬間、夾叉弾の水柱で「飛龍」の姿はつつまれてしまった。

ハッと固唾《かたず》をのんだが、水柱の間からおどりでるように「飛龍」が勇姿をあらわしたときには、機上で拍手してその健在をたのもしく思った。

やがて敵機も去り、着艦後に隊長は戦果を司令官、艦長に報告したのち、

「オレも日支事変いらい何回も死中に活《かつ》をもとめ得たが、こんどばかりは年貢のおさめどきかと観念した。俺は死にそこないだからよいとしても、若い前途ある貴様は殺したくないと思ったよ」

といわれたときには感激して、この隊長の下で死んでも悔いはないと覚悟をあらたにしたのである。

しばらくして、ふたたび敵空母からの艦上機の攻撃がはじまり、「加賀」「赤城」「蒼龍」の三空母がつぎつぎと被弾し、健在の母艦は「飛龍」のみとなってしまった。

そこで山口司令官はただちに「飛龍」だけによる敵機動部隊攻撃を下令し、小林道雄大尉を指揮官とする艦爆一八機、戦闘機六機（重松康弘大尉指揮）の計二四機の第二次攻撃隊が発艦していった。

われわれ艦攻隊は爆装を雷装に変えて、第三次攻撃の準備にかかった。使用可能の全機数は、艦攻一〇機（「赤城」艦攻一機を含む）、戦闘機六機で、艦攻一〇機を五機ずつの二コ中隊とし、第一中隊は隊長が直率し、第二中隊は私が指揮することになった。

この一〇機のなかには、第一次攻撃で右燃料タンクをやられた隊長機もふくまれていたので、私は隊長に飛行機をかえて出発されるように意見を具申したが、隊長は、「敵は近い。左タンクの燃料だけでも十分だ。それにこのさい一機といえども機数を減らすのはもったいない」

と、私の意見をしりぞけて勇躍発艦した。

およそ一〇〇カイリ東方に進撃したとき、われわれは右正横三〇カイリの断雲下に、空母一隻を基幹とする輪形陣の敵部隊が、白波のすじを長くひいて東方に向かっているのを発見した。

隊長はただちに「全軍突撃せよ」を下令し、第一中隊は右側、第二中隊は左側からこの輪形陣に突撃した。

この敵空母は無傷で、第二次攻撃隊が攻撃した空母いがいの新手と思われた。（空母はヨークタウンで、第二次攻撃隊の艦爆が二五〇キロ爆弾三発を命中させたが、米側の修復作業があまりにも早く発着艦可能になっていたのだ）

左右二方向からのわれわれの狭撃に対して、敵空母は面舵いっぱい（右変針）で回避運動をはじめた。と同時に上空を警戒していた敵戦闘機は、われわれに対してしつように食いさがってきたが、その攻撃を排除しながら、そして敵輪形陣からのものすごい防御砲火をかいくぐって、わき目もふらず敵空母めがけて突進した。だが、味方機はつぎつぎと火をふいて海面に激突していった。

敵空母への雷撃をおえて、さだめられた集合点で旋回しながら隊長機を待ったが、ついに隊長機をみつけることはできなかった。やがて数機集合した僚機も、いずれも敵弾をうけていたため二機、三機と助けあいながら帰っていったが、遙かな洋上にいま雷撃した敵空母から、褐色の煙をキノコ型にふき上げて爆発するのが遠望できた。

私は耐えられないような孤独感におそわれながら、「隊長は先に帰られたかもしれない。またそうあってほしい」と念じながら、戦場をあとに母艦へと進路を向けた。

「飛龍」に着艦したのは艦攻五機と戦闘機三機だけであった。そして友永隊長機はついに帰らなかった。

帰り着いた第二中隊の最後尾機の電信員は、足を負傷していたが、「隊長機が魚雷を発射する直前に、火をふいて、なおも突進して行くのを見ました。そのとき自分の機にグラマンが攻撃してきたのでこれと応戦し、撃退後に隊長機をさがしたがすでに機影は見えず、自爆と思われる褐色の煙が敵空母にあがるのを見ました。おそらく体当たりされたものと思います」

と涙ぐみながら報告した。こうして友永隊長の最後を確認した者はなかった。

片足操縦で放れ業の着艦

角野博治大尉は体重八〇キロ以上の、どうどうたる体軀の持ち主で、相撲と銃剣術がとくに強かった。性格はきわめて明るく、よく私たちに冗談をいって最後は豪傑笑いで吹きとばした。

その角野大尉は、ハワイ攻撃では雷撃隊として参加し、四機を指揮して米戦艦に魚雷を命中させたのを手はじめに、それから後の機動部隊の作戦全部に参加して、武勲をたてた勇士であった。

ミッドウェー海戦では、第一次攻撃隊の「飛龍」艦攻第三中隊長として艦攻六機を指揮したが、グラマンとの空戦で一三ミリ機銃弾を右足首にうけて、風防を鮮血で真っ赤に染めたが、みずから首にまいていたマフラーで止血し、片足で操縦して爆撃を敢行した。

また貧血で失神しそうになり、途中いくどか海中に自爆を試みようとしたが、同乗の偵察員、電信員はもとより列機のものにはげまされ、旺盛な気力と体力によって負傷以後、二時間半にわたって飛行をつづけ、ぶじに母艦に帰りついた。

さらに驚いたことには、片足操縦で飛行機もこわさずに立派に着艦に成功したのである。まったく超人的な人物であった。さすがの角野大尉も着艦後に失神したが、抱えられて病室にはこびこまれ、戦友の血で輸血をうけた。

そして「飛龍」の被爆後は竹のすのこの担架につつまれて艦尾にはこばれたが、やがて艦尾の方にも火がまわってきたとき、軍医が付近の人たちに、

「ここまで火がきたら、全員、海にとびこめ」

といったときに、角野大尉は軍医に、

「オレをどうしてくれる」

といったので、軍医が口をつぐんだという。また軍医に、

「水が欲しい」

とうったえたが、飲料水があろうはずがなく、看護兵がどこからかビールを見つけだして飲ませたところ、

「ああうまい」といって、ビール一本ラッパ飲みで一息に飲みほしたという逸話もあった。

総員退艦のとき、担架のまま駆逐艦に乗せられ、ついで戦艦「榛名」に移されて、そこで右足を膝下から切断した。

その後、負傷がいえてからも練習航空隊の教官として、片足義足で練習機を操縦して後輩の育成に当たっていた。

終戦後は、大阪で事業を経営していたが、同業者から「部隊長」のニックネームをもらって、事業面でも活躍しておられたが、数年前おしくも脳溢血でたおれて、波瀾に満ちた一生を終えられた。私にとって忘れえぬ先輩の一人である。

若き操縦の〝神さま〟

高橋利男上飛曹は私の機の操縦員で、ハワイ海戦いらいウェーキ島、アンボン、ポートダーウィン、チラチャップ（ジャワ）、セイロン島のコロンボ、ツリンコマリなどの攻撃に、つねに同じ艦攻に搭乗して作戦に従事してきた。

二人は生まれた時と所はちがっても、死ぬ時は一緒と覚悟をきめていた戦友であった。性格は淡白、素直でよく微笑を浮かべ、また外柔内剛の士で、操縦が非常に上手であった。

私がなにかのつごうで他の操縦者の操縦する飛行機に乗ったときに、乗り心地が乗用車とトラックの差のあることを感じたことを今もって忘れない。

とうじ着艦の際には、偵察員が速度計の示度を読んで、操縦員を補佐することを例としていたが、あるとき高橋上飛曹が、

「飛行士、夜間着艦いがいは、速度計を読んでいただかなくても結構です」

というので、

「なぜか」

ときくと、

「自分で訓練したので、速度計も見れます」

との返事であった。私は、

「それでは俺は偵察員ではなくて石ころではないか、オレが速度計を読まなくても着艦できることを認めるから、速度計を読ませろ」

と、やりかえしたこともあった。

ミッドウェー海戦の第一次攻撃には、私は指揮官友永隊長機の偵察員として参加したので、

高橋上飛曹は固有の電信員小山富夫二飛曹と別の偵察員をくわえて参加したが、第三次攻撃（米空母ヨークタウン雷撃）には固有編成にもどって、第二中隊長の私の操縦員として参加した。

友永指揮官の突撃下令後、敵戦闘機や輪形陣からの熾烈な防御砲火をついて突進していたとき、ヨークタウンは右に大きく旋回して回避したため、そのまま直進すれば魚雷発射点が後落して、命中期待度が少なくなることはさけられなくなった。

そのとき前方に断雲をみつけ、雲中で右垂直旋回を命じて九〇度旋回して直進し、しばらくして右垂直旋回で九〇度変針し、断雲からでたところから敵空母に直進した。

単発の艦攻で、一トン近い魚雷を抱いて、しかも制限速度いっぱいでの雲のなかの急激な操縦であった。あとでみると、機の翼にはしわができていた。

しかし、私はそのとき、高橋上飛曹の操縦にいささかの不安も感じなかった。そのときの心境は、限度いっぱいの操縦によって、愛機が空中分解するか、敵戦闘機や防御砲火によって撃墜されるか、そのいずれかであろう。

だが飛行機の強度は、設計上は安全係数をとってあるはずである。愛機の強度がこの限度いっぱいの操縦に耐えてくれる場合にのみ、雷撃の成功ができるのだと。

高橋上飛曹と愛機はその期待に十分にこたえてくれて、敵空母に必中の雷撃をお見舞いするまでに肉薄し、ほぼ最良の射点で魚雷を発射することができた。

母艦に着艦後、第四次攻撃隊の編成に着手したが、出撃可能機は艦攻四機、艦爆五機、戦闘機三機の計十二機となってしまった。

だが、残念ながら第四次攻撃隊の発艦するまえに、「飛龍」は敵急降下爆撃機によって三発の被弾をうけ、火災をおこしてしまった。

そのとき私は待機室にいたが、飛行甲板への脱出が大変であった。電灯は消えて真っ暗となり、格納庫用大型消火器の炭酸ガスが艦内にひろがり、数人の戦友がたおれていった。

それらの人びとの肢体につまずきながら、暗闇の中をあえぎあえぎ、もがきにもがいたあげく、ついに爆弾の破孔から艦橋横に脱出することができたのであるが、しかし高橋上飛曹はついに姿をみせなかった。ほかの搭乗員から聞いたところによると、彼は脱出は不可能と観念して、護身用のピストルで自らの手で最後をとげたらしいと……。

開戦いらい終戦まで、高橋上飛曹にまさる操縦者と同乗したことはない。

彼がもう五分間でも頑張って、脱出できなかったものかと残念でたまらない。

昇降舵だけで見事に着艦

重松康弘大尉は海兵の同期生で、戦闘機分隊長であった。彼とは海兵で一学年のときには同じ分隊で、先輩からきびしい指導をうけた仲であるだけでなく、霞ヶ浦航空隊での飛行学生も同期であり、またハワイ海戦いらい「飛龍」の搭乗員として、彼は戦闘機、私は艦攻と機種はちがっても、ともに攻撃に参加した戦友であった。

ミッドウェー海戦の第一次攻撃のとき、重松大尉は零戦八機を指揮して、友永指揮官機以下の攻撃隊の直接援護の任務を果たしてくれた。

この空戦で、重松機は被弾のために方向舵の操縦索を切断され、方向舵が動かなくなってしまったが、彼は「飛龍」着艦の際はエルロンと昇降舵だけで、愛機もこわさずに見事にやってのけて、後でこのことを知った人びとをあっといわせたのであった。

この一事のみでも、重松大尉の技量がまさに神技に近かったことがうかがえるであろう。

第一次攻撃から帰って重松大尉は、

「友永隊長機から燃料がふき出したときは、しまった！　隊長と貴様を殺した！　と思い、あとは無我夢中だった」

といい、私は、

「あのときは、つぎつぎとグラマンを撃墜してくれる零戦の姿が神様に見えた」

と話し合ったものだ。

その短時間の会話もつかの間、彼は第二次攻撃（指揮官は小林道雄大尉で艦爆一八機、戦闘機六機による敵空母爆撃）に戦闘機六機を率いて発艦していった。

この攻撃は敵戦闘機群の真っ只中に突入して、悪戦苦闘のすえ空母ヨークタウンに二五〇キロ爆弾三発を命中させたが、味方機の損害も大きくて、指揮官小林大尉のほかに山下途二大尉、近藤武憲大尉など艦爆一三機、戦闘機三機が未帰還となったが、重松大尉は数少ない帰還機といっしょに帰ってきた。

「飛龍」飛行隊には海兵の同期生が最若年の正規将校で、私と重松大尉と近藤武憲大尉がいたが、近藤大尉は第二次攻撃から帰らず、先輩の友永、菊池、森、山下の各大尉もまた未帰還となり、角野大尉は重傷ということで、最若年の重松大尉と私の二人だけとなった。そこで第四次攻撃は私と重松が指揮する予定で、発進準備にかかった。

早朝から「飛龍」に来襲した敵陸上機、艦上機は約一〇〇機を数え、「飛龍」はその雷爆撃のすべてを回避して奮戦をつづけてきたが、またまた来襲してきた敵急降下爆撃機の攻撃に、三発の被弾をうけて火災をおこしてしまった。

そして全員の必死の消火作業にもかかわらず、火勢はますます広がり、弾薬の誘爆があいついでおこり、ついに「飛龍」を見捨てざるを得なくなり、「総員退艦」が下令された。

後日、重松大尉にミッドウェーで何機撃墜したかをたずねたが、彼の指揮した零戦隊の総合戦果をいうのみで、彼自身の撃墜機数はついにいわなかった。奥ゆかしい人柄の一端がうかがえよう。

彼はその後も各地に転戦し、昭和十九年七月、テニアンで戦死し、二階級特別昇進の栄に輝いている。

以上の各氏のほか、小林道雄大尉、菊池六郎大尉、近藤武憲大尉、小林正松上飛曹や勇敢な整備士官と信号兵のことなど、二七年余をへた今日もなお想い出はつきない。

われわれはミッドウェー海戦で大敗を喫したが、名将山口多聞司令官と加来止男艦長の指揮のもとに、私は「飛龍」攻撃隊員の一員として、友永隊長以下全員が、最後まで勇戦奮闘したことに対して、今もなお誇りを感じている。

（第一部／昭和三十六年五月号　第二部／昭和四十五年一月号）

昭和17年6月5日、被弾、炎上する空母「飛龍」――機動部隊の主力を一挙に失ったミッドウェー海戦は、太平洋戦争の転換点となった。

ミッドウェー島。イースタンとサンド(後方)の二つの島からなる。

第一航空戦隊空母「加賀」

第一航空戦隊旗艦空母「赤城」

ミッドウェーの証言者たち——

（肩書は当時のもの）

空母「加賀」飛行長
天谷孝久

空母「飛龍」飛行長
川口　益

空母「飛龍」艦攻隊小隊長
橋本敏男

空母「赤城」戦闘機隊
木村惟雄

空母「加賀」艦攻隊
松山政人

重巡「筑摩」掌飛行長
福岡政治

キスカ島根拠地隊主計長
小林　亨

空母「蒼龍」機関科員
小俣定雄

空母「蒼龍」魚雷調整員
元木茂男

海軍報道部長
松島慶三

空母「蒼龍」戦闘機隊分隊長
藤田怡与蔵

空母「隼鷹」艦爆分隊長
阿部善次

空母「隼鷹」戦闘機隊
河野　茂

第六航空隊
谷水竹雄

伊一六八潜艦長
田辺彌八

空母「飛龍」砲術士
長友安邦

空母「飛龍」戦闘機隊
村中一夫

重巡「摩耶」水偵搭乗員
鈴木利治

重巡「最上」航海長
山内正規

重巡「三隈」通信科員
和田正雄

空母「飛龍」航海長
長　益

空母「蒼龍」掌運用長
佐々木寿男

第二航空戦隊参謀
久馬武夫

大本営海軍航空作戦主務参謀
三代一就

戦艦「長門」乗組
小野寺　徳

朝日新聞記者
中野五郎

リポーター
吉田次郎

作家
亀井　宏

5日早朝、「飛龍」飛行隊長友永丈市大尉の指揮する第一次攻撃隊108機が、ミッドウェー島に爆撃を行なった。写真は炎上中の燃料タンク。

日本機動部隊を攻撃すべく、空母エンタープライズ艦上で発進準備中のデバステーター艦上攻撃機。

第二航空戦隊空母「蒼龍」

第二航空戦隊旗艦空母「飛龍」

空母エンタープライズ

空母ホーネット

艦上爆撃機の奇襲をうけ、被弾したわが空母。
右上「加賀」、左下「赤城」、左上「蒼龍」。

九七式艦上攻撃機

艦攻隊の攻撃で手薄となった上空より、
わが空母に突入したドーントレス艦爆。

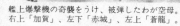

B 17爆撃機の爆弾を回避中の「蒼龍」。その後、艦爆によって3発被弾、夕刻、その姿を没した。

3空母が戦闘不能となった後、唯一米空母に攻撃を敢行した「飛龍」は、午後2時30分、ついに被弾した。

「飛龍」の第一次攻撃にさらされる空母ヨークタウン。艦爆隊は命中3発をあたえた。

第七戦隊重巡「三隈」

第七戦隊重巡「最上」

第三潜水戦隊伊号第一六八潜水艦

空母ヨークタウン

△ヨークタウンの飛行甲板に生じた命中弾の破孔。▷7日朝、伊一六八潜はハワイに帰投するヨークタウンを発見、4発の魚雷を発射した。2発がヨークタウンに、1発が駆逐艦ハンマンに命中した。

7日、爆撃により大破した重巡「三隈」。5日夜、「三隈」は僚艦「最上」と衝突して傷つき、帰途、米空母機に捕捉された。

6月5日、わが空母機の爆撃によって炎上するダッチハーバーの米軍兵舎。アリューシャン作戦は、本来、ミッドウェー作戦の陽動作戦として企図されたもので、参加した空母は「隼鷹」と「龍驤」の2隻だった。

ダッチハーバー攻撃の帰途、アクタン島に不時着した零戦を調べる米軍調査隊。これが捕獲された零戦の一号機である。

第四航空戦隊空母「隼鷹」

第四航空戦隊旗艦空母「龍驤」

写真提供：執筆者および遺族
雑誌「丸」編集部

孤独な翼「飛龍」飛行隊帰投せず

元空母「飛龍」飛行長・海軍少佐
川口　益

名将とともに

昭和十六年三月から、私は美幌航空隊の飛行長として、日支事変に参加し、漢口を基地として、中国奥地の重慶や成都の爆撃に従事していた。

そんな最中の八月末に、急きょ内地帰還を命ぜられ、九月一日付をもって、空母「龍驤」の飛行長に任命された。

着任当時、第四航空戦隊の「龍驤」は、対米作戦のため、飛行機隊の大部を第五航空戦隊（「翔鶴」「瑞鶴」）にゆずり、かわりに第十一航空艦隊戦闘機隊の発着艦訓練のため、鹿児島県枕崎港に回航されて、連日、猛訓練に従事していた。

その間に、戦闘機の増槽問題も解決し、台湾南部より比島攻撃（往復）が可能となった。そのため、途中まで戦闘機をはこぶという作戦目的を変更して、母艦未経験の若手搭乗員を収容して、南方作戦に従事することになった。

さて、零戦や艦攻を搭載して佐伯基地を出港した空母「龍驤」は、十一月中旬には第二艦隊と合同して、パラオに集結した。ここでさらに訓練をかさねて、母艦搭乗員としての技量を養成した。

開戦時には、ダバオやレガスピーの空襲をおこない、以後、第二艦隊と協力して、南方のシンガポールやジャワ攻略に参加した。また、機動艦隊のインド洋作戦のときには、アンダマン、カルカッタ方面で通商破壊に従事していた。

そして、南方作戦が一段落すると、機動艦隊および四航戦（「龍驤」）ともいったん内地に帰還して、次期作戦の準備にはいった。

やがて昭和十七年四月二十日付をもって、私は「飛龍」飛行長を命ぜられ、大分県富高において訓練中の飛行機隊に着任した。

当時、「飛龍」の搭乗員は一部が移動されたが、分隊長以下の大部分は、真珠湾奇襲において赫々たる戦果をおさめ、ついでウェーキ島、豪州、比島、蘭印、インド洋作戦においても輝かしい武勲をたてた、日本海軍の最優秀の猛者ばかりであった。

そのうえ、心強いことには、霞ヶ浦や宇佐航空隊で教官をつとめ、航空魚雷に関しては第一人者といわれた、友永丈市大尉が飛行隊長として着任していた。

この富高で訓練中に、艦長や司令官が幕僚をともなって視察にこられ、搭乗員を慰問、激励されたことがあったが、そのときの情景はいまもなお、私の脳裏にやきついている。

その後、搭乗員の一部補充や交代をおこない、次期戦闘にそなえての訓練も順調に進んでいった。母艦の方も所属軍港のドックに入渠《きょ》して整備に余念がなく、そのほか船体兵器の修理や整備、補充なども入念におこなわれた。また、乗員も休養をとって体力の回復につとめ、こうして五月なかばには、すべての準備が完了した。

やがて「飛龍」は、母港の佐世保を出港して瀬戸内海にはいり、僚艦「蒼龍」と合同して基地の飛行機隊を収容した。そのあとは作戦地にむかうだけだが、内地での最後の別れをすごすべく別府に入港した。

以後は陸上との縁をきり、連合艦隊の泊地・柱島水道に集結して、最後の出撃準備にとりかかった。当時、ミッドウェー島を水無月島と命名し、そこに特設第六航空隊を設置するため、「飛龍」には派遣飛行機の一部を搭載していたが、そこへ基地飛行長予定者の玉井浅一少佐（私と兵学校同期。戦後死亡）が乗艦してきたので、大いに意を強くした。

私は昭和六、七年いらい、数回戦場に出撃し、そのたびに出撃準備の様子を見てきたが、今回ほど理想的な出撃準備のできたことはなかった。

艦長は霞ヶ浦当時の教官で、海軍航空出身の大先輩である加来止男大佐である。また司令官は、日支事変当時、重慶空軍の撃滅や敵の軍事施設の攻撃に偉功を立てられ、かつまた、開戦へき頭のハワイ海戦においても赫々《かっかく》たる大戦果をあげられた山口多聞少将（戦死後中将）である。

しかも飛行搭乗員は、真珠湾攻撃いらいの粒よりの俊英ぞろいである。それに飛行隊長、分隊長をくわえて、名実ともに空母四隻のなかでも、ひときわ異彩をはなつ陣容を誇っていた。

運命の日きたる

昭和十七年五月二十七日の午前八時、第一航空戦隊「赤城」「加賀」、第二航空戦隊「飛龍」「蒼龍」および支援隊の「利根」「筑摩」「榛名」「霧島」、それに警戒隊、補給隊という順に、柱島を抜錨し、静々と出撃を開始した。

当日は第三七回の海軍記念日にあたり、泊地には山本長官座乗の「大和」以下、七〇隻の艦艇が集結して、まさに壮観そのものといった光景であった。そして、まず先発の二〇隻が答舷礼式の帽を打ちふりながら、別れをおしんだのであった。

そのとき、私は第六航空隊飛行長の玉井浅一少佐とともに、艦橋の飛行機発着指揮所に立って、遠ざかる豊後水道の山々を眺めやっていた。空母飛行長としての重責を痛いほど感じつつ、一方では勝利をうたがわぬ満々たる自信に満ちあふれながら……。

故国をはなれた艦隊は、針路を東、あるいは北へと擬航路をとった。途中、「敵潜水艦発見」などの誤報もあったが、堂々たる陣容はビクともせず、さらにミッドウェーをめざして進撃をつづけた。

その間は、愛機の手入れや搭載兵器の点検、整備におこたりなく、夜間は夜間で作戦計画の検討についやされ、すべてが万全を期して来たるべき日にそなえていた。

昭和十七年六月五日、いよいよ運命のミッドウェー海戦がはじまった。すなわちわれわれ海軍軍人たる者が、日ごろ身につけた海軍魂を最大限に発揮するときがきたのである。

この日、副長の鹿江隆中佐は、艦内の神社にしばしぬかずいたあと、艦橋へ急いだ。飛行甲板では飛行機がすでに試運転をはじめており、艦内ははりつめたような緊張と活気に満ちあふれていた。搭乗員は午前四時には起床し、搭乗員待機室で朝食をとった。

艦隊は作戦計画にしたがって、ミッドウェー島北西より二〇ノットの高速をもって進撃中であった。飛行機の号令は、令達器により艦内にくまなく伝達され、おりかえし飛行機の出撃準備完了の報告が返ってくる。赤飯にオカシラ付の副食とカチ栗に冷酒で、形ばかりの戦勝を祝した搭乗員たちは、みな元気いっぱいであった。

私は友永大尉に全幅《ぜんぷく》の信頼をよせていた。豪胆にして寡黙《かもく》、そして酒豪であった彼は、雷撃機パイロットのエキスパートだった。彼はこれまで真珠湾攻撃をはじめ、その後の作戦に参加する機会にめぐまれず、髀肉《ひにく》の嘆《たん》をかこっていた。彼が別府で妻君とわかれ、出港前の最終便で帰艦したときには、非常に愉快そうに見え、こんどこそやるぞ、という気迫が顔面にあらわれていた。

そこで淵田美津雄中佐（当時、盲腸にかかる）にかわる、最適の機動艦隊空中総指揮官として、彼を推薦したのであった。

午前四時四十五分、友永大尉は、「飛龍」と「蒼龍」より発艦した艦攻三六機と、「赤城」「加賀」より発艦した急降下爆撃機三六機、それに四隻の空母から発艦した戦闘機三六機を指揮して、ミッドウェー島攻撃に発進した。

攻撃隊を発進させた艦隊は、各艦より上空直掩機を交互に配しながら、進撃にうつった。

友永大尉が指揮するミッドウェー島攻撃隊が発進したあと、まもなく東方より敵偵察機の触接するのを発見した。ただちに戦闘機を飛ばして、これを撃退しようとすると、敵機はあわてて爆弾を投棄して逃走してしまった。

その後、敵の第一次攻撃隊B17五、六機が、高々度より「飛龍」付近に飛来して、爆弾を投下した。このため「飛龍」は一時はげしい弾幕におおわれたが、さいわい命中弾はなく、これを回避した。つぎの第二次攻撃では、雷撃機四十数機が主目標である「赤城」「加賀」を攻撃したが、最後の四機が「飛龍」を目標として、二コ小隊でおそいかかってきた。「飛龍」は三〇ノットの高速を利して、見事にこれを回避した。敵の発射した魚雷は、「飛龍」の真横一〇〇メートルのところを水面航走するといったありさまで、米海軍の雷撃隊の技術が、まったく日本海軍の比にあらざることを知った。そうして敵の雷撃機は、わが上空直衛の戦闘機により、そのほとんどが落とされてしまった。

燃える三空母

一方、わがほうの攻撃隊はどうなったか。ここでは零戦がすばらしい活躍ぶりを見せた。菅波政治大尉の指揮する零戦隊は、敵のグラマンF4F戦闘機との空中戦で、そのほとんどを撃墜してしまった。そのため、ミッドウェー付近の上空は完全にわがほうの支配するところとなり、爆撃隊は攻撃を続行した。

しかし、米の地上砲火は予想よりはるかに猛烈であった。友永大尉は左翼の燃料タンクに砲弾をうけ、「飛龍」の第一小隊長菊池六郎大尉は被弾したあと、僚機に手をふりながら、海中に突入して戦死をとげた。

また、「飛龍」の第二中隊長角野博治大尉は、敵F4F戦闘機との空戦中、左足に被弾しながらも、なおも数次にわたる空中戦にもめげず、敵陣深く突入して片足操縦のまま、果敢に攻撃をつづけた。

こうして、戦闘機による地上銃撃もくわえて、敵の重要施設の大部分を破砕した。だが、指揮官友永大尉は再度攻撃の要ありと判断し、南雲忠一長官にあて、そのむねを打電した。

このため「赤城」「加賀」において急きょ雷装を爆装に、「飛龍」「蒼龍」においては、艦船用の爆弾を、陸上用につみ換える必要にせまられたのである。

艦隊の作戦計画によれば、敵水上部隊の索敵は、支援隊(「利根」「筑摩」「榛名」「霧島」)に搭載した水上機と、「蒼龍」搭載の二式艦偵(一機)によっておこなわれることになっていた。

だが、ちょうど敵B17が四隻の空母の上にあらわれたため、各艦は二六ノットの高速で回避運動をつづけ、兵装転換も思うようにゆかなかった。

しかも第一次攻撃隊の収容中に、索敵中の「利根」四号機から「敵らしきもの一〇隻発見」の報をうけ、ふたたび兵装を艦船用に転換しなければならなくなり、艦内は混乱の極にたっしていた。

先の「利根」四号機からの通信では、敵の艦種や行動不明のため、状況判断ができなかった。そんなとき、「蒼龍」より発艦した二式艦偵が敵空母を発見したのであるが、電信機故障のため帰投し、「蒼龍」に着艦せんとしたが、「蒼龍」が被爆して着艦できず、「飛龍」に着艦したのである。そこでようやく、空母二隻が一〇カイリ間隔に散開していることを確認したのである。

山口司令官は南雲長官に、ただちに敵空母攻撃の要あり、と意見具申《ぐしん》され、また「飛龍」の艦爆一八機、戦闘機六機に発進を命じた。

こうして、攻撃からもどった各艦の飛行機を収容しようとしている最中に、艦内では攻撃機の大部が、雷装から爆装への換装をほぼ終了していた。

そのころ、ふたたび敵空母発見の報により、急きょ、雷装に再換装を命ぜられた。そのときである。敵空母より飛来した急降下爆撃隊と雷撃隊が、断雲をついておそいかかってきた。

最初、「蒼龍」が敵の雷撃隊の攻撃をうけて回避中、敵空母ヨークタウンの急降下爆撃機一七機の太陽を背にした奇襲にあい、艦橋付近に命中弾をうけた。柳本柳作艦長はじめ多数の将兵が大火傷《やけど》を負い、つづいて第二機目の爆撃機が機銃弾で撃墜され、飛行甲板に自爆して火災を起こしたため、格納庫内の爆撃機に誘爆して、艦内は瞬時にして大火災と化した。

「赤城」もまた、急降下爆撃機の急襲を受けて大火災となり、「加賀」もほぼ同時に被爆して炎上した。

「飛龍」も急降下爆撃機一二機の攻撃をうけたが、三〇ノットの高速と、艦長、航海長の神技のごとき操縦技能の発揮により、肉薄した急降下爆撃機の爆弾を全部舷外にふり払って、ことなきを得たのは天佑《てんゆう》というほかはない。

一矢を報ゆ

味方の三空母が被爆し、再起不能であることを知った山口司令官はもちろん、「飛龍」の乗員全員は復讐心に燃え立った。仇は討ってやるぞ、と……。

小林道雄大尉（戦死後少佐）の指揮する艦爆一八機と、森大尉（戦死後少佐）の指揮する戦闘機六機は、ただちにヨークタウンの攻撃へむかった。攻撃隊は勇猛果敢に一糸乱れず進撃し、敵戦闘機や敵の防御砲火にもかかわらず、二段三段の警戒網を突破して、壮烈にも敵空母に三発の命中弾をあたえた。このとき、指揮官機は敵空母に体当たりを敢行して、ついに空母一隻を撃破したのであった。

しかし、この攻撃では味方の被害もはなはだしく、わずかに艦爆五機、戦闘機一機が母艦に帰還したのみであった。

さて、小林隊をヨークタウン攻撃に誘導した「筑摩」搭載の五号機は、また新たな敵空母部隊を発見した。これで「飛龍」は、敵空母は三隻であることを確認した。

ミッドウェー島を攻撃した友永大尉は、ガソリンタンクを撃ちぬかれ、残存燃料によってようやく母艦「飛龍」へ帰還した。そして、被弾機を修理するひまもなく、友永大尉は片道燃料しか搭載できないのにもかかわらず、八〇〇キロの魚雷を搭載して、ふたたび残存機(艦攻一〇機、戦闘機六機をもって)を集めて第三次攻撃隊を編成した。こんどは「筑摩」五号機が発見した、新たな空母が目標である。

大尉の士気は火と燃え上がり、また司令官、艦長の激励のことばに、一同は見敵必中、滅私奉公の決意もかたく、勇躍、敵空母攻撃に突進したのであった。

進撃すること約三〇分、断雲の下に敵艦隊を認めた。そして執拗なる敵戦闘機の追撃を排除しながら、死にもの狂いに突入した。第二小隊長橋本敏男大尉との、二隊にわかれての協同攻撃であった。従容《しょうよう》として魚雷を発射、そのあと、大尉機は被弾して紅蓮《ぐれん》の炎につつまれつつ、愛機とともに敵ヨークタウン型空母の艦橋に激突して、壮烈な肉弾攻撃を決行したのである。

この攻撃で、敵空母一隻を撃破し、巡洋艦一隻を大破する戦果をあげた。

第三次（友永大尉機隊）発進後、山口司令官は残存機全部を準備して、第四次の空母攻撃を計画された。

「飛龍」は全速をもって敵機動部隊の方向へ突入していくので、「飛龍」援護のため、南雲長官は沈没した「赤城」より軽巡「長良」に移乗して、駆逐艦数隻をともなって同航していた。

最後の攻撃に使用できそうな飛行機は、全部あつめても艦攻五機、戦闘機三機しかなかったが、結局、これをもって第四次攻撃隊が編成された。

当時の考えでは、敵の空母三隻のうち二隻は撃破したので、のこるは一隻、しかも味方も「飛龍」一隻、よって一対一の戦闘と判断されたのであった。

そして、この八機こそ最後の勝敗を決するものであるから、味方の被害を最小限にして敵をやぶるためには、薄暮《はくぼ》に敵を攻撃すべしということになった。したがって、出撃は約二時間ほど、延期させられたのであった。

この二時間のうちに、ようやく艦内戦闘食にありつくことができた。なにしろ朝から一食もとらずに戦闘に終始したのであるから、腹ペコである。

ちょうどそのときである。「飛龍」が真上の雲間から飛び出してきた敵急降下爆撃機十数機の攻撃を受けたのは。一瞬の虚をつかれたといった状態であった。

敵機は高度三〇〇〇ないし四〇〇〇メートルから、太陽を背にして急降下してきた。見張員の「直上、敵の急降下爆撃機」の緊急報告により、いっせいに対空砲火の火ぶたが切られた。

最初の三機の爆弾は、両舷すれすれに爆発して被害はなかったが、第四、五、六弾と相ついで飛行甲板に命中した。ことに四弾目の爆弾は、前部昇降機に命中したため、昇降機の鉄板が、艦橋の前面にたたきつけられ、艦の操艦が不自由になってしまった。

このとき、飛行機発着指揮所にいた飛行長も、飛行甲板下まで吹き飛ばされてしまっている。

また、艦内では各所に火災が起こり、猛火につつまれた。そして日没がせまるにつれ、火災はいよいよ火の手を増し、最後の攻撃も断念せざるを得なくなったのである。

この後は、艦内の全員が消火配置につき、防火につとめる一方、駆逐艦を横づけして消火につとめたが、その効もなかった。とうとう火災は、機械室におよんだ。

夜を徹しての防火作業もその効なく、日の出二時間前になって、ついに機械は停止し、機関部との連絡もとれなくなった。巨体は三〇度傾斜して、まったく航行不能となってしまった。開戦いらい、「飛龍」に来襲した敵機はのべ七、八〇機、回避魚雷は二六本、爆弾七〇発以上で、この間、搭乗員の大部分を、また艦内の多数の勇士を失ってしまった。

総員退却

山口司令官は、つねに無私の精神をもって部下をひきい、烈々火を吐く攻撃精神と、鉄石不動の意志をもって戦闘を指揮し、かつて誤《あやま》ったことはなかった。

司令官の薫陶《くんとう》を受けた部下の将兵は、一同とも衷心より服し、子の親に帰するがごとく、いかなる難局においても欣然《きんぜん》として死地におもむき、勇戦奮闘したのであった。

また、司令官はつねに「飛龍」に愛着をもち、加来艦長と行動をともにされた。「飛龍」の機械がすべて停止し、飛行甲板は鉄くずの山と化して、左舷に三〇度以上傾斜したとき、加来艦長は、いまや総員退去のやむなしと判断された。

その決意を山口司令官に報告すると、司令官もこれを了解され、信号にて駆逐艦を経由して、艦隊司令部に報告された。

艦長は司令官とともに燃えくすぶる飛行甲板に下りられ、信号兵に命じて総員集合を令せられた。

とつぜんの総員集合のラッパの音に、集合する乗員もみな半死半生の状態で、連続三十余時間ものあいだ飲まず食わず、不眠不休の戦闘に疲れ果てていた。そして変わりはてた「飛龍」の姿に呆然として、涙なくしてはこれを見ることもできないという有様だった。

総員集合が終わると艦長は、「飛龍」は全力をつくして戦ったが、力つき刀折れて、ついに陛下の御艦を沈めることとなり、残念でならない、という意味の訓示をされた。

つづいて故国にむかって遙拝《ようはい》し、水さかずきで別れの言葉をかわした。それから軍艦旗と将旗をおろし、艦長は駆逐艦に横付けを命じて、総員退去するよう厳命された。

このとき、副長鹿江中佐(戦後死亡、大佐)は、各科長を集めて艦長と運命をともにすることを進言されたが、艦長はガンとして聞きいれられなかった。

私は飛行長として、もとより決するところあり、飛行科の搭乗員の大部分を失い、もはやなすすべもなく、母艦と運命をともにすべく申し出たのであるが、司令官より、

「飛行長は搭乗員がまだ数名残っているはずだ。この搭乗員を連れ帰り、かならずこの仇を討ってくれ。搭乗員は一朝一夕《せき》にして養成できるものではない。戦いはこれからだ、これは俺の命令だ」

と厳命され、最後にピストルで決意のほどを示されたので、艦長の命に従う旨《むね》をつげ、司令官の前を辞したのであった。

また、先任参謀が「何かお別れのしるしをいただきたい」と申し出ると、「これでも持っていけ」といって、かぶっておられた戦闘帽を手わたされた。そのあと、「いい月だなあ。艦長、月でも見よう」といって、悠然として艦橋へのぼっていかれた。

それ以後は、艦長、司令官とも一同の前には姿を現わさなかった。

なお、勇将のもとに弱卒なしのたとえのとおり、上は司令官、艦長をはじめ乗員のひとりひとりまで、一丸となって三艦の仇を報いんと奮起したのであったが、そのなかでも特筆されるべき働きをあげれば、つぎのようなものがある。

(イ)、友永大尉（二階級進級）は、攻撃隊の第一次総指揮官として、一〇八機を指揮してミッドウェー島を攻撃して偉勲をたて、また敵空母が発見されるや片道だけの自爆攻撃を決行して、よく敵空母を撃破し、敵艦に体当たり自爆した。

(ロ)、角野大尉は、第一次のミッドウェー島攻撃のさい、空戦により左足を貫通したるも、片足をもって操縦をつづけ、さらに爆撃を敢行し、なおも旺盛なる精神力と不撓《とう》不屈《くつ》の気力によって、母艦に帰投、片足着艦に成功した。

(ハ)、小林大尉と森大尉は、警戒厳重な敵空母のなかに突入し、これまた自爆により敵空母一隻を撃破した。

(ニ)、川上貞憲主計中尉は、「飛龍」の炎上中に、勇敢にも猛煙をかいくぐって、御真影を駆逐艦にぶじ移乗し奉るという大殊勲をたてた。

(ホ)、機関長以下、三九名の機関科員が「飛龍」総員退却後に機関室より脱出し、その後、小さなカッターで飲まず食わずの十数日を漂流したあげく、数名は斃《たお》れたが、一部は米軍に救助されて、捕虜となった。

そして戦後、米国より帰還したが、これはやはり悲劇というべきであろう。

副長鹿江中佐ほか、乗員および司令部職員は駆逐艦に移乗して戦場を避退したが、途中、ふたたび戦艦「榛名」に移乗して九州の佐伯湾に入港した。

そのあと約一ヵ月間、鹿屋航空隊に監禁されて、ミッドウェー開戦の敗北はひた隠しにされたが、やがて徐々にまた、各隊への転出がはじまっていった。

（昭和五十二年二月号）

惨たり空母「加賀」埋骨の決戦記

元空母「加賀」飛行長・海軍大佐
天谷孝久

雷爆両刀の構え

ハワイ奇襲の際、敵空母を打ちもらしたことは、攻撃隊員一同が歯を喰いしばって残念がったところであった。

果たせるかな翌昭和十七年の春には、はやくも四月十八日の空母ホーネットによるB25の東京空襲をはじめとして、がぜん猛反撃に出てきた。

ミッドウェー作戦はこれに応戦したというよりは、むしろこのチャンスをつかんで、一大決戦を試みようというにあった。

最初の計画としては、機動部隊が先にいって敵空母および基地を叩く、つづいて上陸部隊（輸送船団）が進攻し、そのあとから「大和」以下の戦艦戦隊がこれを支援するという構想であった。

インド洋作戦における破損飛行機の修理、乗員の補充交代をおえたわれわれ機動部隊は、例の通り出動前の基地訓練をすませ、瀬戸内海に集合して作戦細目の打ち合わせに余念がなかった。

ときはあたかも五月の二十七日、日本海海戦の記念日である。——出動命令が下り、あいついで豊後水道を打って出た。

例によって敵にさとられないために、一切の無線は封止された。

だいたい北緯三〇度の線を東に向かい、六月五日、ミッドウェーの北約二〇〇カイリの地点から攻撃を加える計画であった。

これに参加したが母艦は、
第一航空戦隊(南雲機動部隊長官直率)——「赤城」「加賀」

第二航空戦隊(山口少将指揮)——「蒼龍」「飛龍」であった。

「加賀」は第一航空戦隊の二番艦である。四空母中でトン数がもっとも大きく(三万三六九三トン)、搭載機数も多かったが、もと戦艦であったものを建造半ばで改造されたため、速力は少しおそかった(二七・五ノット)。

艦長は岡田次作少将、海軍航空創始者の一人で、爆撃の権威者である。搭乗員はもちろんハワイ空襲の猛者たちが主体で、そのほかに若干の新乗艦者が加わっていた。艦載機は零式艦上戦闘機、九九式艦上爆撃機、天山艦上攻撃機あわせて約一〇〇機であった。

今度の作戦はハワイのような奇襲とは異なり、すでに両軍は厳重な警戒と反撃即応の態勢に在り、うっかりは近づけない。それにわが方としては、攻撃主目標がミッドウェー基地にある陸上機と、敵空母および艦載機、この二つであった。

そして困ったことには陸上基地を攻撃する場合は爆弾でなければならないし、空母をやる場合には魚雷の方がより効果的である。そのいずれになるのかによって、兵装の急速転換に即応できなければならない。これが大へんな難作業である。

そこで機動部隊は、五日の早朝に偵察機を出し、広範囲の索敵を行なった。空母を見つけたらもちろんその方を主に攻撃する計画であった。そして艦内の整備員は、敵空母がみつかるに違いないと判断し、七分は雷装、三分は爆装の構えで待機していた。しかし、予定の時刻になっても敵空母は見つからなかった。そこで第一次の攻撃はミッドウェー基地（爆装）に向けられたのであった。

敵雷撃機との死闘

攻撃にむかったわが飛行機隊は、ミッドウェーの前方三〇カイリ付近で敵の戦闘機に遭遇したが、直掩《ちょくえん》していた戦闘機隊の掩護が適切であったため、攻撃隊は無事これを切りぬけて、ミッドウェー島に対する最初の攻撃を敢行した。

ところが、ミッドウェー基地はすでにもぬけのからだった。飛行機はおらず仕方なく、格納庫や滑走路などを爆撃したのみであった。

この攻撃隊発進後の「加賀」艦上は、上空直衛機の交代機発進、第二次攻撃隊の準備もおわり、朝食をとる者など一時小康状態で、筆者も発着艦指揮所でしばらく一服していた。

ちょうどそのときだった。「加賀」の左舷後方に当たり、第一次攻撃隊の帰ってくるのとは様子のちがった艦上機らしい小型機の二機編隊を認めた。

見ているうちに、それは猛スピードで「加賀」に迫ってきた。敵母艦機だと直感したつぎの瞬間には、爆弾が投下されていた。幸いに、二発ともはなはだしく風下に落下して命中せず、艦尾二〇〇メートルあまりのところに落ちた。

この二機の敵飛行機の来襲によって、敵機動部隊が、この飛行機の行動半径内(二〇〇カイリ以内)にいることは確実であった。それにしてもこれを発見し得ないわが索敵機は何をしているのであろうか。こんなことを案じているところへ、わが索敵機から待ちにまった「敵機動部隊見ユ、地点……」の第一報が入電した。

やがて旗艦「赤城」から、空母攻撃指令信号がとどく。艦内はにわかに緊張した。爆装から雷装への転換である。ちょうどその真っ最中、第一次攻撃をおわった味方攻撃機隊が帰ってきた。これも急いで着艦させてやらねばならない。

しかし、無念にもそのとき、敵の雷撃機大編隊がまっ黒になって襲って来るではないか。上空からみると、「加賀」の船体が一番大きく見えるのだ。敵は「加賀」を旗艦だとでも思ったのであろう。そのほとんど全機が「加賀」をめがけて殺到する。

もちろん、第一次攻撃隊の着艦は中止された。全艦もっぱらその撃退戦に移った。「加賀」の対空砲火の火蓋は切っておとされ、その中を縫って、敵の雷撃機は猛然と突っ込んでくる。ときどき紅蓮《ぐれん》の焔と化して海中に没する機が見える。わが空母四隻はそれぞれの回避転舵運動に必死だ。まさに一大激戦のクライマックスである。恐ろしいなどと考えるいとまはない。全将兵は夢中になって応戦した。

やがて、残る敵機はわずか数機となった。そのうちの二機が、「加賀」に向かって魚雷を放ってきた。しかし、艦長の巧妙な回避転舵は、気泡の近づく情況をみて面舵一杯! 無事に回避に成功した。

けっきょくほとんど全部の敵機を撃墜するのに成功したのであった。

空母「加賀」の最後

つぎの仕事は、上空に待たせておいた味方機の着艦収容と、敵空母を攻撃する第二次攻撃隊の出発準備である。

しかし、そう思っていたときにはすでに、はるか上空の雲間から今度は敵急降下爆撃機の来襲であった。またしても熾烈《しれつ》な対空戦闘がはじめられた。味方の上空直衛機は低空の敵雷撃機を追跡直後であったため、まだもとの高々度には上り切らないでいる。その留守中の急降下爆撃機の来襲である。

そのとき「加賀」には、およそ二〇機ばかりがかかって来たように記憶する。それがわが飛行甲板めがけて機銃掃射をやりながら、つぎつぎと急降下しては爆弾を投下してゆく、そして各機の投下する爆弾の色が違っているのだ。焼夷弾とか炸裂弾とかとりまぜて持って来たものであろう。

ついに四発目くらいだったかが左舷の飛行甲板中央に命中した。ついで一発が後部昇降機に炸裂した。その作業指揮に当たっていた山崎整備長のすぐ頭上だった。そして、またまた次の爆弾が艦橋の直前に落下してきた。そこには小型燃料車がおいてあった。そのため引火したガソリンが四方にひろがる。

筆者は、そのとき伝声管で艦橋を呼んでみたが、すでに返事はなかった。艦長は戦死である。見ればあたりには船体の破片が飛散し、一面の火の海であった。側壁の塗料にも火が燃え移ってメラメラと燃えたぎっている。こうして格納庫は前部と後部の両方から、火に迫られていた。またも四発目の命中弾がでた。

私はガス消火装置の全開を命じたが、火は一向におとろえない。

そのうちに、もっとも恐るべきことがおきた。格納庫内に準備中の爆弾に引火しはじめたのだ。格納庫の側面からは爆風で兵士が放り出される始末だ。

筆者のいた飛行指揮所も、やがて猛火に包まれはじめた。もちろん艦内各部への連絡は一切通じない。こうなってはもう処置がなかった。各部署毎に最善の方法をとるだけだった。

遠く外に目を転ずれば「赤城」からも、もうもうたる黒煙が上っている。「蒼龍」からも「飛龍」からも不吉な煙があがっていた。そして三隻とも、ほとんど動いていなかった。「加賀」と同じ運命にあったのである。

無念！　ここにおいてわが処置はいかにしたらよいのか？　私は煩悶することしばらく、ふと見ると、かつて日支事変中、敵飛行場着陸で勇名をとどろかせた小川正一大尉がどこかに負傷して動けないらしいが、笑顔を浮かべて平常と少しも変わらぬ温顔をたたえているではないか。

その瞬間、私は、「わが任務は搭乗員を救うこと以外にはない」と直感した。そして艦の方は、それぞれの配置のものにまかせようと決心し、

「搭乗員は救助駆逐艦に移れ、再起をはかるんだ。ここでいたずらに死んではならない！」

と指令した。

救助駆逐艦から見た「加賀」の情況は、格納庫内が一面の火の海で、ときどき庫内の爆弾に引火するらしく爆発がつづく。艦はまったく停止していたが、艦そのものは少しも傾いていなかった。とくに下甲板以下は何らの異状もなく、どっしりと頼もしく浮かんでいるではないか。

夕方になって火薬庫の爆発らしい数回の大爆発があった。これは、あるいは敵潜水艦の放った魚雷が爆発したのかも知れない。「加賀」は日没すこし前からしだいに水平のまま沈みはじめ、日が暮れるとともに、やがてその全姿を没していった。私は合掌して涙をのんだ。

まことに凄絶な最後というべきであろう。乗員は一八〇〇名、救助された者はそのうち一〇〇〇名、約半数が艦と運命をともにした。そして機関部員は、ついに一名の生存者も数えられなかったのである。

ミッドウェーの敗因

かくして「加賀」は、総員の奮戦死闘にもかかわらず、沈没の悲運に遭い、またこの作戦において一挙にしてわが主力空母四隻を失うという惨敗を喫したわけであったが、なにがその悲劇の原因であったのであろうか。

その原因は種々、諸研究家によって、昨今、きわめて徐々にではあるが究められ、発表されているのであるが、まず第一に、陸上のミッドウェー基地攻撃と、敵空母攻撃の二筋道をかけた作戦用兵の無理があったこと。

第二に、緒戦以来の勝利に、われみずからが「驕兵」となりつつあったこと。

第三に、第二の理由に関連して、機密が漏洩《ろうえい》したこと等が挙げられよう。

そしてそれらのすべてに優先する最大の原因は、われわれ第一線当事者の索敵の失敗であったのである。

六月五日に、わが機動部隊では早朝から偵察機を出し、そうとう広範囲の索敵を行なっていたのであったが、その扇形の中央線を担当した一機が、不幸にも故障となり、発進が三〇分遅れ、さらに不幸は不幸を呼んで、局部的な天候不良に遭って、往路に敵機動部隊を発見できなかったのである。

そのために報告が南雲長官のもとに届いたのが、午後五時前後であった。もし往路にこれを発見し得たとすればどうであったか。

すくなくとも時間的に一時間は早く対応できる迎撃態勢をとれたであろうし、また第一次攻撃も、陸上でなく敵空母に対し、十分の余裕をもって当たり得たことは確実であった。

この偵察機はカタパルトのピンが外れていたとかで発進できなかったと、後日聞いたが、まことにピン一本が、ミッドウェーのわが機動部隊喪失という結果になったわけである。

かつてナポレオンが従卒に馬蹄の釘一本を注意させて戦場に臨んだというが、ただ戦場のみならず、すべてのわれわれの行動について、心すべき教訓といわねばならない。


（昭和三十五年九月号）

三たびミッドウェーの地獄を見た「筑摩」機悲し

元重巡「筑摩」掌飛行長・海軍大尉
福岡政治

不安を感じながらの出撃

インド洋作戦に多大の戦果をあげて内地へ帰投した機動部隊は、充分な休養をとる間もなく、つぎの作戦にそなえることになった。ミッドウェー作戦である。

そして、あわただしい整備補給を終えた機動部隊は、広島湾へ集結後、ちょうど海軍記念日の昭和十七年五月二十七日、ミッドウェーにむけて同湾を出撃した。

こんどの作戦は、わがほうがミッドウェー島攻略をくわだてることで、敵艦隊を同海域に誘致し、これをいっきょに粉砕せんとすることにあった。

開戦いらい、連戦連勝、日の出の勢いのわが海軍戦力は、この当時、その頂点にあった。

しかし、ハワイ作戦では、主力艦のほとんどを撃沈破して奇襲は成功したが、空母には一隻も損害をあたえていなかった。

現に二月にマーシャル、四月に東京（ドーリットル隊による日本初空襲）が襲われ、五月には初の空母同士の戦闘であるサンゴ海海戦が生起するなど、敵機動部隊の動きは活発であった。

開戦いらいすでに半年、世界最大を誇る米国の船台では、真珠湾で飛行機の威力を身をもってなめさせられた彼らが、空母の建造を急ピッチですすめているに相違なかった。

それゆえ、彼に時をかせがせては我に不利、というのが、この行動に出た所以《ゆえん》である。

ハワイ作戦の出撃も、同様に広島湾からだったが、あの時は、ひそかな単独行動だった。しかし、こんどは敵潜の出没する艦隊の玄関・豊後水道を、呉鎮麾下の飛行機と掃海艇による強力な対潜制圧がおこなわれるなかでの、堂々たる出撃である。

太平洋に出ると、四隻の空母を中心に前方左右斜めに「利根」「筑摩」、後方におなじく「榛名」「霧島」さらに前方には艦隊を先導するようなかたちで「長良」がすすみ、その「長良」を半径とする円上に駆逐艦一二隻がとり巻いて、がっちり輪形陣を組んでいる。このように、世界最強の機動部隊が、いまや太平洋という大舞台にむかって堂々と進撃を開始したのである。

しかし、この乾坤一擲《けんこんいってき》の一大作戦にのぞむ機動部隊に、なぜか私には不安が感じられた。ハワイ作戦のときのような緊張感が感じられないのである。一部には、「わが向かうところ敵なし」

などと豪語する指導階級者もいたようである。また、われわれがこの道にはいって、つねにもっとも重要と教わった索敵を軽視する風潮も感じられ（当日の索敵機数にそれがうかがわれた）、全艦隊にやや慢心の色があったことはいなめないようだ。

東郷平八郎元帥が訓示されたという、

「神明は唯《ただ》平素の鍛錬に力《つと》め戦わずして既に勝てる者に勝利の栄冠を授《さず》くると同時に、一勝に満足して治平に安ずる者より直ちに之《これ》を襢《うば》う。古人曰《いわ》く勝って兜《かぶと》の緒《お》を締《し》めよ」は、われわれが平素暗記させられた名文句だったはずだが……。

そして、あのいまわしい日の朝をむかえた。

私は早朝、ミッドウェー島北東海域の敵機動部隊索敵の任務をうけて発進する。ハワイ作戦時の荒天とは裏腹に、真っ黒な海面は、油を流したように静まりかえっている。

なお、このとき索敵に出たのは、わが「筑摩」と「利根」の零式水偵がそれぞれ二機ずつ四機、母艦から二式艦偵が二機、それに戦艦から九五水偵機が一機、計七機であった。

このとき、「利根」機の発進が三〇分ほどおくれ、のちにそれがこの作戦に重要な影響をおよぼすわけだが、この時点ではむろん、そんなことはわかるはずもなかった。

そして、数時間後、この海面を血で染めながら、いくたの乗員が阿鼻叫喚《あびきょうかん》のうちに海底に沈むことになる大敗北を、誰が感じとっていたであろう。

空襲まっ最中への帰投

零式水偵は三座で、前から操縦、偵察（航法）、無線（機銃）の配置となる。私は当時、先任の掌飛行長（兵曹長）であり、機長であった。

ところで、偵察機が敵機動部隊を発見しても、逆に敵に発見されずに接触を続行することは、至難のわざである。そして、発見されれば、一〇〇パーセント撃墜はまぬがれない。

ここで私は、敵を発見したならば、まず何をおこなうべきか、つぎに何をすべきかを、ペアの三人でしっかり申し合わせをおこなっていた。非常事態時には、判断力は極度に低下するものであるが、その時点にこそ、打てばひびくような判断と行動の要を痛感したからである。

かりに任務中、突如、敵戦闘機の攻撃をうけるようなことがあっても、ためらうことなく落下しながらでも通信担当者は「セ」連送と自己名を送信する。

「セ」連送とは、「われ戦闘機の攻撃を受く」の略語で、そのまま墜落しても、司令部では索敵線と飛行時間で敵の位置が推定できる。

敵を発見したならば、まず、すみやかに発見電を打つ。これが肝要なことである。それに空母の有無は、かならずつけくわえる。つぎに被発見を警戒しながら、いったん視界外に出てから、異方向より接近して詳細の第二電を打つ。

味方攻撃隊の到着時刻は、味方部隊との距離で推定できる。そして、じゅうぶん時間があるので、天象気象を活用、方向を変え、高度を変え、視界外に遠ざかっては接近、接触の確保と攻撃隊の誘導に専念する。

なんといっても、偵察には見張りが生命である。全精力をこれに注ぐとともに、ときには細心に、ときには大胆でなければならない。

以上が、わがペア三名の心がまえである。

さりとて、六つの目と二コの双眼鏡に頼るわれと、多くの人員とすぐれた兵器を搭載する敵艦隊の見張力とでは、わがほうがはるかに劣るのは当然であった。

わがほうの発見時に、母艦随伴の艦隊では、すでに直衛戦闘機に撃墜指令が飛んでいるも

味したのである。

　しかし、われわれ索敵偵察隊にとっては、おのれが索敵線上の敵空母の出現は、即死を意味したのである。

　私は八戦隊索敵線の、もっとも北よりの四番線をとぶ。洋上を三〇〇カイリ進出した後、左に九〇度変針し、さらに六〇カイリとぶ。何ひとつ目標のない海上を、正確にとぶのはじつにむずかしい。

　いかにその道に熟練した者でも、帰投予定時刻に味方部隊を発見したときは、やれやれと安堵の胸をなでおろすものである。

　四番索敵線上、天候晴、雲量三、視界三〇カイリ。

　先端二〇カイリの地点で厚い雨雲にはいり、進出を断念して左へ測定にはいる。

　帰投なかばのころ、「利根」機による敵発見電を傍受し、同機の健闘を祈る。

　ミッドウェー島攻略支援のため、同島攻撃隊はすでに発進ずみだが、敵機動部隊出現にたいして待機中の攻撃隊は、はやる心をおさえ、勇躍、「利根」機発見部隊の攻撃に進撃していったものと私は判断した。

　そして、戦果を期待しながら味方へ近づくと、すでに敵機が来襲中である。敵は潜水艦や哨戒機によりすでにわが所在をつかんでいて、攻撃隊をくり出してきたのだ。

　そんなわけで、私が帰投しても空襲中であり、当然、揚収はできない。よって空戦力のおとる偵察機にある私は、味方艦船の撃ちあげる砲火の死角にとどまって、彼我の戦闘を見まもることにした。

目を見はる零戦の強さ

敵機の一団による攻撃が終わって対空砲火がやんだ、と思われたとき、敵雷撃隊の一団があらわれた。ふたたび火をふき出した味方艦船の砲銃弾をものともせず、射点（魚雷を発射する点）にむかって突っこんできた。

これを邀撃する零戦の活躍は、また見事なものであった。味方砲銃弾のなかをかいくぐって、降下、上昇をくりかえし、そのほとんどを撃墜して、味方艦艇によせつけない。撃ちもらした敵機が発射した魚雷は、各艦の巧みな操艦で回避される。また他の一団がやってくる。おそいかかる零戦は山鳩を追う鷹のように、つぎからつぎへと蹴落《けお》としてゆく。そのつど、海面に水柱があがる。しかし、落とされても落とされても突っこんでいく米飛行機群の旺盛な攻撃精神は、敵ながらあっぱれである。

低空ばかりに気をとられていた私は、

「上空、大型爆撃機」

と操縦の伊藤君のさけぶ声に、その指さす方を見ると、高度四〇〇〇メートルを大型の四発爆撃機（B24あるいはB17か）十数機が、すでにわが上空に接近しつつあった。

そして、はげしい弾幕をものともせず、ゆうゆうと爆撃態勢にはいった。目標は二航戦の空母のようである。

見るまに投弾。しかし、大きな二塊の水柱は、それぞれ回避転舵の「蒼龍」「飛龍」を大きくそれる。堂々たるわりには、技量はいたって拙劣である。

まさに激戦である。天をこがす対空砲火の閃光とすさまじい砲煙、そして真っ白い水しぶきを立てて、艦よりも高く、長く尾をひきながら、右に左に蛇行する味方艦艇は、あたかも怒れる巨大な龍の姿のようにも見えた。

零戦の強さとともに、

「さすがに、わが機動部隊は強いな」

と感嘆、まことに頼もしいかぎりであった。

ふたたび、味方艦艇の対空砲火がやんだ。四空母には、甲板いっぱいに飛行機が準備されている。母艦は風上に立ち、まもなく飛行機が発進されるかのようである。

「利根」機の「敵発見」の報を傍受したさい、その敵にたいする攻撃隊はすでに発進ずみと思っていた私は、空母内に残機なしと解し、甲板上の飛行機はミッドウェー島攻略隊が早くも帰還し、補給兵装をととのえ、「利根」機発見の敵部隊攻撃に発進するもの、とばかり思っていた。

ところが、じっさいには攻撃隊は一機も発進されてはいなかったのである。

「利根」機が敵を発見したそのころ、当然、現われると予想される敵機動部隊攻撃に準備された飛行機は、その搭載魚雷、艦船用爆弾を、ミッドウェー攻撃隊指揮官よりの「二次攻撃の要あり」の電報や、それまでに索敵機が敵を発見していない、との理由で陸用爆弾につみかえが終わったばかりだったのである（むろん、これもあとで知ったのだが）。

しかし、その時点では、一刻の余裕もない。兵装をそのままにして攻撃隊を出すべきだった。だが、艦上の攻撃機は、右に左に敵機を回避する動揺はげしい悪状態のなかで、ふたたび陸用爆弾を魚雷や艦船用爆弾につみかえられた。

その他、さまざまの錯誤が重複して、「利根」機による敵発見いらい、二時間が経過したいまなお、攻撃隊は甲板上にあるという、帝国海軍らしからぬ醜態を演じてしまったのである。

空母同士の洋上決戦では、なんといっても敵空母に一撃をくわえ、その発着機能を破壊することがいちばんである。当時の飛行甲板は薄弱で、爆撃効果が多少おとっても、甲板破壊には陸用爆弾で充分であった。

とどめを刺すのは、それからでも遅くなかった。すくなくとも、搭載爆弾の自爆被害からはまぬがれたはずである。

錯誤は錯誤を生み、ちょうど被爆時には、艦内飛行機のほとんどが魚雷や爆弾をかかえる最悪の状態にあった。

恐るべき四空母の被爆炎上

さて、甲板上に飛行機が一ぱいにあふれ、母艦は風に立ち、まもなく飛行機が発進されようとしたそのときである。ふと南方に目をやると、豆ツブのような斑点が十数コ、こちらにむかってくる。

高度三〇〇〇。私は、隊形と運動で、即座に艦爆と判断した。零戦は付近には見えなかった。雷撃隊を撃滅したばかりで、まだ低空にいたのだ。

じつにあっという間のできごとであった。先頭はすでに急降下にはいっていた。

その急降下の敵機が、空母「加賀」上空三〇〇メートルで、釣り針の湾曲部分のような上げ舵をとった、と見た瞬間、甲板に黒煙がのぼった。

私は甲板いっぱいの飛行機のことを思い、突然、つぎに起こることを予想して、思わず顔をそむけた。

「他の空母はぶじであってほしい」

と祈る思いで目をもどすと、なんと黒煙が空母三隻から立ちのぼっているではないか。

「加賀」のみならず、「赤城」「蒼龍」までやられたのだ。私はその事実に愕然とした。

空襲は終わった。三空母は火の海である。多数の雷爆装機をかかえる空母を攻撃するには一発の小型爆弾で充分だったのである。

紅蓮《ぐれん》の炎はたちまち飛行甲板にひろがり、黒煙は天に冲《ちゅう》した。

搭載爆弾が自爆をはじめたのか、火炎は船体側面からも噴き出し、海上にふき飛ばされる乗員の姿もみえた。まさに目をおおう惨状である。

「蒼龍」に近寄ってみると、前部の碇《いかり》甲板に乗員が殺到している。海中に飛びこむ者もいる。駆逐艦がそばに近づいてくる。

母艦を失った飛行機は、できうる限り健在の「飛龍」に着艦し、残るは海上に着水した。搭乗員は駆逐艦に収容された。着艦機は、ただちに補給、兵装をととのえ、敵機動部隊へむけて発進された模様である。

私はようやく「筑摩」に揚収されて、艦上の人となった。三号機石立長治、四号機嶽崎正孝は発進していた。搭乗員室の黒板の「天皇陛下万歳　嶽崎」の大書が印象に深い。

私は補給終了後、ただちに発進するように命令をうけていた。とりあえず食事をすませ、電信室で情報をたしかめてから、ふたたび機上の人となった。

前にも述べたとおり、われわれのもっとも警戒を要するのは敵戦闘機である。伊藤、笠森（無線）の両君に、とくに見張りを厳にするよう注意する。

約五〇分ほど飛んだ。敵大型空母一隻（ヨークタウン）を発見する。艦は大きくかたむきながら漂流中であった。周囲を数隻の艦艇が、円陣を組んで警戒にあたっている。甲板の斜面が手前にあるせいか、わが「翔鶴」級をしのぐ巨大なものに見えた。「飛龍」を発進した攻撃隊による被害と思われる。

とつぜん、笠森君が、

「右前方、戦闘機」

といってきた。私は元来、視力には自信があったが、笠森君はさらに私を上まわり、何度も助けてもらっていた。

なるほど、戦闘機三機が見える。しかし、その行動からは、こちらに気づいていないらしい。気づかれては最後である。その日の救いの神、断雲へ逃げこむ。

こんどは雲の上へ出る。また、戦闘機がいる。相当多数の敵機がいるもようである。断雲を極力利用して、任務を続行する。われわれはいつのまにか、敵をあざむくずるさも身につけていた。敵機がある以上、あるいは付近に敵機動部隊が……と入念に捜索したが、あたえられた索敵線上には敵をみとめることができなかった。

やがて日没もせまったので、味方のほうへひきかえす。

あとになっての情況判断では、われわれのみた敵機は、「飛龍」を攻撃した敵の一部だったと思われる。

帰投する。そこには最後に一隻だけ残った、頼みの「飛龍」が、夕闇に赤々と被爆炎上しているではないか。ああ、何たることぞ、ついに空母のすべてを失ってしまったのだ。

とりやめになった夜戦

とりあえず飛行機を揚収する。嶽崎機帰らず、南雲部隊の旗艦は、軽巡「長良」へうつされていた。腰をおろすまもなく、

「全軍、敵方に進出、敵艦隊を捕捉し、夜戦をもってこれを撃滅せんとす」

との命令が出た。いよいよ南雲部隊の突撃である。

わがほうの飛行機は、艦載機数機にすぎない。制空権のない艦隊では夜戦によるほかはない。

私は索敵、接触の命をうけ、射出機上で、即時待機（発令後、五分以内に発進できる態勢）の人となった。

日はすでに落ち、真っ暗である。おりしも通過するスコールの雨足は強く、愛機の風防を打つ。

われわれは「筑摩」に乗艦いらい機動部隊編入まで、第二艦隊にあって、もっぱら訓練した夜間索敵・接触の腕を、今日こそ発揮すべきときである。夜戦こそわが海軍のお家芸である。

いまやおそしと下令を待つ半面、情報では日没時の彼我の推定距離は、一〇〇ないし一五〇カイリもあり、これをいかにして短縮するかが問題である。

敵にも夜戦の意志があって、たがいに接触し合う以外、彼我の遭遇は不可能と思われた。いたずらに敵方に進出しすぎて、これを捕捉しえず、日出をむかえて敵機の攻撃を受けることになれば、せっかくの突撃も犬死の結果になりかねない。

そんなことを思いめぐらせながら、たとえ攻撃が成功しても、乱戦後の母艦（「筑摩」）発見、夜間の洋上着水となれば、揚収はまったく期待薄である。伊藤、笠森両君にも、

「これが最後のご奉公かもしれないぞ」

と、その決意をうながした。しかし、連合艦隊より、

「引き返し、本隊に合流すべし」

との令により突撃はとりやめになった。


その夜、しばしまどろむうち、従兵に起こされた。後方偵察の発令である。

昨日の戦いで四空母を失い、完敗したわが軍は、まだミッドウェーの制空圏内にあった。また敵には、健在な空母もあるものと思われ、日出とともに追い打ちをかけてくる公算はきわめて大である。われわれは可及的すみやかに、敵の制空圏を脱出しなければならない。

このような状況下における後方偵察である。

「こんなときこそ、落ち着いて行動しなければ」

と、おのれにいい聞かせて、機上の人となった。昨日にひきつづき、海上はまったくの静

穏である。

思い起こせば、緒戦のハワイ作戦では先駆をおおせつかり、その大戦果に感激したわれわれ三名が、奇しくも今日は、悲惨の敗退にしんがりをおおせつかる。これもめぐり合わせであろう。

伊一六八潜に受けつがれた報告

飛行すること約二〇分、空母と小型艦艇が視界にあらわれた。一瞬、緊張したが、昨年来つねに一緒に行動してきた「飛龍」とその護衛駆逐艦であることが、すぐにわかる。

昨夕、敵方から帰投のさい、最後の一隻である頼みの「飛龍」が、夕闇を赤々と染めて痛々しく燃えていたが、その後、突撃命令で戦列をはなれ、やがて火炎も下火になり、自力航行で内地にむけて帰投中と聞いていた。

しかし、視界内の「飛龍」は、まだ煙をふきあげている。戦死者もたくさん出たであろうし、多数の負傷者もいるにちがいない。

手当も思うにまかせぬまま、火炎と戦いながら自力航行をつづける乗員の労苦のほどをしのび、ぶじに帰還できるよう祈る思いで近づくと、「飛龍」は漂流している模様である。

また、駆逐艦の位置も行動も普通ではない。ややあって、駆逐艦の航跡が急に白く波立ちはじめた。「飛龍」にむけて増速し、そして急に変針した。

「さては自沈のための魚雷発射では？」

私はまばたきもせず、じっと見守っていると、「飛龍」の舷側に巨大な水柱があがった。

その水柱は、テレビなどで見るスローモーション画面のように、おもむろに高く高く上昇して、いったん停止し、そして静かに消えていった。

昨夜来の乗員の苦闘にもかかわらず、「飛龍」はついに刀折れ矢つき、自沈のやむなきにいたったものと思われる。生存者を駆逐艦に移し終わってからの魚雷発射だったのである。

おそらく、艦長は艦と運命をともにされたことと思うが、これを撃沈しなければならなかった駆逐艦長以下の心境のほどを思うと、目がしらがあつくなる。

最後まで見とどけたいのは山々だが、私には前述のような任務がある。いまはなき将兵に深く哀悼の意を捧げながら、任務を続行した。

相変わらず、おだやかな太平洋である。だが、わが思いはおだやかではない。いくたの同胞が血を流して死んでいったそのおなじ海面とは、どうしても思えない。

阿鼻叫喚の巷と化したあの目をおおう惨状は、もし今後、生き残ることがあっても、終生忘れることはあるまいと思った。

移動がなければ、昨日の漂流中の敵空母が見えたはずである。目のいい笠森君が、やはり一番さきに同空母を発見する。大きく傾いた飛行甲板のセンターラインが、はっきり見える。付近に小型艦艇一隻があり、上空には敵機をみとめなかった。

——以上を打電する。

そのほかには敵を見ず、帰途についた。敵も被害は予想以上に大きく、追い打ちをかける力はなかったらしい。途中、「飛龍」の姿はすでになかった。

後刻、連合艦隊より、

「ミッドウェー海域の伊一六八潜水艦宛《あて》、『筑摩』機報告の敵漂流空母を撃沈せよ」
との指令が出る。その後、同潜水艦より、
「われ、敵エンタープライズ型空母を撃沈す」
の返電があった。

戦後、三井系のある会社を停年退職した私は、ある雑誌で前記空母を撃沈した伊一六八潜水艦長の手記と、「飛龍」の自沈にさいし、司令官山口多聞少将以下の最後の模様、また沈没寸前に脱出漂流中の機関科員が、米軍に救助された記録を読んだことがある。

あまり戦記物を読むことを欲しなかった私ではあったが、なにげなくひらいた雑誌の「われ敵エンタープライズ型空母を撃沈す」の活字を見て、「もしやあの忌《いま》わしい日の？」と読み進むほどに、大きく傾いた敵空母の飛行甲板が浮かび、「飛龍」舷側の巨大な水柱がよぎった。

さらには文面に「筑摩」機が登場するなどして、あの日のできごとがいまだに脳裏からはなれない私には、他人事とは思えなくなり、一気に読みつくしたのであった。

伊一六八潜から発射された魚雷の命中が確認されたそのあと、潜水艦長以下、乗員一同が敵の猛烈な爆雷攻撃をたくみにかいくぐって生還されたことは、まことに同慶のきわみである。

また、「飛龍」の沈没寸前、機関科員の脱出があり、炎天下を漂流、仮死状態で米軍に救助されて生還したとは、まったく夢のようである。

とくに同海戦で、正しかった意見具申が用いられず、また駆逐艦による生還の道がありながら、艦長とともに、あえて艦と運命をともにされた山口司令官がしのばれてならない。
敵を攻撃すべき雷爆装機が、かえって自艦に致命的打撃をあたえる結果となり、搭乗員の高練度の技量もほとんど発揮されないまま敗退したことを、どんなに悔やまれたことであろうか……。

(昭和五十八年十月号)

わが愛機は命運なき母艦とともに

元空母「加賀」艦攻隊・海軍一飛曹
松山政人

敵はミッドウェーにあり

太平洋戦争ぼっ発の糸口となった真珠湾攻撃から、二ヵ月くらいしてからだった。真珠湾攻撃の疲れをいやすため、山口県の岩国基地で保養をかねた基地訓練をおこなっていたわれわれ空母「加賀」の艦攻隊も、再度、第一航空艦隊の機動部隊として、南方作戦に出動することになり、昭和十七年二月、内地をあとにした。

機動部隊の編成は真珠湾攻撃のときとおなじで、瀬戸内海の柱島ふきんに停泊していた各母艦も、あい前後して出港していった。

作戦は、ミッドウェー島を攻略占領して、日本の南方基地とする、という計画だった。母艦の出港と同時に、各地の基地に分散して翼を休めていた各飛行機隊も、それぞれ飛びたち、洋上において母艦へ着艦して収容されたのである。

今回の出撃は、前回の真珠湾攻撃とことなり、はじめから作戦目標も、行動予定もわかっていた。また、緒戦の大勝気分に酔ってもいたので、気分的にもだいぶ楽なものがあった。

太平洋戦争の開戦前にみられたあの悲壮なまでの気分と、開戦後のいまの気分とは、まったくくらべものにならないほどの落ちついたものであった。

例によって長い航海がつづき、島影ひとつ見えない毎日、青い海と空ばかりを眺め、愛機の手入れをしながら南へと艦隊はすすんでいった。

内地をでたときは寒い冬であったが、南へ行くにしたがって暑くなり、服装も冬服から夏服へとかわっていった。

めざすミッドウェー島に近づくとともに、毎日、索敵機を飛ばして警戒にあたったが、別にかわったこともなかった。いよいよ明朝、黎明を期してミッドウェー島を攻撃するという日、それも夕方近くなり、そろそろ太陽も西の果てに沈もうとするころ、はるか彼方の水平線上に、敵機らしい機影を発見した。しかし、その時はたいして気にもせず、明朝の黎明攻撃のための準備に一生懸命であった。後日、これを見逃したことが、わが方の命取りに思えて仕方なかった。

しかしこの時は、そんなことは少しも気にせず、例によって前夜祭（別れの酒宴）をはったのである。

六月五日、ミッドウェー海戦の当日である。攻撃は黎明を期して第一次攻撃隊が出撃し、そのあと第二次攻撃隊が出撃する予定であった。

この日の私は、第一次攻撃隊の発進より一足早く、索敵としてある方向の索敵任務についたのである。朝のまだ明けやらぬ暗いうちに、朝飯も喰わずに飛びたち、三時間くらいの索敵行動であった。島影ひとつない大海原を、敵潜水艦、あるいは敵艦隊をもとめて飛行したが、獲物は何ひとつ発見できなかった。

攻撃隊はいまごろ、さかんにミッドウェー島の攻撃をやっていることだろう。敵機は、敵の防御砲火は？　など思い浮かべながら、索敵任務をおえて母艦へ帰投した。

ぶじ母艦の「加賀」に着艦すると、さっそく任務報告をすませ、搭乗員室へ引きあげて遅い朝食についた。朝食をかきこみながら留守中の出来事をきくと、わが攻撃隊が発進していくらもしないころ、敵の攻撃隊がわが方を攻撃してきたとのことであった。それも、みな小型の艦載機ばかりであったらしいが、どこにそんな敵がいたのだろうか。

ミッドウェー島で基地訓練でもしていたのが、攻撃してきたのであろうか。この時は、上空を直衛していた戦闘機の奮戦で撃退し、母艦には何事もなかったということである。

まだ一度も空中戦を見たことのなかった私は、それを見られなかったことを口惜しがっていると、またも敵機の来襲をつたえるスピーカーが鳴り渡り、伝令が走りまわっている。こんどこそ空中戦が見られると、まだそんな呑気《のんき》なことを考えながら飛行甲板へ上がってみると、いるわいるわ、敵機がそこかしこに一団となって母艦群に襲いかかってきている。

なるほど、襲ってくるのは艦載機ばかりである。それを迎え撃ってわが戦闘機は、上に下にと奮戦している。はじめのうちは、われわれも手を叩いて喜ぶほど、よく墜ちていく敵機も、だんだんとその姿を消していったが、味方戦闘機の機影も、すくなくなっていくようすに、何となく暗い予感がした。

吹っとんだ巨大な飛行甲板

その時、索敵機から、敵機動部隊を発見したらしいという報告がはいった。ただちに攻撃隊雷撃用意の命令がくだった。いよいよ、われわれの出番である。私はいそいで甲板下の格納庫へかけつけ、愛機へ魚雷を装備した。ところが、これらの装備もおわろうとするとき、今度は雷撃中止、爆撃用意という命令である。しかたなく、いま装備したばかりの魚雷を取りはずし、いそいでいるため、魚雷を魚雷庫へもどす暇もなく格納庫へ置いたままで、今度は爆弾庫から八〇〇キロ爆弾を運んできて、爆弾装備に変更したのである。

この間、敵機の来襲はつぎつぎと休むまもなくつづいていた。何はともあれ、敵の機動部隊を攻撃しなければならない。わが攻撃隊を発進させるため、装備をおえた飛行機を飛行甲板へ上げているところへ、敵の一機が、「加賀」の飛行甲板に激突した。

それが自爆したものか、あるいは撃墜されて落ちてきたのか、くわしくはわからないが、落ちたところが悪かった。

ちょうど飛行機を上げつつあった後部リフト（飛行機を上げ降しするエレベーター）だったのである。

そのため、リフトは作動しなくなると同時に、乗っていた飛行機の爆弾が爆発し、これがつぎつぎと他の爆弾や、格納庫内に置いてあった魚雷までを誘爆させたのである。

一瞬、艦内の電灯は消え、天地をゆるがす大轟音とともに大爆発をおこし、不沈艦といわれた「加賀」の飛行甲板を吹き飛ばしてしまった。艦内はめちゃめちゃに大破し、艦は航行不能となってしまったのである。

私たちはその時、出撃準備のため、搭乗員室で身じたくをしていた。しかし、この事故によって飛行機がなくなり、もう飛べないとなると、われわれは手足をもがれたとおなじであった。何をしてよいかわからず、夢遊病者同然となってしまった。

電灯の消えて暗い室内を見ると、もうもうと立ちこめる爆煙のなかでごそごそとはいまわっている者、倒れたきり動かない者、あんなに激しかった砲火の音もとだえ、ときどき聞こえてくる爆音は、味方機のものか敵機のものか、まったくわからない。しばらく呆然としていたが、だんだんと意識がはっきりするにつれ、生きることへの執着が猛然とよみがえってきた。生きなければ、という気持で外へ出てみると、室内の暗さにくらべ、外は真昼の明るさである。

海上を見ると、はるか彼方に黒煙を上げている旗艦「赤城」の姿があった。おそらく「赤城」も、この「加賀」とおなじ運命にあって航行不能に陥ってしまったのだろう。あたりの海上には浮きつ沈みつしている人影が無数に見える。撃沈された艦の乗組員か、または艦に着艦もできず、海上に不時着したわれわれの仲間の搭乗員かもしれない。

それらの人びとの救助にまわっているボートも見えるが、はたしてこの無数の人たちを、全部救助しきれるかどうかはわからない。見ると母艦直衛の駆逐艦が、目と鼻のところにいて、さかんに救助している。泳いでも三〇分くらいで泳ぎ着きそうである。

私は、泳ぎにはそうとうの自信もあったので、救助を待つより自分から泳いだ方が早そうだと考え、泳ぐことにきめた。飛行服のままで、今までわが家、わが城として暮らしてきた「加賀」の後部甲板から、七、八メートルほど下にある南太平洋の海中へ飛び込んだのであった。

沈みゆく母なる「加賀」

あとになって聞いたことであるが、「加賀」では、私が飛び込むとほとんど同時に、総員退去の命令が出たらしい。

飛び込んだあとは、もう無我夢中で泳ぎ、めざす駆逐艦へむかった。途中、板きれや丸太につかまり、救助を待っているおおくの人たちを見たが、はたして救助されたであろうか。

この時、ふだんから水泳をやっていてよかったとつくづく感じた。

やっとのことで、駆逐艦へ泳ぎつくことができた。

おろされたロープを身体に巻きつけ、甲板にひっぱり上げられて立とうとしたが、足がふらふらして立つことができず、その場にすわり込んでしまった。長い間、水中にいたため、手足の感覚がなくなり、しびれてしまったらしい。

しばらくして、気分もどうやら落ちつき、平静にもどってから時間を知りたくなり、腕に目をやった。しかし、腕時計は海へ飛び込んだ時にとまってしまっていた。

艦の人に時間を聞いたところ、母艦から海へ飛びこんでから、一時間半くらいもかかったらしい。

それに今まで気づかなかったが、濡れたものを脱いでみると、母艦で何かの破片でも受けたらしく、右手首を負傷していた。

泳いでいる間は、その痛みなどまったく気づかなかったが、手当をうけてからは、急に痛くなってきた。これまで、どれほど気分が張りつめていたかがわかった。

兵員室に落ちついてからも、ぞくぞくと運ばれてくる救助者で、駆逐艦自体は、乗組員もはいれないほどの人間で、いっぱいになってしまった。

これ以上は救助しても収容しきれないということで、救助作業は打ち切られてしまった。海上には、まだ救助を待つ人たちがたくさんいたのだが、気の毒にも見殺しとなってしまったらしい。

こうなって見ると、非情という言葉も何か、そらぞらしく感じられる負け戦さの悲惨さである。

やがて太陽も沈みかけるころ、いっさいの救助作戦が打ち切られた。

そして、最後に航行不能となった「赤城」「加賀」がしまつされることになった。

後日談によれば、はじめこの二空母は、曳航して内地へ運ぶという話もあったらしいが、大破した艦を曳航して帰ってもしかたがないということで、わが手で沈めることにきまったらしい。

栄光につつまれて誕生し、悲運のうちにこの南海の底へ沈められる母艦を見送るため、総員甲板に集合の号令がかけられた。

甲板から私たちが見守るなかに、魚雷が発射された。

これまで、帝国海軍の主力母艦として、世界にその名を知られた航空母艦「赤城」「加賀」も、目に涙をうかべ見送る私たちの前から永遠に消え、南海の海底に眠ったのである。

悲惨だった敗戦のその後

この時の悲壮な感激は、私たちの一生を通じ、忘れることのできない想い出として、脳裏に深くきざみつけられたのであった。

夜にはいると、漂流者の救助に奔走していた駆逐艦も、連合艦隊の主力に合流するため行動を開始したが、海上にはその時まだ、救助されずにのこされた人たちのあったことも、忘れることができない。

こうして連合艦隊に合流し、戦艦にうつされ、そのまま鹿児島県の鹿屋航空隊へ連れていかれた。

そこでミッドウェー海戦の敗戦を極秘にするための隔離生活を、一ヵ月あまりさせられたのである。この間は、いっさいの外出が禁止され、手紙はすべて検閲という、まさに刑務所生活のようなものであった。

こうしてミッドウェー海戦の噂も消えかけたころ、隔離生活を解放された私は、大分航空隊へ教員として転勤したのである。私たちのなかには、ふたたび次の機動部隊へと転勤した人たちも大勢いた。

真珠湾攻撃のはなやかさにくらべ、ミッドウェーの悲惨な敗戦は、何かしらこれからつづくであろうアメリカとの戦いに、一抹の不安を感じさせるものがあった。

後日聞いたところでは、ミッドウェー島の北東海上に航空母艦を主力とする敵機動部隊がいたのを、わが方はキャッチできず、ミッドウェー島の敵基地の攻撃だけを目標とした。あまつさえ、攻撃前日に敵にキャッチされたことが、敗戦の原因と思われる。これが反対に、わが方が先に敵機動部隊をキャッチしていたら、あるいは局面はちがったものになったかもしれない。

いずれにしろ、戦争はもうするものではない。勝っても負けても、その裏には尊い人命が数おおく失われているのである。戦争は避けるべきだ。

戦争の犠牲となった幾多の英霊に、心からの黙禱をささげたいと思う。

（昭和四十四年十二月号）

精鋭二一型で知った母艦屋の天国と地獄

元空母「赤城」戦闘機隊・海軍中尉
木村惟雄

トラブルつづきの新鋭艦戦

昭和十六年四月初旬。菅波大尉以下一〇名の航空母艦「龍驤」戦闘機搭乗員は、零戦の慣熟訓練のため横須賀海軍飛行場に出向した。

飛行場では、機体剛性不足の実験中に高度一五〇〇メートルから四五度で急降下し、五〇〇メートルで引きおこして水平飛行にはいる直前、空中分解のために殉職した奥山工手（空技廠テストパイロット）の話でもちきりだった。そして、下川万兵衛大尉、空母「加賀」の二階堂易中尉ほか空技廠科学部の人びとが事故原因について調査中であった。

これまで乗っていた九六式艦戦は最高速力四五〇キロ、自重一〇四〇キロ、兵装七・七ミリ機銃二で、操縦性の軽快な優秀な戦闘機であったが、いま目前に零戦の実機をみて、脚も風防もプロペラも、なにもかも新型式のすばらしい戦闘機である。

機銃関係の艤装は、翼に二〇ミリ機銃が装備され、七・七ミリ機銃ももちろんある。はじめて使用された可変ピッチプロペラもすばらしい。航続力にいたっては、高度六〇〇〇メートル、速度一四〇ノットで一二時間、距離にして一七七五カイリと聞く。私は心底から興奮をおぼえずにはいられなかった。

操縦者が零戦に慣れるまでは、低空における慣熟飛行がつづけられ、やがてしだいに高度を上げて飛行時間を延長し、軽い操作を試みることを、日に何回となくくりかえした。

離陸から一万メートルに上昇するまでの所要時間、零戦にはじめて使用された可変ピッチプロペラの効率をしらべる。発動機全開時の油温、速度を高度別に記録する。短時間で高速機のこのような記録をとるのには、そうとうな苦労を要した。

一回の飛行ごとに胴体下面におこるエンジンオイルの洩れは、実にひどいものであった。また、脚上げにいたっては、高圧油圧ポンプの焼付けでたびたび故障があり、脚の収納が不可能となる。一番の欠点は、発動機の始動時において、昇流型気化器のため、気化器入口での火災がたびたびあったことだ。

車輪ブレーキの効きもきわめて悪く、風の強い日は地上滑走に力がいった。しかし、戦闘機自体としては、九六式艦戦にくらべ空前の高性能を発揮する驚異的な飛行機であると確信した。そのほか、機銃は高々度発射時に、不発または筒内爆発して、ヘビがカエルを飲んだように銃身がふくれ上がる出来事があった。

慣熟訓練の終了がちかい四月十六日、空母「加賀」の戦闘機分隊長二階堂中尉は、高度三五〇〇メートルから約五〇度で急降下を開始すると、主翼上面に異常なシワのよるのに気づいて機首を起こしはじめた。そして、速力五五〇キロ／時において大きなショックをうけ、補助翼が左右とも吹き飛んでしまった。さらに主翼外板の一部がはがれたと報告してきた。

零戦の実験担当者であり、責任感の強い下川大尉は、そのあくる日、二階堂中尉とおなじ飛行状態をみずから再現して事故の原因を究明しようとした。午前の実験では異常がなかったが、午後になって二階堂中尉の経験とおなじ状態とするため、高度四〇〇〇メートルから六〇度で急降下をはじめ、二〇〇〇メートルで機首を起こしはじめたとき、左翼から白いものが、ついで黒いものが落下するのが地上から見られた。

下川少佐の強烈な責任感と壮烈な殉職は、以後の赫々たる零戦の武勲の基礎となり、当時われわれの深く追慕するところであった。

こうしていくたの改良をほどこされた零戦は、戦闘機として空前の高性能を発揮するにいたったのである。

旋回性能、上昇力、速力、航続力、火力のいずれもが当時の世界水準を上まわっていた。さらに、どのような速度、迎角でも操縦反応性が優秀であった。

慣熟訓練もおわり、われわれ「龍驤」隊は訓練を一週間ていどおこない、改良された補助翼にマスバランスをとりつけたA6M2、すなわち栄一二型発動機九五〇馬力、艦載のため主翼端五〇センチを折りたたみ式にした零戦二一型九機を領収して、空母「龍驤」に収容した。

地獄の「赤城」戦闘機隊へ

零戦二一型の熱帯での飛行および機銃テストのため、「龍驤」隊は南洋諸島のクエゼリン島に進出した。

熱帯地方での各種動作、調子などの確認をおこなったところ、すべてオーケー、とくに栄一二型発動機の調子のよいのに確信を深めた。しかし、飛行のたびのオイル洩れには泣かされた。これと平行して着艦訓練をおこない、零戦の操縦にますますの自信をもてたことは嬉しかった。

クエゼリン島での所期の目的をいちおう達成して内地に帰還後、十月一日付で私は「赤城」に転勤を命ぜられ、分隊長進藤三郎大尉の二番機となった。「赤城」隊は佐伯航空隊を基地として連日の猛訓練がつづき、外出もほとんどなしであった。基地はベテラン操縦者であふれ、私のような新参者はただ先輩の言にハイハイである。

空母「赤城」ともなれば、戦闘機の数も「龍驤」の倍ほどもいる。艦攻、艦爆にいたっては三倍の大勢力で、搭乗員室は満席の状態である。私などは、すべての搭乗員に頭のさげどおしであった。

一方、零戦は毎日の改良で補助翼のマスバランスもとれ、機銃の故障もなくなり、ますます優秀な戦闘機になってきた。われわれの技量も毎日の猛訓練で大いなる自信を得、弱輩搭乗員ながら、私も内心、期するものがあった。

昭和十六年十一月、戦闘機一八機、艦爆一八機、艦攻二七機は豊後水道で母艦に収容された。搭乗員室に降りると、さすが「赤城」である、じつに広い。途中の通路には酸素ボンベやそのほか種々雑多の梱包がいっぱいで、うすうす感じてはいたが、アメリカあるいはソ連と一戦まじえるようだ。

私は興奮をおぼえてきた。夕食後の宴会も、艦爆、艦攻の搭乗員に圧倒され、私は隅の方

わいる一航戦、二航戦、五航戦に戦艦、巡洋艦、潜水艦、給油艦などおよそ三〇隻が広大な単冠《ヒトカップ》湾内にギッシリ停泊している。

母艦は北東にむけて走っている。十一月二十五日朝はやく発着甲板に昇ると、いるわいるで小さくなっていた。

朝食後に搭乗員整列があり、ここでハワイ攻撃の説明があった。体内の血がおどる。いままでの猛訓練の意味がわかった。敵戦闘機や敵艦の名前を模型で覚える競争がはじまった。全員、感激と興奮で大騒ぎである。士官室にあるハワイ、オアフ島のパノラマを見て、各飛行隊の攻撃進入路と攻撃方法について詳細な説明があった。

いよいよ攻撃はX日（十二月八日）ときまり、各艦は出航する。

艦内では、操縦員たちが攻撃目標をおぼえるのに一生懸命である。整備員は二一型の整備にがんばっている。私の搭乗機「AI―一〇八」受け持ちの整備下士官による攻撃出発直前までの完全整備には、ただただ頭のさがる思いである。

X日がちかづくにつれ、攻爆搭乗員のわれわれ戦闘機搭乗員にたいする態度が一変した。昨日までは古参先任搭乗員にたいし、私のような甲飛出身者は搭乗員室では小さくなっていたが、その日をもって対等の話し合いができるようになった。

若き戦闘機搭乗員であるがために、いままでは艦攻、艦爆の古参搭乗員にたいして、あまりに卑屈であった。しかしいま、最優秀なる零戦二一型を駆使し、強烈な二〇ミリ機銃で敵機の味方艦攻、艦爆への攻撃を阻止することができるではないか。

大陸で戦闘機の掩護のない攻撃機の悲惨な状況が、私の耳にまではいっている。後日、ミッドウェーその他の攻撃で、戦闘機隊のわれわれが味方編隊群の上空五〇〇メートル付近を哨戒するとき、味方編隊群が風防をひらいて手を振っているのが見えたものである。声は聞こえないが「しっかり掩護を頼む」といっているようである。いまさらながら、自分が戦闘機搭乗員であることのよろこびを感じたものである。

それからの搭乗員室は和気あいあい、楽しい毎日であった。X日には、われわれ戦闘機隊は上空哨戒が主任務で、任務終了後、敵基地に銃撃をあびせることと定められた。

オアフ島上空の大戦果

その日、私は第二次攻撃隊制空隊の進藤大尉二番機として出撃した。栄発動機のここちよい回転、二門の二〇ミリ機銃には五五発ずつが装塡され、敵さんござんなれと張りきって編隊につく。

午前八時五十分、オアフ島上空には敵の高角砲弾の炸裂がいっぱいにひろがっている。敵の機影はなく、攻撃隊は水平爆撃、急降下爆撃の進路をとる。

上空哨戒の意味はない。わが編隊長は攻撃隊よりはなれ、ダイヤモンドヘッド上空よりヒッカム飛行場にならぶB25やB17数十機に照準をつけて降下にはいった。地上砲火は、熾烈であった。

一番機が銃撃後、私もあとにつづいた。二〇ミリ機銃が調子よい。列線の敵飛行機から白煙がでるが、火がつかない。高度五〇メートルでひき起こしたときである。左翼に地上砲火の機銃弾が命中して、真っ白い燃料が糸をひいた。さいわい火災にはいたらず、二番機の定位置を守ることができた。

攻撃終了後、集合地点で攻撃隊と合流して帰途についた。左翼への命中弾が徹甲弾であったので、火災をまぬがれたものの、もし曳光弾であれば、ハワイ上空で戦死となったであろう。また、整備の方にたいしては、機体に大穴をあけたことを申しわけなく思ったしだいである。

ぶじ着艦、報告もおわり、搭乗員室は当日の戦果報告に大騒ぎとなった。さすが古参下士官による爆撃、雷撃はみごとなもので、戦果は赫々《かく》たるものである。

空中戦のない戦闘機隊は上空哨戒につとめるのみである。収容をおえた母艦は変針すると、全速力で退避にうつり、故国へむかう。

九日には、台湾より発進した零戦隊がフィリピン各地に大空襲をくわえて大戦果をあげたニュースを知った。航続力があまりにも大きい零戦はすごい飛行機だとあらためて感慨無量となる。これが九六式艦戦であれば、フィリピン攻撃はできず、のちの戦況もかわったことであろう。

十二月十日、イギリスの誇る新鋭戦艦プリンス・オブ・ウェールズとレパルスをマレー沖で撃沈した中攻隊の戦果を聞き、また大騒ぎとなった。

制空権のない艦隊とはいかにあわれな存在であるか。しかし、日本は大艦巨砲主義が支持され、「大和」「武蔵」の建造がすすめられたが、これらの大型戦艦一艦の建造費と維持費をもってすれば、戦闘機一〇〇〇機を保有することができると、搭乗員室は喧々ごうごう、戦艦無用論が花ざかりとなった。

常勝航空艦隊は一路日本にむけ、戦速で航海している。われわれ戦闘機搭乗員は発着甲板に零戦三機を待機させ、いつでも敵潜水艦の攻撃に発艦できる態勢にある。

艦内では、飛行科以外の乗組員がつぎつぎにはいるニュースに喚声をあげ、この無敵艦隊に乗り組んだことをよろこんでいるようである。

本土西南四〇〇カイリの地点で、このたびの戦闘による味方被害機一〇機を整備のため、私が小隊長となって岩国航空隊へ発艦することになった。飛ぶこと一時間三〇分、天候不良ではあったが、左四五度前方に鹿児島の開聞岳を認めた。うれしくて涙がでた。豊後水道をぬけて岩国航空隊の上空にたっした。

編隊を解散し、全機が無事に着陸する。われわれは航空隊全員の出迎えをうけた。基地隊員の質問に答えるとともに、航空艦隊の無敵ぶりを説明し、一日も早い被弾機の修理をお願いしたのである。

われわれの話を聞いて興奮する人、戦争に参加できず切歯扼腕する人など、しみじみとこの大戦争に参加し、ぶじ内地に帰国できたことを感謝する気持でいっぱいとなった。これも運ではなく、優秀なる零戦のおかげと思い、今後ますます腕をみがいて、国のために大いに頑張ろうと、志をあらたにしたのである。

期せずして、司令より被弾機輸送の搭乗員に一週間の休暇が許可された。この戦果を両親のもとで発表したく、列車で大阪に帰った。両親はよろこび、正月と盆が一度にきたように歓待され、私の一生のうちでも最高のひとときであった。

沈みゆく英空母あわれ

再編成された一航戦、二航戦は、昭和十七年一月、ラバウル攻略作戦に協力したのち、つぎの作戦にそなえてパラオ泊地に待機していた。

二月初旬、パラオを出撃した艦隊は、二月十九日の未明、空中攻撃隊総指官淵田美津雄中佐のひきいる艦攻八一機、「蒼龍」飛行隊長江草隆繁少佐のひきいる艦爆七一機、それに「赤城」飛行隊長板谷茂少佐のひきいる艦戦三六機を制空隊とする合計一八八機の大編隊は、ポートダーウィン空襲のため発進した。私も板谷少佐の二番機として、勇躍出撃したのはもちろんである。

攻撃隊より約三〇分先行する三六機の零戦隊は、ポートダーウィン上空に直行したが、むかってきた敵戦闘機はわずか一〇機たらずのものであった。わが下方五〇〇メートル、ジャングルの上空に同航する迷彩をほどこした敵P40二機を発見、隊長に合図して攻撃にうつった。二一型の機銃の威力はものすごく、ただの一撃で敵機は火だるまになってジャグルに没した。

隊長機も他の敵機を撃墜したようで、編隊を組み、たがいに顔を見合わせた。私ははじめての空戦で、このような戦果をあげたのが嬉しかった。敵戦闘機もいなくなったので、あとは攻撃隊の掩護にまわって帰艦した。

機動部隊は三月二十六日、スターリング湾を出撃、インド洋に進出した。各艦の甲板上には戦闘機三機ないし六機を待機させ、不時の敵襲にそなえ、いつでも飛びだせる状態にあった。

四月四日三時ごろ、艦隊の右舷側にPB2Y飛行艇一機を発見、各艦から待機中の戦闘機がハヤブサのように飛びたっていく。

私もただちに発艦、この敵にむかった。はやくも二、三機の味方機が敵機をとりかこんで攻撃をくわえるが、なかなか落ちない。しかたなく私は、下方より敵機の翼付け根を目標に二〇ミリ機銃で一撃をくわえると、たちまち黒煙をひきながら海面に不時着水した。気分をよくして着艦、もとの待機の位置につく。

四月五日、コロンボ空襲のため攻撃隊は発進した。戦闘機隊はコロンボ上空で敵ハリケーン戦闘機など数十機と交戦、この戦闘において味方戦闘機が撃墜したものは、スピットファイア一七機、ハリケーン二一機であった。

その報告を聞き、この日の攻撃に参加できなかった残留戦闘機搭乗員は、いままでの戦闘では攻爆隊が存分に腕をふるって、戦闘機隊は渾身の力を出す戦闘をやっていないだけに、髀肉《ひにく》の嘆をかこった。

四月九日、ツリンコマリ空襲のため攻撃隊が発進したが、私は艦隊上空哨戒を命ぜられ残留組となった。

「赤城」の艦爆隊は、この前も今度も残留組にまわされたので、不平がことに激しかった。

ツリンコマリの爆撃が終末に近づいた午前十時五十分、「榛名」の索敵機より敵空母発見の電信がはいった。戦争がはじまっていらい四ヵ月、いろいろの戦闘場面に出合わしたが、敵の航空母艦にお目にかかったことは一度もない。

艦内は騒然となった。残留組の艦爆八五機と戦闘機九機は、「翔鶴」飛行隊長高橋赫一少佐指揮のもとに発進した。

私も「赤城」戦闘機隊の一番機となり、敵空母戦闘機との空戦を想像して、艦爆隊の上空五〇〇メートルを哨戒しながらすすんだ。午後一時五十分、敵空母ハーミスとともに駆逐艦一隻と大型商船一隻を認めた。敵機ござんなれと目を見張るが、戦闘機を発見できず、自分の不運をなげくのであった。

「翔鶴」艦爆隊が単縦陣となり、高度四〇〇〇メートルより五〇度の角度で、一機ずつハーミス攻撃にはいっていく。二五〇キロ爆弾はハーミスの甲板にすいこまれるように飛び込んでいく。じつに全弾命中である。ついで「赤城」「飛龍」の部隊が攻撃にはいる。

しかし、「飛龍」隊が攻撃の途中、あわれなハーミスは全艦が猛火につつまれ、横倒しとなって沈没してしまった。後続の駆逐艦および大型商船も、これまた瞬時にして海面から姿を没したのである。

インド洋作戦を通じて、敵艦艇への攻撃でもっとも顕著な戦果は艦爆隊の命中精度で、一〇〇～八〇パーセントと抜群という他はない。

ミッドウェー沖で知った屈辱

連戦連勝でいくぶん有頂天になっていた機動部隊は、昭和十七年五月二十七日、旗艦「赤城」を先頭に柱島泊地を出撃した。戦えばかならず勝つという大きな自信にあふれていたことはたしかである。

六月五日午前一時、攻撃総指揮官友永大尉のひきいる戦爆攻の計一〇八機は艦隊を出撃した。私は白根大尉指揮官のもと、「赤城」制空隊三小隊で出撃した。私の愛機「AI一〇八」は、ハワイ攻撃いらいの二一型である。何の故障もなく、最高の飛行機である。天候はよし、左右には川田兵曹、石田一飛がいる。ときおり下方の艦攻の偵察員が手を振る。「戦闘機、頼むぜ」といっているようだ。

ミッドウェー島がはるか前方に見えてきた。時刻は年前三時半であった。突然、前方の戦闘機隊の動きがかわった。右後方でなにかが赤く光った。ふりむくと九七艦攻が火の玉となって落ちていくではないか。

われわれを待ちかまえていた敵戦闘機約一〇機が、右後方にくいついたのだ。列機に知らせると、ただちに反撃にうつる。敵戦闘機は急降下で逃げる。さきほど艦攻を攻撃した敵グラマンを捕捉して、二〇ミリ機銃を浴びせると、あっけなく煙をだして落ちていった。僚機の川田兵曹も一機おとしたようだ。

空戦のため高度が落ちたので、ふたたび攻撃隊の上空へ位置する。味方戦闘機の活躍により、数十機の敵戦闘機もいまはいない。

午前四時、攻撃隊は帰途についた。五時ごろ、はるか前方に、高角砲の弾幕が無数に見えた。味方機動部隊の上空ではないか。「赤城」「加賀」の両側にものすごい水煙があがっている。戦闘機隊は全速で艦隊上空へむかう。

ふと下を見ると、はるか下方の海面すれすれに、数十機の敵雷撃機が母艦にむかっている。私は列機に合図して突っこんだ。海面がみるみる接近してくる。高度二〇〇メートル、敵機に照準をつけて二〇ミリ機銃を発射した。

曳光弾が敵機にすいこまれていった瞬間、敵機はバラバラになった。すぐにひき起こして高度をとり、つぎの敵機をねらう。まるで反復攻撃の練習のようであり、赤子の手をねじるようでもあった。そのたびに敵機は四散する。

三機落としたところで二〇ミリ弾がつきたので母艦に着艦した。みな無事である。搭乗員室で戦闘食をとり、戦友たちはたがいに本日の戦果に酔っていた。

午前六時二十分、対空戦闘のラッパが鳴った。水平線上に無数の敵機が見える。直衛戦闘機がこの編隊につっこんでいった。水平面はきれいになった。そのとき、急に「赤城」の近くに爆弾がおちて炸裂した。

空をあおぐと、青い大空に敵艦爆が三列の単縦陣で機動部隊の上空に散開し、一列目の敵機が「加賀」に突入する態勢にはいっている。同時に、猛烈に対空砲火を射ちだした。

次の瞬間、艦橋が黄色にひかったと思うと赤黒い炎に全艦がつつまれた。同時に「蒼龍」も、全艦火の海と化した。「赤城」の上空では、三列目の敵機が急降下にはいる直前だ。

艦が風にたちはじめた。先頭の隊長機「AI一〇一」に整備員が乗ってエンジンをまわしている。上空を見ると、敵が急降下にはいったところだ。私は指揮所に合図して隊長機に飛び乗る。エンジンを全開にして発艦した。

高度五〇メートルちかくで母艦をふり返ると、私の機の位置に爆弾が落ち、黒煙がでているではないか。私のつぎの戦闘機であろう、一機が甲板前部で逆立ちして燃えていた。他の飛行機は皆無である。

上昇中、補助翼が味方の機銃でふっ飛んだ。方向舵で左右のバランスをとりながら「赤城」上空に着く。「加賀」「蒼龍」は断末魔の様相である。私の乗る機は自由がきかない。戦意が急になくなり、呆然と飛行しているだけだ。

そうだ、二航戦の「飛龍」がまだ残っている。急にまた戦意が湧いた。機をだましだまし「飛龍」上空にもっていくと、「飛龍」はまだ健在であった。涙がでそうになる。

ぶじ着艦、同時に掌飛行長が飛び乗ってきた。

「飛行機は使用できるか」

「エルロンが効きません」

「よし降りろ」

すぐに私の機を後甲板へうつし、海中に投棄された。「飛龍」の搭乗員室は、各艦の生き残りで満員である。みなカッカしている。年後二時、

「敵急降下爆撃機編隊直上」

「急降下にはいる」

伝令の声がけたたましく聞こえる。つぎの瞬間、ガーンという音が耳をつんざいた。追いかけるように、煙がもうもうとおし寄せてきた。

煙に追われて、飛行甲板から降りる者、甲板に上がろうとする者で、せまい通路が渋滞した。艦は全速で走っている。誘爆でものすごい振動がときおり襲う。このまま火薬庫に火がまわれば、一瞬で爆沈だろう。

やがて駆逐艦が横付けされ、放水をはじめた。しかし、誘爆はあいかわらず続いている。やがて、「生存者、発着甲板へ集合」という命令が伝わってきた。

発着甲板には大穴があいて、まともな平面はほとんどない状態であった。総員が整列し、軍艦旗が降下され、ラッパが鳴りわたった。とくに山口司令官の訓示は、私が終戦後、いくたの困難にあたったさいに大きな力となったものである。

その後、「巻雲」「陸奥」と移乗し、鹿屋基地の敗残兵収容所で監禁生活を一ヵ月すごしたのち、大分航空隊付を命ぜられ、皆からうらやまれながら転勤した。

敵を圧倒した零戦二一型も、その後、改良されて三二型、五二型となって大いに活躍した。


（昭和六十二年二月号）

空母「蒼龍」無念の最後

元海軍報道部長・海軍大佐
松島慶三

人知れぬ機関科員の苦労

海軍のいろんな配置のうちで、一番目立たない、しかも重要な配置は機関科であることは心ある人にはすぐ了解されるが、いつも水線下の密閉された職場にあるために、いわゆる、華々しい戦功も目立たず、しかも、一たん、その乗艦が、敵の攻撃下にさらされると、文字通りの焦熱地獄の中に閉じこめられるのである。

日米海戦の勝敗の転機をつくったミッドウェー海戦で、劈頭敵機の空爆に見舞われ、悲惨な最後をとげた、航空母艦「蒼龍」機関科は、機関長以下ほとんど全員が、その焦熱地獄の中に、最後まで頑張り、蒸《む》し殺されたとみられるが、たった二人、最後の一瞬に甲板との連絡に、這い出した生存者がいる。

その一人は、筆者が舞鶴で、新兵教育にあたっていたころ、機関兵として入団した、元海軍大尉（古い名称では、機関特務大尉）長沼道太郎氏であるが、以下は、死の一瞬から、偶然の幸運で、海上に投げ出された氏の、熱涙ほとばしる、体験談を、綴ったものである。

ただならぬ予感

ハワイ真珠湾の奇襲作戦から、南方インド洋の作戦と、輝かしい戦果に飾られた機動部隊の一艦として、私（長沼大尉）たち機関科員も、縁の下の力持ちながら、艦船の重要な運動力を受け持つ使命と、これあってこその戦果だという信念にもえて、航空機搭乗員や陸戦隊員の武勇談の嵐の中にも毅然として、汗と油にまみれ、熱と火との戦いをつづけてきた。

しかし、この次は？　という問題になると、そこには、目に見えぬ戦いがあるばかりで、私たちは、ただ、薄暗い高熱の機関室の中で、生あるもののように一生懸命回転している機械を見守るのが戦闘なのである。

インド洋から帰った「蒼龍」の機械長であった私は、当時、呉に家庭をもっていたので、久しぶりに家庭の人となり、わずかな日数を、戦塵からのがれて暮らしたが、ある夜、付近の床屋に行って愕然と驚いた。

「旦那は海軍さんで？　近いうちにまた大きな戦果があがるそうですね」

床屋の親爺は、私の顔をあたりながら、得意げに話しかけた。

「はて、何のことかなア」

「ははは、なに、床屋商売は早耳でしてね。何だか、海軍の奥さんたちが、祝杯の用意をしていらっしゃるとか。今度はまたハワイ方面じゃないかと街の評判ですぜ……」

親爺は、さも、自信ありげなことをいった。

「そんなことはわからんよ。また噂に聞いても口にすべきではないね……」

ごしごしと、濃い私のあごひげを剃っている親爺の指先が一寸とまった。

「でもねえ。日本の海軍が行きゃ、何のことはありませんよ。ハワイだろうが、ミッドウェーだろうが」

私は、そそこに床屋を出た。

――ああ、これは、なんとしたことであろう。我々のように、地味な、科学との対決ばかりを仕事としている者からいえば、何とうわついた噂の流行であろう？　戦さにおごるとはこのことだ。これは用意ならぬ前途だ。

もちろん、帰って、このことを家人にも告げず、翌日、「ちょっと行って来る」と家を出たのである。

「ミッドウェー攻略戦」への出撃！　それは、私には、ただならぬ予感があったが、誰に相談もできず、五月二十五日（昭和十七年）呉を出た機動部隊は、二十七日の海軍記念日に、晩春の青空を仰ぎつつ、豊後水道を南下した。遙かに霞む九州の山々、薄紫の山容が、何だか、目がしらにあつくうるんで、消えていった。

緒戦期の五分間の勝敗

豊後水道を出て、一路、予定の戦場へ！

それは、六月七日に攻略を予定されているミッドウェーに対して、五日、その航空兵力および陸上の施設を空襲、一掃せよとの作戦命令にもとづく行動であり、進出位置は、ミッドウェーの北西二五〇カイリと指令されていた。まったく、ハワイ攻撃と同じようであったことはいうまでもない。

出撃後数日は晴天であったが、六月に入ると、しばしば、海霧に襲われ、霧中航行が続けられた。

この霧が、艦隊の死命を制する一因になったことも何たる不運であったろうか。

それは後でわかったことであるが、三日の濃霧中の変針に、無線を使ったことが、その一因ともいわれるが、それ以前に、日本海軍の暗号は、大半が米軍に解読されていたことも事実である。

六月四日、運命の日が、残照を残して西の海に落ちんとしていた頃、「利根」からの緊急無線で、「敵機発見」が報ぜられた。

「そら来たぞ」

「いよいよ決戦だ」

機関室の中は、自信に満ちた掛け声で、勢いよく回転するタービンの唸りさえも、、凱歌のように耳に響いていた。

明けて六月五日、まさに日の出（午前二時）前から、飛行甲板では、今日の栄ある攻撃に向かう第一波攻撃隊が待機しており、午前一時四十五分（日本時間）いよいよ、全機一〇八機からなる攻撃隊が機動部隊から進発した。

その後三〇分ばかりすると、上の方では、いよいよ、対空戦の砲火が開始され、さては、いよいよ、敵機来襲と一同緊張した。

連続高速運転のため、通風のよい機械室の中も、しだいに温度が上がって来て、その上、要所という要所は、全部密閉されているので、ガスマスクをつけていても、何だか息ぐるしいようになって来た。

どれくらいの時間がたったであろう。上の甲板では第二波攻撃隊が準備され、その搭載兵器が、爆弾から魚雷にかわるという、ゴッタがえしがくりかえされていた。

「おい敵の艦隊がいるらしい」

「空母もいるだろう。魚雷、魚雷といっているから」

機械室では、次々と、情況判断が行なわれていた。

その直後のこと——。

轟然たる爆音と振動が、全艦をふるわし、ピリピリッと身体にこたえて来た。

続いて、二発、三発！

「さては！」

と思ったとたん、勢いよく、廻っていた機械がスウッと停止してしまった。

「罐室がやられたぞ」

「魚雷かなア」

時計は、六時三十分を示している。

間もなく、打ちのめされたような激動ののち飛行甲板が、ガバと下方へむけて垂れ下がったらしく、真っ赤な炎が、通風口からもれて侵入して来た。

「通風口閉め！」

大急ぎで閉めたが、激動で、歪みが起こったらしく、充分には閉まらない。

今まで皆が集まって、金魚が死ぬ前に水面で口をアップアップするように、涼しい風に打たれたいと思っているのに、それがピタリとまった。通風のために、一時に、高温となって来た。

頭がクラクラする。まさに一二〇度！

「オイしっかりしろ、戦闘中だ」

どなったり足をけったりしたが、もうその者は動かない。

汗が次々と流れ出し、水をのむと、一分も立たぬ間にもう口が渇ききった。またのむ。また大汗だ。

飲料水はもうなくなった。

「しょうがない。復水器の水を呑め！」

蒸留水をのむと、何だか腹の中が変になった。

平素まじめな機関兵のAが、私の傍にやって来た。彼はもう半狂乱の姿だ。

「機械長！　一つ頼みがあります」

「何だよ」

「私は、N兵曹に二円五十銭借りていますが、まだ、返されません。N兵曹は右舷機室（私と反対の室）にいて、今どうしているかわかりませんが、私の手箱の中に金がありますから返してやって下さい」

「何だ。いま戦闘中じゃないか。すんでからやれよ」

「いや、機械長、私はもう駄目です」

いう間もなく彼はパッタリと足もとに倒れた。私にはもう、身を屈することも、手を伸ばすこともできなかった。身体中がしびれたようだ。

「おい二重底に入ろう」

誰ともなく発言した。
三、四人の後に続いて、私も、マンホールから、二重底に入った。横になると、首まで海水がやって来て、身体はプール入りだ。
しばらくは、その海水の中にうずくまった。

「おい、おかしいぞ」

先任機械長の飯塚少尉が倒れた兵員の名や遺言をノートに書いていた手をとめていった。

「何です」

「いや、この深度計だ」

それは、二重底の水面下何フィートという示度を示す目盛だ。

「どうも大分深まったよ」

それは明らかに、船が沈みつつあるという悲壮な報せであった。

「仕様がない、上に出るか」

艦橋との連絡はまったく絶えていた。

つい我々が、二重底に入る直前に、副長が独断で、総員退去を発したということも後で聞いたが、「総員退去」などということは、日本海軍に、いまだかつてなかったことだ。

機械室では、「何のことか」と聞き返しているうちに、艦橋との連絡がピタリと止まったとのことだった。

もうすでに電燈は消えていた。一同は、懐中電灯をたよりに二重底を這い出して、高熱の機関室にもどり、それから上方へぬけようとした。

ところが、艦が傾いているので、防水扉は、どんな力を用いても開かない。

日本の軍艦は、守るようには出来ていても、非常口などは考えてなかった。

そのとき、上甲板の方から、どうやら、薄い光がさして来るのが望見された。

二、三の兵が、その方にとびついて行ったが、たちまち、火傷でころげ落ちて来た。

しかし、もう外に出る道はない。爆弾でこわされた、マンホールが、唯一の逃げ道だ。

私は、付近にあったバケツで二、三杯水をかぶってその方へ進んだが、熱くてとてもだめだ。階段のてすりが、薄桃色になっている。

それでも、一度水をかぶって、目をつぶって上に突きすすんだ。幸運にも、大した火傷もせずに上に出た。つぎに一名誰かがつづいて来た。後を振りかえる余裕もない。機関室からさかんに軍歌が聞こえてくる。ああ最後の歌声だ、何たる惨！　艦はすでに五〇度以上に傾き、甲板には人影もない。（総員退去の終わった直後）私は、これはまだ外に出るべきでないとためらった。

そのとき、大きな振動が起こって、私は海中に投げ出された。

無我夢中で泳いだ。

艦の沈むときは、巻きこまれる――ということを聞いていた。生とか死とかの感じはなく、ただ夢中で泳いだ。二〇〇メートルも離れたと思った頃、あたら名空母の「蒼龍」は、一万余トンの巨体を艦尾を垂直に、一瞬のうちに沈んでしまった。

あたりの平静な海面がにわかに波立って、艦の沈没位置の方へ海水が流れはじめた。私は必死となってこれをさけようとした。

一面に浮いた重油で目が痛い。何度も顔を水中につけて洗ったが駄目だった。

間もなく、沈没位置に、天に冲《ちゅう》するような水柱が立つのが見えた。それが「蒼龍」の最後であった。

目をしばたきつつ仰ぎ見た母艦の最後だ。

付近には二、三の兵が泳いでいた。

私の耳には、機関室で軍歌を歌いつつ、出る術もなく沈んで行った同僚たちの歌声が、耳の中一杯にひびき渡っていた。

「これは生きてはいけない」

と思いながらも、無意識に泳いだ。

遠くで駆逐艦が見えた。しかし、アメリカの巡洋艦のようでもあった。

付近には浮流物は何もなく、つかまる術もなかった。二、三人の人影がいつの間にか遠く離れていったが、一人元気な兵隊が近寄って来た。彼は、軍刀や水筒までかついで元気に泳いでいた。

少し落ち着くと、しだいに腹がへって来た。朝食を食べたなりで、もう、日は西に傾いている。生か死か、見当もつかない。心細くもない。何の欲念もない。ただ、波のまにまに泳いでいるのだ。私は、泳ぎには自信がなかった。

平泳ぎでただ浮くことにつとめた。

しだいに時がたった。そのうちに、さっきの艦が二、三〇〇メートルに近寄って来た。日本の特型駆逐艦だ！　夢中になって手を振った。声は出なかった。元気な兵が帽子をぬいでふった。これが、マストのてっぺんの見張員の双眼鏡に入ったそうだ。

艦が近寄って来た。助かるかなア。生きてもよいのか――何だか恥ずかしいような気がむらむらと胸中に起こった。泳ぐのをやめたが、身体は自然に浮上した。とうとう、駆逐艦がそばにやって来て、ロープの下に、ケンパスのバケツをつけたのを投げてくれた。

私はやっと綱につかまり、そのバケツに尻をのせた。スルスルと引き上げられた。とたんに人事不省となってしまった。

気がつくと、駆逐艦の士官室のソファーの上にねかされていた。一面の重傷者で、ウンウンと唸っていた。中に、「蒼龍」の軍医長がいた。

「あっ、軍医長だ。助かったのは自分だけじゃない」

こうした気持が湧いた。

艦長に追われる夢

私は、全身刺すような痛みに襲われたが、負傷は足の打撲傷に、手の火傷のほか大したことはないらしい。

飛行機の搭乗員たちは顔中が、ヒョットコの面のように、赤くやけ、ふくれ上がり、口がとがって、物々しい顔になっていた。元気な兵隊の肩にすがり便所に行った者が、帰ったとたんに死んでいた。

艦の先任伍長が、酒保や、兵員の私有品も全部なげ出して遭難者に配布した。酒保の越中ふんどしは、繃帯になった。もう薬品も何もなかった。ただうなりつづけて、死んで行くばかりだ。駆逐艦は走っていた。私は、眼をとざすと、「蒼龍」の艦長が、大刀を抜いて追っかけて来るので、こわくてこわくて、そのたびごとに眼が覚めた。大きな声を出したようであった。駆逐艦では、私の自殺するのを極度に警戒したということであった。

柳本柳作艦長は、海軍兵学校四四期の俊才であって、人も知る堅ぞうで有名な人、一名乃木将軍といい、剛毅一徹いかなる場合にも自分の正しい所信を通した人であった。

しかも部下に対しては温情溢るるばかりで、すべての尊敬を受けていた。

後で聞くところによると、副長に厳命して総員を退去せしめた後に、自らは、艦橋の艦長休憩室に入って、艦と運命を共にしたという。かくありなんと仰がれる。

私は艦長が、日本刀をぬいて後から追いかけて来る妄想に間断なく悩まされた。

次々と死んで行く遭難者は、はじめは、立派な棺をつくって入れ、重錘にいろんな金物をつけて水葬にしたが、しまいには、その材料も全部なくなり、ハンモックに入れ、二人ずつしばって、水葬する以外に方法がなかった。

内地掃投

洋上で戦艦「山城」に移され、まるで平和のような大艦の上ではじめて、副長以下多数の士官、兵員と顔を合わせた。

助かったのは、自分一人だという自責の念は、ようよう薄らいだが、呉に入っても、検疫所に入れられて外出は許されなかった。

一夕、私は許可を得て、自宅に帰った。

親類じゅうが集まって、葬儀の相談中だったので、ほんとうに、幽霊か夢かと驚かれた。

何の欲念もない私は、一夜を家族と語り明かしたが、戦さの模様などはいうべくもなく、数日後、館山の海兵団に移されたのである。今にして思えば、ミッドウェー海戦は、はじめから無理な戦いで、あまりにも不用意な敗戦であった。第二波攻撃隊が、もう五分早く出ていたら、あんな惨害は起こらなかった。

爆弾や魚雷を積んだ多くの精鋭機が、敵の急降下爆撃に自爆して、自ら自分の艦の損害を大きくしたのは誠に遺憾至極であった。

いま一つは、機関科と、艦橋との連絡について応急の処置があまりにも手薄であった。

機関長か次席のものは、むしろ一人は艦橋にいるべきではなったかとも思う。

電気的な装置にたより、損害を受けた後はぜんぜん音信不通となり、機関科の大部分は上に出られずに死んでいったのではなかろうか。こうした場合の応急処置について、アメリカなどではどうなっているのかと思う。今後の艦船の設計には、人命の尊重という点から充分に考えられねばならない。

二度の遭難

私（長沼大尉）は、その後、二、三の艦を転々として、昭和十九年のはじめ、巡洋艦「能代」という最新式の防空巡洋艦に乗り組んだ。

比島に対する逆上陸作戦が、十二月二十六日、陸軍と協同して行なわれた。いわゆる、零号作戦というもので、巡洋艦二隻、駆逐艦一隻で木村昌福海軍少将の指揮下に行なわれた。

この作戦は非常にうまくいって、敵の艦船を一掃し、上陸も成功したが、駆逐艦一隻を失い、帰途、私の乗艦が、敵空襲部隊の攻撃を受けた。

この場合は全員落ちついていて、いよいよ敵の魚雷が命中して機械が使えなくなると、機関科員は上に上がって、甲板の戦闘に協力した。もちろん、発電気部員のような配置は、使えるまでその位置に留まった。

艦は停止しても、甲板上では、最後まで防空砲火を撃ちまくっていた。そのうちに、敵の雷撃機が、後方からまわって魚雷を発射した。この艦は、当時、海軍最大の六一号魚雷発射管三連装置四基もあり、その魚雷が、圧搾空気故障のために発射管の途中にひっかかって、一二本も舷外に出たままであり、それがため艦は傾斜していた。

そこに、魚雷が命中したら、これこそ最後だと、固唾《かたず》をのんで、敵の魚雷を見守っていると、まっしぐらにやって来る。

「こりゃいかん」と実際、気が気ではなく、ちょうど乗っていた西京丸に、清国の水雷艇が魚雷を発射したときのように手に汗をにぎって見守った。すると、魚雷は艦尾、中部をかわって前部に命中し、艦は急速に沈みはじめた。あっという間もなく、海中に投げ出された。

南の海とはいえ、波は高い。しかし、たくさんの浮流物があり、これにつかまって、二時間ばかりの後に味方の駆逐艦に救い上げられた。思えば幸運児である。この戦争で二度も泳いだので、泳ぐ経験はまず満点というところ。ここでも、最後まで残っていた機関科の発電機部員はどうなったか？

（昭和三十一年十二月号）

「蒼龍」魚雷調整員ミッドウェー火炎地獄生還記

元空母「蒼龍」乗組・海軍上等整備兵曹
元木茂男

海軍記念日の出撃

昭和十七年五月二十七日、この日は海軍記念日にあたった。これまでも祝祭日、記念日などを一つのフシ目として、行動を起こしたり、あるいは行動の完結の目標になったりした。これも偶然ではないような気がしたのだが、じつはこの日に、機動部隊は柱島を出撃したのである。その直前だったと思うが、第二航空戦隊は旗艦を交替し、山口多聞司令官は「飛龍」にうつられた。

こんどの作戦は、あのドーリットル隊による本土爆撃などもあって、急速にすすめられたのであろう。ミッドウェー島をたたくことによって、出てくるであろう米艦隊と一戦をまじえ、これをいっきょに撃滅し、爾後の作戦を有利にしようというものであった。

したがって、一大海空戦が予想された。いよいよ魚雷攻撃の出番である。

その航空魚雷だが、これは艦船魚雷と区別するために、そう呼ばれていたようである。構造の面では、そんなに違いがあるわけではない。ただ航空魚雷の場合、高速の飛行機から、しかもある程度の高度より発射するのであって、強度、その他、特殊な点で、兵器の最高技術陣によって改良に改良をくわえて開発された、世界に冠たるものであった。

すでに真珠湾攻撃においてその威力を発揮し、われわれにしても、非常に誇りに思っていた配置であった。

ところで、「蒼龍」の魚雷調整場は、艦橋と反対舷、つまり左舷の艦底にちかい部分に位置していた。

すでに調整を終わった魚雷を、念には念をいれ、さらに一本ずつ精密な点検調整をおこなった。

そうして、いつでも艦攻に装備できるように、万全の準備をととのえる。すでに実用頭部はとりつけられており、弾庫もかねているような状態であった。

ここで九一式魚雷（改一〜改三）の要目をあげておこう。直径四五センチ、全長五・二七〇メートル、重量八四〇キロ、炸薬二三五キロ、雷速四二ノット（射程距離二〇〇〇メートルの場合）で、艦船魚雷とくらべると、非常にコンパクトにできている。

出撃していらい、毎日、厳重な警戒のうちに、東へ東へとすすんでいるようである。

六月四日、敵哨戒機を発見して、これを零戦が追ったが、捕捉できなかったようである。これで敵は、きわめて確実な情報をもち帰ったことになる。このことが、あすの攻撃にどのように影響するであろうか。

あくれば六月五日、ふつうより早い総員起こしである。ただちに身も心も清め、万全を期するためにハダ着もきがえた。「蒼龍」神社にお参りするため、近道の搭乗員室をとおらせてもらうと、熱気がムンムンとあふれている。お参りがすむと、いそぎ調整場に集合した。

雷爆員全員を前にして、高橋掌水雷長よりこの日の作業の指示があった。そのあと、ただちに艦攻一八機に、八〇番陸用爆弾を搭載する。そして、搭載終了後、こんどは急ぎ魚雷搭載の準備にかかる、というもので、あらためて身のひきしまる思いがした。

爆弾の主管は射爆分隊であるので、雷爆分隊は協力する班になる。いま考えてみると、あの運搬車は、まことに頑丈すぎて、使いづらかったが、訓練のカンで上手にあつかえるようになっている。だいたい、一度で投下器にどんぴしゃりといく。

ただ艦ががぶると、少々手まどった。すると、搭乗員が手をかしてくれる。心温まる光景である。

操縦員の投下試験が終わると、あらためて完全にセットされ、リフトによって一機ずつ飛行甲板にあげられる。そして、後部のほうに三機ずつならべていくのが、夜明け前の作業である。

雷爆員はただちに調整場にもどり、攻撃隊が帰るまでに魚雷の準備にかかる。調整場から格納庫へ、運搬車ごと一本ずつあげるのである。

兵隊ひとりが魚雷に抱きついて、ようやくというせまいものであった。そして一八本全部を整然とならべ、あとは攻撃隊の帰りを待つばかりである。みなは調整場の当直をのこし、それぞれ飛行作業の手伝いのため、ポケットで待機する。

島田さんと私が当番で、調整場の当直である。ややあって、対空戦闘のラッパが、スピーカーで流れた。敵機の来襲らしい。ポケットにいる同年兵の斎藤から電話があり、敵の攻撃をうけたが、みごと撃退したとのこと。

致命傷となった直撃弾

そうやって、七波か八波にわたる敵機の攻撃を切りぬけた直後、魚雷調整場の待機を交替して、飛行甲板にでた。

たまたま早昼食の戦闘配食中であった。烹炊員《ほうすい》によってくばられた「にぎり飯」を、いそいで二、三コを食べ終わった瞬間、「蒼龍」の左舷を併航していた「加賀」に命中弾があった。

「蒼龍」にも対空戦闘のラッパがひびきわたった。

ちょうど、そのとき、写真班長阿部兵曹がアイモをかまえて、これを撮影中であった。私は三〇名ほどの整備員とともに、艦橋の前部飛行甲板上に待機していた。

そのとき、飛行甲板後部には、艦攻が一〇機ほど待機中であった。まったく突然、その真ん中あたりに、第一弾が命中して、艦攻とその関係員が飛散した。

その直後(三〇秒ないし一分ぐらいであろうか)、敵の急降下爆撃機より投下されたゴマ粒大ほどの黒点(爆弾)がみえた。待機中の者は、みなその場に伏せた。

その瞬間、飛行甲板の前部と思われたあたりに、第二弾目の直撃をうけた。これがすべてを決したのである。

第一弾のときの、その凄惨さを目《ま》のあたりにしたばかりである。しかし、こんどは自分がその渦中にまきこまれていた。

気がついたときは、三、四メートルほど吹きとばされたらしく、あおむけに横たわっていた。その場所には、私ただひとりである。どのくらいの時間がたったのだろう。まわりは炎の海であった。

あごヒモをかけていたはずの戦闘帽がなくなっている。炎のなかでむせながら、「フーフー」いって呼吸する。こんなことははじめてのことだった。

両手で頭にさわってみたが、まったく感触がない。エンカン服（上下つづきの作業服）があちこちで燃えている。

われにかえったのは、そのときであった。いっしょにいた三〇名ほどの一団は、どうしたのだろう。吹きとばされて四散したのか、それとも退避したのであろうか。

艦橋を見あげると、二、三名の士官の姿がみとめられた。マントレットに使ったハンモックは、とび散って、跡かたもなくなっていた。わずかにその形をのこしているものも、宙吊りになっている。

そのほか、直径一・二センチのホーサーも、マントレットの形をとどめず、無残にたれ下がって、煙と炎につつまれている。

炎がいきおいを増して、さらにあとからせまってくる。とっさにたれさがっていたホーサーをとり、ロッククライミングよろしく、すぐ下の高角砲台（右舷、艦橋前）におりようとした。

そのときの身体の軽かったことを、いまでもはっきりとおぼえている。

ところが、そのとまっていたところが燃えて切れ、三メートルほど下の高角砲弾の山の上に落ちてしまった。したたか腰を打ってしまい、しばらくは動けなかった。

このしばらくは、時間的にはわずかだったのであろう。またまた火がせまってきた。気をとりもどし、つぎの逃げ場をさがす。

ちょうど砲台の下に、わが分隊の受けもちの防雷具甲板がある。単艦式掃海具展開器のある部署である。

そこは、やはり外舷に張り出した海面から二、三メートルのところで、高角砲台から四、五メートルの急なラッタルがつづいていて、手すりもあった。すでに熱くなっていた手すりをつたって、その甲板まで降りた。

ラッタルを降りきると同時に、ついさっき、したたかに腰を打った砲弾が、大誘爆を起こした。

それはちょうど、死角になっていたので、直接に爆発による被害はなかった。しかし、あの溶接のときにとび散るような火の粉の滝を、いやというほどかぶってしまった。

この防雷具甲板には、気がつくと、いっしょに火の粉をはらっている、おなじ分隊の兵曹が三名いた。

海上には多数の戦友が、大きな波のうねりの間にまに、艦からはなれようと泳いでいる姿が見えた。容易ならざる事態に立ちいったことを、一瞬感じた。

すでに「総員退艦命令」が出たらしい。しかし、すべての艦の機能が停止したいまでは、命令があったとしても、知るスベがなかった。

まだ艦の行き足はあり、進んでいた。われわれ四名はとびこむことになったが、私はどうしてもその気になれなかった。魚雷と砲撃をうけたわけではなく、火災だけでは沈まないと思ったからである。

全身火だるまの果てに

そんなわけで、私ひとりだけが残ってしまった。前甲板（錨甲板）まで外舷道がある。それは通路といっても、幅四〇センチくらいの、間かくのせまいハシゴを横にしたようなもので、約七、八〇メートルくらいの長さがある。

それをつたって前甲板に出た。幸い、そこには、元気な者と負傷した者合わせて九名が、すでにきていた。そのあとに一名がくわわり、けっきょく、私もいれて一一名となった。

そのころには、艦はだいぶ行き足が落ちていたが、やがて停止してしまった。しかし、艦は風に立つので、煙はまったくまわってこなかった。

元気なものは消火にあたり、また、「御真影」を救い出すため、艦長公室にむかった者もいたが、これは失敗に終わった。

そうしているうちに、唯一の士官医務科の看護兵曹長がきて、前甲板はいちばん安全な場所となった。

太陽の位置からはかると、致命的となった第二弾の命中は、十時ごろであったろうか、だいぶ時間がたったらしい。それまで気がつかなかった傷が、いたみ出してきた。

軍手を腰にはさんでいたが、露出した部分は火傷を負っていた。ひと皮むけた手の甲からは、黄色いウミが出て、それが日光にあたって、激痛をおぼえた。頭もそうである。

顔全体がひとまわり大きく、円くはれあがっている。眼がだんだんふさがってくる。顎のところからウミがたれてきて、治療のしようがないほどである。いつしか僚艦の姿は、一隻もみえなくなってしまった。ときどき、艦内で誘爆がおこり、それが艦をふるわせた。

元気なものは円材などをあつめて、イカダを組みはじめた。漂流の覚悟であろう。その間にも、誘爆の音や震動が艦内のあちこちでしていた。火災はおさまったかにみえたが、まだくすぶっていたのであろう。

そろそろ午後三時ごろであろうか。両手の、はがれた甲の皮が、長時間のうちに乾いてしまい、からからになって指先でぶらぶらしている。それがむけたところにさわり、痛さを増した。

ずいぶんと厚い皮である。わずらわしいので、思い切って片方ずつちぎってすてた。他人事のように書いているが、本人は夢中でやっているのである。

とくに注意があって、合戦前に、あらかじめ耳には綿の栓《せん》をしていたので、鼓膜はぶじだったようだ。その綿の栓を、だんだんいうことをきかなくなってきた指先でとってみると、空気のふれる表の部分が真っ黒にこげていた。

そのころには、付近の洋上を泳いでいるはずの数多くの戦友の姿がみえなくなっていた。第二弾、第三弾をうけてからも、艦はしばらくすすんだので、相当の距離がついて、はなれてしまったのであろう。

また、頭部の痛みがひどくなってきた。頭髪が一本のこらずこげてしまい、さわっても感触がない。体全体が激痛におそわれ、そうして、首から上は火傷《やけど》であった。

あれほど激しかった戦場も、いつしか夕陽が西にかたむいていた。みなはようやく、われに帰った。「果てしなき漂流」——ふと、そんなことを思う余裕すら出てきた。

そのとき、はるか水平線上に、点々と僚艦の姿が見えてきた（砲撃がないので、空は澄んでいた）。

やがて、急行した駆逐艦「磯風」が接近してきて、救助艇がおろされ、舷側につけた。はたして「蒼龍」の姿は、どんなふうになっているのだろう。前甲板からは見ることもかなわず、知るよしもない。

「磯風」の乗組員や、先に救助されて乗艦している「蒼龍」乗組員の目には、どう映っているのか。他艦からみれば、「蒼龍」はまだくすぶっていたはずである。まさに決死の救助隊である。

前甲板で、たしか看護兵曹長の指揮のもとにつくられたと思うが、吊り下げ用の箱状のタンカによって、負傷者から順に救助艇におろされて、「磯風」に収容された。そして、ただちに応急手当をうけた。

私は手は全部包帯で巻かれ、頭部は目と鼻と口を残して、あとはすべてさらしでつつまれてしまった。兵員室は満員である。ただでさえせまい駆逐艦である。

被弾いらい九時間ぐらいして、駆逐艦「磯風」に収容されたことになる。そのあと（約三〇分ぐらいといわれている）、「蒼龍」は大爆発を起こし、瞬時にして沈んだ。その栄光と輝かしい戦歴もむなしく、脱出できなかった数多くの戦友をだいたまま、痛哭《つうこく》の涙をのんで、東太平洋に姿を消したのである。

「赤城」「加賀」「蒼龍」「飛龍」と、精鋭四隻を一日にして失うという事実を目のあたりにして、帝国海軍のかつての栄光を惜しみ、その復讐を誓った。しかし、あすからたどるわが日本のゆくえを思って、絶望に近いものを感じたのである。

その後は人事不省となり、生死の境をさまよった。記憶もとぎれとぎれになった。顔面や頭部は、まるでスイカのように大きくはれあがり、のどもはれて、食べ物はまったくノドをとおらない。リンゲル液だけで、かろうじて生命を維持していた。

おそらく、高熱のためであろう、夢にうなされたような状態ではなかったろうか。看護にあたってくれた上級者と同僚の人たちには、大変な苦労であったろうと思う。いまでも感謝している。

何日目かに、負傷者は同航して帰路についていた「千代田」に洋上でうつされた。

六月十四日、奇しくも、私の誕生日に呉に入港した。と同時に、病院船「氷川丸」に、そして翌十五日には、さらに呉海軍病院にうつされて、入院生活がはじまるのである。

戦後、史家がよくいわれる「運命の五分間」を、一水兵の視野に映ったまま、すでにうすれつつある記憶をたどりながら、ふり返ってみたわけである。

いくたの戦友を失い、敗れて故国の土をふむ。かくてこの身も、廃兵の道をたどるのである。

（昭和五十七年一月号）

火だるま「蒼龍」に焦熱地獄を見た

元空母「蒼龍」機関科電気分隊・海軍上機曹
小俣定雄

暗雲ただようミッドウェーへ

瀬戸内海の柱島には、開戦へき頭におけるハワイ真珠湾での大勝いらい、南太平洋からインド洋にいたるまで、連戦連勝に意気あがる機動部隊が、近づくあらたな作戦にそなえて待機していた。そして、昭和十七年五月二十七日、わが艦隊は一路ミッドウェー島攻略をめざして出撃した。

南雲忠一中将を司令長官とする第一機動艦隊の空母「赤城」「加賀」「飛龍」「蒼龍」および高速戦艦「榛名」「霧島」などは、ぶじ豊後水道をぬけると、堂々たる輪形陣をくんで海をおしすすんだ。それは、ハワイ、ウェーキ、アンボン、ポートダーウィン、ジャワ、セイロンなどの戦いできずきあげられた自信にみちた無敵艦隊の勇姿であった。

だが、無敵であるはずの南雲機動艦隊が、わずか数日後に無残な敗北をきっしようとは、だれも夢想だにしないところであった。その敗因は、われわれは絶対に負けないという慢心と、敵の力をあまくみた油断にあったと思う。

そのもっとも顕著《けんちょ》な例は、機密保持の失敗にみられる。ハワイ作戦のさい、攻撃目標がハワイであることをわれわれ機関科員が知ったのは、単冠《ヒトカップ》湾に入港してからであった。志布志湾や佐伯湾での猛訓練中も、ちかくになにかが起こるという予感はあったが、その正体はまったくわからなかった。佐伯を出港して北上していくときなど、われわれはソ連攻撃かと思っていたほどである。

それが今回の出撃では、以前からミッドウェー島が目標であることを、われわれは知っていた。内海での待機中も、このことを戦友たちとよく話しあい、

「ミッドウェーならば、ハワイの帰りにひねりつぶしておけばよかったのに」

といっていた。こんな話をかわしながら、私はなんとなくイヤな予感にとらわれていた。ムシの知らせとでもいうのであろうか、ミッドウェー作戦の直前に撮影した写真をみると、心なしか覇気《はき》にかけるようにみえる。

心に一抹の不安をいだく私を乗せて、「蒼龍」は一路ミッドウェー島をめざす。私が「蒼龍」に乗り組んだのは、昭和十五年五月で、それいらい満二年間にわたって電気分隊に勤務した。

そのため、基準排水量一万五千九百トン、水線長二二二メートルという巨大な母艦の艦内はもちろん、戦闘中でも開けることのできるハッチ、網の目のような通路のすべてが頭のなかに描きこまれていた。このことが、ミッドウェーで「蒼龍」が沈没するさい、大いに役だったのであった。

なにしろ、われわれ機関科の配置は、水面下の艦の一番底である。しかも、空母は自艦用

の燃料のほかに、航空機用の燃料、爆弾、魚雷も搭載しているので、さながら浮かぶ火薬庫のようであり、万が一にも、これらの貯蔵庫のひとつに火がつけば、一瞬にして轟沈する危険をひめているのであった。

全艦をゆるがせた大爆発

六月五日、決戦の日はきた。

その日は夜明け前から、総員が戦闘配置についていた。やがて、明けそめる南太平洋の空へむけて、ミッドウェー島爆撃にむかう第一次攻撃隊の発艦していく音が、はるか艦底の中部待機所にいるわれわれの耳にもきこえてきた。

私は機関科電気分隊に所属し、分隊長以下七七名で編成されていた。私の配置は応急電路員であるため、電話線などの電路に被害がないかぎり、待機所で戦闘待機している。この応急電路員は、吉沢先任下士官ほか四名であったと思う。

第一次攻撃隊が発進した直後に、対空戦闘のラッパがなりひびいた。上甲板では、はげしい対空砲火をうちあげているのであろうが、艦底のわれわれは、ただ腕をこまねいて、甲板員たちの奮戦を祈るばかりである。

やがて、なにごともなく対空戦闘はおわり、ミッドウェー島爆撃にむかった攻撃隊が帰還してきた。そして、格納甲板では、ふきんにいると思われる米空母攻撃のために対艦用航空魚雷の装着をおこなっている。

そこに、第一次攻撃隊から、

「第二次爆撃の要あり」

という無電がはいり、あわてて魚雷から対地用爆弾への換装がおこなわれた。その最中、こんどは偵察機より、

「敵艦隊見ゆ」

との無電があり、ふたたび爆弾から魚雷への換装がおこなわれたのであった。

そんな状況をまったく知らないわれわれは、頭上のさわぎを聞きながら、いったい何事かとやきもきするばかりであった。早朝から対空戦闘があり、われわれはなにも口にしていなかったので、この間に戦闘食をとって、ほっと一息ついていた。

このちょっとした油断をつくように、対空戦闘のラッパがふたたびなりひびいた。対空射撃の音がさかんに聞こえてきた。先ほどとおなじようにすぐに敵機を撃退するものと思っていた。

そのとき、突然、ズシーンという音とどうじに、艦がはげしくゆれ動いた。つづいて、ズシーン、ズシーンと三発の爆弾が命中した。

爆弾命中だ。私は、思わず飛びあがった。するとまもなく、艦内の電灯がすうっと消えてしまった。伝令が電話にかじりついて、主管制盤にたいし被害個所を知らせるよう、さかんに連絡をとるが、まったく応答がない。

いまの爆発で、電路が切断したのか、あるいは主機関を破壊されて発動不能になったようだ。のちになって考えると、どうやら原因は後者のように思える。

とりあえずわれわれは、二人一組となって故障個所を発見するため、真っ暗な通路に飛び

だしていった。

われわれは、頭に炭坑夫がつけるような小さなライトをつけ、防毒マスクをかぶっているが、これらは光量も弱く、実際の役にはほとんどたたない。しかも、戦闘中のため、下甲板の防水扉はすべて密閉されており、思うように動けない。暗やみのなかでは、われわれの経験とカンにたよるほかないのだ。

一刻もはやく電灯をつけなければ、と心はあせるが、誘爆がはげしく、各所で火災が発生して手がつけられない状態である。消火しようにも、ポンプを動かす電気がとまっているので、水がでない。艦の被害は、増大するばかりだった。

暗やみのなかで右往左往するうちに、私はいつのまにか一人になっていた。こうなっては故障個所の修理どころではない。私は火のない所へ退却しようと、夢中で艦内をあるいた。

燃えさかる劫火からの脱出

退却する途中、暗やみのなかから私の足に抱きつくものがいた。

助けおこしてみると、私より半年ほど先輩の小貫兵長であった。兵長は左足を骨折したらしく、まったく力がはいらない。しかも胸に重傷をおっているので、一人で立つこともできないのだ。

小貫兵長をだきかかえるようにしてたどりついた後甲板には、艦内の配置から退却してきた乗員でいっぱいだった。また、海面をみると、すでに多数の人が艦を脱出して浮流物につかまり、必死に泳いでいるのがみえた。

私が小貫兵長をかかえて、海に飛びこむべきかを逡巡《しゅんじゅん》していると、艦内から真っ黒な顔をして同年兵の平子春雄兵長があらわれた。そして、私をみつけると、二言、三言なにかいったかと思うと、いきなり後甲板のラッタルを走りおりていこうとする。

「貴様、どこへ行くのか！」

私はそう叫ぶと、彼をつかまえようとしたが、私の手はむなしく宙をつかんだ。そして、平子兵長は燃えさかる艦内に姿を消すと、ふたたび帰ってはこなかった。

その間にも、火災はますます激しくなり、後甲板にもせまってきた。もはや熱くて、これ以上はいられそうもない。といって、海へ逃げるにしても、重傷の小貫兵長をかかえていたのでは、二人の重さをささえるだけの浮流物をみつけられるかどうか、自信がなかった。

火はすでに発動機調整室にうつり、さかんに燃えている。目の前では、厚さ一〇センチもある鉄片が、真っ赤に燃えとけて、アメのようにまがっている。

あまりの熱さにがまんできなくなった私は、小貫兵長をだいたまま、足の方から海に飛びこんだ。海中に沈んでから、大きく手足をうごかす、すっと頭が海面にでた。さらに幸運なことに、前甲板の方で投げこんだ比較的に大きな板が流れより、われわれはこれにつかまることができた。

小貫兵長は、かつてボート漕ぎの選手をしていただけに体力もあり、ひじょうに気性の強い男だったので、あれほどの重傷にもかかわらず、七時間あまりの漂流をがんばりとおし、ついに駆逐艦「磯風」に救助されたのである。

だが、この奇蹟の男も、翌朝には出血多量で戦死してしまった。

彼は臨終のさい、海水に濡れて動かなくなった時計を、電気分隊で「磯風」に救助された四人のうちの先任だった清水武久兵曹にわたし、もし内地に帰れたならば、遺品として妻にわたしてくれるようたのんで、息をひきとったのである。

「蒼龍」機関科員三百余名のうち、生存者わずか二十数名。そのうちわけは、士官以上全員戦死、下士官数名、あとは揚弾機などの弾丸はこびにあたって、本来の任務である機関配置にいなかった新兵であった。

沈没艦における機関員ほど無残なものはない。頭上はすべてガソリンと爆弾がしきつめられて、各区画は防水扉で密閉されてしまう。ひとたび被害をうけたならば、通風孔が火のとおり道となって燃えひろがり、発生するガスに窒息し、焦熱地獄のなかで、蒸し焼きにされてしまうのであった。

密室から逃げのびた奇蹟の男

その日の夕方、二名の「蒼龍」機関科員が救助された。たぶん最後の脱出者と思われる。その一人が、私の一年後輩である堀田一機（昭和四十八年死亡）であった。右舷機械関係の生存者は、おそらく彼ひとりであろうと思う。

堀田一機は、爆弾命中による火災で、ハッチをとめるボルトが焼けついて、機械室に閉じこめられてしまった。各所に発生する火災に、室内は熱気と煙が充満した。艦底のビルジにたまった海水をかぶって暑さをしのごうとしても、湯のようになっている。暑さにたえきれず気が狂う者、あるいは煙にまかれて窒息する者が続出した。

彼は、できるだけ床に寝ころび、じっとがまんをしていた。となりの機械室のあいだの隔壁をハンマーでたたくと、すぐに応答があった。よく耳をすませると軍歌が聞こえてきた。このように、総員退却となっても、火災のためハッチがとけてひらかず、暗やみのなかで苦しみながら死んでいった機関兵の数は、じつに多かったであろう。

やがて火災もおとろえたので、堀田一機はもう一人の機関兵曹と力をあわせて焼けとけたハッチをこじあけ、沈没寸前の「蒼龍」から奇蹟の脱出をとげたのである。

それにしても「蒼龍」の被弾場所は、あまりにも不運であった。前、中、後部の三ヵ所に一発ずつ命中弾をうけ、第一弾で主蒸気管がやぶれてしまい、缶室の全員が戦死した。エネルギー源をたたれた主機械はとまり、発電用タービンも息たえた。こうして「蒼龍」は、心臓部に致命傷をうけたのであった。

艦長の柳本柳作大佐が総員退却を命じたのは、被爆後わずか二〇分という。

「磯風」から水上機母艦「千代田」にうつされたわれわれは、内地へ回航されると、館山砲術学校に残務整理のためと称して、なかば軟禁状態にされた。

それは、ミッドウェーの敗戦を外部にかくすためと、われわれのしみついた〝負け犬〟根性をなおすためといわれる。

われわれは機関科士官の全員が戦死したため、最先任の下士官を責任者に、さびしい残務整理をおこなったのである。

（昭和五十一年八月号）

酷寒の大要塞〝キスカ〟無血上陸の前後

元キスカ島根拠地隊主計長・海軍主計少佐　小林　亨

北方作戦の露払い

キスカ島は、アッツ島とともに北太平洋のアリューシャン列島にうかぶ孤島である。昭和十七年六月八日、舞鶴第三特別陸戦隊の主力、約一五〇〇名は、ミッドウェー作戦と並行して、この霧ふかき北の果ての孤島に、無血上陸をおこなった。

この上陸作戦の目的は、それまでの全般的な作戦からみて、もし南方における作戦が成功したあかつきには、このキスカ島を米軍来攻の索敵基地とすべく、おそるべき〝冬将軍〟到来までに、当時としては最新式の電探を設置して基地を確立し、ただちに内地に引きあげて待機するという、いわゆる甲基地設営が主任務であった。

この任務をきかされたとき、われわれは、いくら精鋭をほこった陸戦隊であろうとも、やはり人間である、ということがしみじみとわかった。それは、決して人には自慢できたことではないが、ぜったいに死ぬことはない、という安心感がわいてくるのを禁じえなかったのだ。

だが、思えばこの上陸作戦が、やがて酷寒のツンドラ地帯のなかで、また、低気圧の吹きだまりのような濃霧の連日のなかで、約一年余のあいだ激しい戦いに頑強に抵抗しつつ、奇蹟の無血撤退作戦を成功させようとは、だれが想像しえたであろうか。

キスカ島は、上陸したのち「鳴神島《なるがみ》」と改名され、また小キスカ島は「向島」と呼ぶようになった。そして、日本軍の上陸を知った米軍が、この甲基地設営を阻止せんとして、連日のごとく爆撃を敢行するなかで、わが設営隊は勇敢にも、キスカ湾を中心にして、南に「南高地高射砲陣地」を、北側には「松ケ崎砲台」を、さらに湾内の中心部には水上航空基地と特殊潜航艇基地の完成に全力をあげた。

また、別の設営隊は、西方の高地に高射砲台、機銃陣地を配して、その奥にキスカ上陸の主目的である電探基地をもうけて、敵の来攻を探知すべく、夜をてっして作業をすすめた。

これらの作業がはかどっているうち、もしその後の作戦に変更あるときにそなえて、永久施設防備のために、はじめ南方作戦に参加する予定であった横須賀鎮守府と、呉鎮守府の陸戦隊の一部や、そのほか根拠地隊、防空隊、独立設営隊などが、ぞくぞくと来島してきた。

「キスカの戦い」は、いわば孤独な自分との戦いであった。また、霧と雨と、雪と風との戦いでもあった。そのうえ、人間としてけっして耐えることのできぬ、空腹と欲望とがつねにわれわれを襲い、最後には、ただ天佑神助をねがうという人間生活のギリギリの戦いでもあった。

酷寒の島をめざして

昭和十七年五月三十日、第五艦隊の水上艦艇に護衛された輸送船白山丸は、新しい任務の完遂に、勇気と期待にはちきれんばかりの陸戦隊員や設営隊員たちをのせて、波しずかな太平洋を一路、北方にむけてすすんだ。

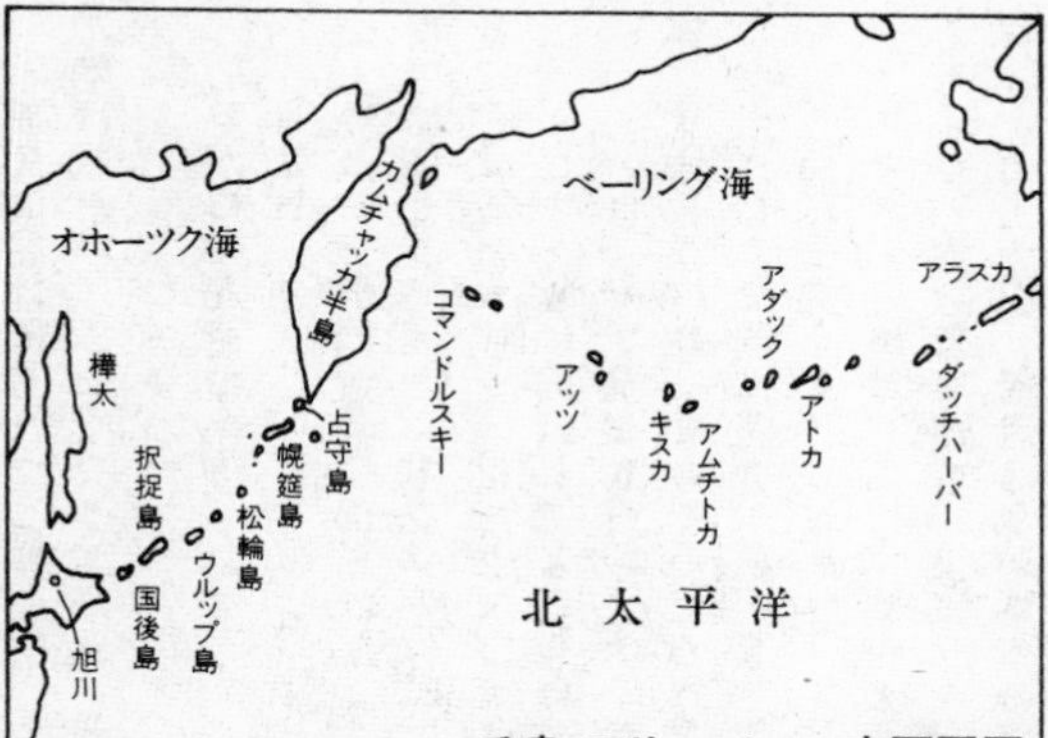

千島・アリューシャン方面要図

当時、私は結婚したばかりで、いささか家庭のことが気がかりであり、新妻と別れねばならない二七歳の青年の心境は察していただけるものと思う。

だが、精鋭陸戦隊の主計長の任に当たっていた私は、これから果たさねばならぬ重大な任務のことを考えると、そのような〝平和ムード〟にばかりひたってはいられなかった。このことは、かたちこそちがっていても、将兵たちの共通した心境ではなかったろうか。

『春がゆく、意気ぶかき春が。そして、一人の人間を芽生《めば》えさせせんとする春が。さらに、一人の人間をして生死の岐路に立たしめんとしている春が――この自然の春の未だ訪れない土地（キスカ）に、民族至上の目的をもって、春のゆかんとする日本より、征《ゆ》かんとする人のこころやいかに――。

〝春過ぎて春を迎うる霧深さ

〃孤島に船はゆられつつゆく〃
霧はしだいにふかくなって来た。わが駆逐艦は、木の葉のようにゆれている』

心静かに時を待つ

六月六日

『上陸は一日延期され、部隊はひとまず進路を南方に変針した。これは、連合艦隊からの通信連絡によって、ミッドウェー作戦において、わが空母「赤城」「加賀」をふくめて四隻が沈没、または被害をうけてしまったことが原因らしい。この日の午後四時ごろ、わが船隊はふたたびキスカに向針して航行をはじめた。とにかくわが空母部隊の大部が撃破されてしまったことは、一大痛恨事といえよう。かくなる上は、わが北方の攻略部隊も、そうとうの犠牲を覚悟しなければならないだろう。敵はすでに、わが部隊の行動を察知しているらしい。

〃生まれ来て国に報ゆる秋至《ときいた》り
心静かに機をぞ待つらめ〃』

このときの心境は、南方作戦が失敗したので、これに関連して、これから設置しようとするキスカの索敵警戒網も、役に立たなくなるのではないかと思い、ひょっとすると、キスカ行きが中止となり帰還命令が下るのではないかと、ひそかに期待していた、というのが、偽りのないところであった。

これははたして、人間特有の〃弱さ〃なのであろうか。当時、第五艦隊参謀長も、北方作戦中止を進言したということである。

だが私は、このような態度は、けっして部下に対してみせるものではなく、それは敗北をみとめることになるとして、ふかく自戒《じかい》した。

かくせぬ一抹の不安

六月七日

『いよいよキスカ島上陸の日が来た。皇国の運命は一にわれらが双肩にかかっているのだ。まさに滅私没我のような心境であった。

――私は、白山丸の私室のベッドに横になり「次郎物語」を読んだ。やがて昼食の時間になったときには、すでに読破してしまった。そして戦友とともに船上に出て、最後の記念撮影をおこなった。夜のとばりがおりると、私は、太平洋戦争緒戦とうじ、蘭印方面で駆逐艦に乗ってのんびりとしていたときのことを思いうかべて、現実のきびしさがひしひしと胸にせまってくるのを感じ、さらに、敵前上陸というものを、まるで他人事《たにんごと》のように思えた、そのとうじの心境から、一変して、わが人生に貴重な一ページをかざろうとしている現実の、この責任の重大さに身ぶるいした』

舞三特の主計長になるまえ私は、第二一駆逐隊主計長として、駆逐艦「子ノ日《ねのひ》」に乗艦していて、マカッサル上陸作戦支援やバリ島沖海戦に参加していたが、そのころの南方作戦は、わが海軍の誇る零戦の威力が絶大であったので、比較的、作戦の遂行はラクであった。

だが、それとくらべるとこの北方作戦は、たとえそれが、隠密行動による奇襲上陸を主眼としたものとはいえ、うらさびしい暗いものに感じられた。

陸戦隊員の大部分が、北国そだちの猛者とはいっても、内地では想像もできぬほどの酷寒の地ともなれば、やはり前途に一抹《いちまつ》の不安を感じさせたことはたしかであった。

やがて午後十時、波しずかな暗夜のキスカ湾に碇泊する白山丸は、機に乗じて大発を海上におろした。北海の水はつめたく、もし海中に落ちでもしたら、数分で身体の感覚をうしない、溺死《できし》してしまうであろう。

そのうえ重装備をして、たかい舷側にたれ下がるナワ梯子《ばしご》をかすかな案内灯をたよりに大発にうつることは、じつに困難なことである。

もし今夜が、荒天のばあいだったら、と考えると身の毛がよだつのを感じた。

しかし、その日の天候は、それから一年余のあいだキスカ生活をおくったうちで、まったく数えるほどしかないという、じつに波しずかな夜であったのだ。これこそ天佑神助のあらわれではないかと思わざるをえなかったほどだ。

奇襲上陸を成功させるには、まず十分に敵情を知っておかねばならない。当時のキスカ島にたいする情報は、きわめて不確実なもので〝こうであろう〟式の、いわば推定の域を脱しないものであったといえよう。それだけに、この好天が陸戦隊員にあたえた影響は、じつに大きなものがあった。

上陸部隊は二隊にわかれて、北高地の北方の海岸めがけてすすんだ。波はしずかだ。どうやら抵抗の気配はない。

しだいに海岸線との距離がつまる。その距離は――だが、暗くてたしかめることは不可能であった。

大発の陸戦隊員は、だれ一人として声を出す者もない。やけに静かな時間がすぎた。まだ敵が察知したようすはない。だが、油断《ゆだん》は禁物だ。大発のエンジンの音が、いやに陰気《いんき》くさく耳に入る。これで全速力なのだろうか——もっとスピードが出ないのか——不安はいよいよつのる。

やがて、私の乗った大発の前方を行く先遣隊から、上陸成功の信号弾が、夜空にひときわかがやいた。

「やったぞ！　ついに上陸に成功した」

と、思う瞬間、わが大発も砂浜にのし上がるように到着した。

いっせいに大発から飛び降りた陸戦隊は、信号弾の明かりをたよりに、岩石の多い海岸をいっきに突っ走る。

だが、身をかくす場所がないのだ、上陸前は、身を伏せてかくれることができる、灌木《かんぼく》の一本や二本はあるだろうと思っていたのに、岩石か、さもなければ、ジュータンをしきつめたようなツンドラ地帯ばかりで、とても身をかくすどころではない。

もしこのままの状態で夜が明けてしまったら、それこそ大変である。

しかしどうやら、敵の抵抗はなさそうである。上陸してからどのくらいの時間がたっただろうか。いつまでたっても銃声ひとつ聞こえない。

私は歩きはじめた。もう大丈夫だ、と思った瞬間、〝火事場《かじば》のバカ力《ぢから》〟ではないが、それまでは軽々《かるがる》と背負っていた荷物が、急にズシリと肩にこたえた。とくに工作隊、医務隊の連中は、いちばん大切な設営資材をかついでいたので、さぞ、重く感じられたことであろう。

思わず私は〝ご苦労さん〟と声をかけた。

そのうち東の空が明るくなってきた。キスカ特有の濃霧も、いつのまにか去って、キスカの山々が、ぼんやりと認められるようになった。どうやらこのまま目的地まで行けそうだ。

各隊は作戦命令にしたがって、隊列を組んで黙々と歩いていく。もうすぐだ。岩石と砂地のため、足がとられて歩調はみだれているが、なんとなく浮きうきとしたものが感じられるのは、やはり上陸成功という、安心感が左右しているのであろうか。

それだけに、目的地についたとき、だれいうとなく、軍艦旗を中心に、〝バンザイ〟のかん声が上がったのも、むべなるかなといえよう。

だがその反面、山容もはっきりとしたキスカの山並みをみたとき、これからの甲基地設営作業が、いかに困難なことであるか、ということがひしひしと感じられ、かわす言葉のなかにも緊張と使命感がありありとうかがわれた。

それが、上陸作戦の終わった味方艦艇が、敵の攻撃をさけるために、キスカ湾を引き揚げていったとき、いうにいえない孤独感がおそってきた。そしてだれもが、敵の攻撃にそなえて、死を覚悟し、散って護国の鬼になることを誓い合ったことでもわかるであろう。それも遠く祖国をはなれたこの不毛の地に骨を埋めることを――。

僚船日産丸の無念

六月十一日

『正午ごろ、敵の大型飛行艇一機が、キスカ湾に着水すべく、キスカ水道から進入してきた。

まさに着水態勢に入らんとしたとき、急に高度をとって南高地の方向に去っていった。よもやキスカ島に、日本軍がいようとは思っていなかったのであろう、一目散《いちもくさん》に逃げていった。

だが、笑ってばかりはいられない。あの飛行艇の情報によって、キスカに日本軍あり、ということで、いつ敵の攻撃があるかその準備態勢をととのえなければならぬ。

そのころ命令によって、甲基地は永久施設に変更された。いよいよ本格的なキスカ生活がはじまりそうである。こうなったら、そうとうの防御施設と兵力、とくに航空兵力の充実が必要である。午後七時のニュースによると、米国は、日本軍のアリューシャン列島攻略に対して、急遽、ホワイトハウスで太平洋戦略会議がひらかれた、ということである』

六月十四日

『午前中、いままでにないはげしい敵の空襲をうけたが、さいわい大した被害はなかった。この日、敵の攻撃回避のためわが水上艦艇は、昼間だけキスカ湾外に出て、戦闘準備態勢をとることとなった。

〝今日もまた命のびたりキスカ湾〟

六月もなかばとなったが、いやに肌さむい。ツンドラの上に寝ころんで、流れる雲をながめながら、家族のことを思いおこし、わが身のあわれさに、一種の寂莫感を禁じえなかった』

六月十五日

『霧雨が一日中、キスカのツンドラ地帯をおおった。夕方から雨はますますつよくなる。わが大型飛行艇五機が、アダック島ナザン湾の敵水上基地を爆撃した。水上機母艦神川丸より

水上観測機四機が飛来し、おりから空襲中の敵機と、はなばなしい空中戦を展開する。北

――上陸いらい着《き》のみ着《き》のままの生活が、きょうでちょうど一週間となった。そして、北国そだちの人たちの、いかにも辛抱づよいのにおどろかされた。

〝北海の汐風寒しキスカ島〟

〝北の海はらから偲《しの》ぶ人の子は〟　』

六月十九日

『午前七時ごろ、荷揚げ作業中のわが日産丸に対して、敵の重爆三機が集中攻撃をかけて来た。やがて直撃弾をうけて沈没す。長途を荒天をおかして、キスカにやって来た日産丸が、その使命を果たさずして海没し、魚の巣となることじつに残念。だが乗員一〇〇名は、ぶじに救出されたことは、不幸中のさいわいといえよう。久しぶりに、標高四〇〇〇フィートのキスカ富士が、みごとな綿《わた》ぼうしをかぶって、眼前にそそり立つを見る。じつに美しいながめだ。

〝青空に初めて仰ぐ富士の峰に

真白に映ゆる積雪の陰〟

生還を期しえずに、キスカの人柱となるを悟《さと》る』

運を天にまかせて

六月二十日

『キスカ湾に在泊していた水上艦艇群が一時、内地に引きあげることとなり、白山丸、玖摩

川丸は、勇躍して大湊にむかってキスカ湾を抜錨した。

この日、久しぶりに肉親への手紙をしたため、白山丸にこれをたくした。いつの日かとどくであろう、この手紙をみて、元気にやっている私のことを思い出してくれることを祈る。

〝残されて心さびしき山鳥の

心の内ぞ知る人ぞ知る〟』

六月二十二日

『午前四時、敵機来襲。どうしたことか爆弾一コも落とさずに去ってしまった。本日、隊員に俸給を支払う。異状なし。上陸いらいはじめて娯楽の時間をあたえられる』

以上で私の日記は終わるが、このなかから、キスカでの、困難をきわめた生活の一端でもわかっていただければ望外と思うしだいである。

白夜のつづく、肌さむき日々を、生きてかえる望みはただ奇蹟いがいにもとめることもできず、運を天にまかせてただひたすら基地設営に、文字どおり腕一本、足一本をたよりに努力した若き兵たちの姿を思い出すにつけ、私は〝よくやった〟という、新たな感慨にひたるのである。

（昭和四十二年四月号）

母艦零戦隊ダッチハーバー痛撃記

元第六航空隊・海軍飛曹長
谷水竹雄

母艦に乗りくんだ陸上零戦隊

第六航空隊は、台南空や三空の歴戦の搭乗員を基幹として、昭和十七年四月一日、木更津基地で編成された部隊で、訓練もはげしく、また実戦的でもあった。

昭和十七年四月十八日朝、基地の通信講堂で通信訓練をうけていたとき、

「敵空母、犬吠埼の東方六〇〇カイリに発見、われ応戦中」

との無線通信が、哨戒艇より発せられた。さっそく六空では、われわれ練成員もてつだって零戦に全弾装備し、増槽もとりつけられて待機にはいった。三沢空および木更津空の一式陸攻は、魚雷を装備して発進を待ったが、なかなか発進が令されない。先任下士官に、そのあたりの事情をたずねると、

「もうすこし本土にちかづけてから、攻撃にでる」

といわれた。

十二時三十分ごろ、ついに攻撃隊発進が令された。零戦はつぎつぎに列線をはなれて出発

点にむかう。地上員はみな、帽振れでその出撃を見おくった。

六空隊では、隊長をはじめとして実戦の経験者が攻撃に参加した。攻撃隊が発進してすぐに「空襲警報」が発令され、敵襲が報ぜられた。また、陸軍からの情報で、

「敵双発機発見、九七戦で追いつかず」

と報ぜられ、思わず苦笑をもらしてしまった。

待機中の零戦が三機、迎撃にあがったが、会敵せずに帰投した。その後、なかなか味方攻撃隊よりの報告がなく、指揮所でいらいらしていたとき、

「敵空母発見できず、これより帰投する」

との無線が指揮所にとどけられた。後日の報道によると、米空母ホーネットは味方哨戒艇に発見されたため、予定よりはやく搭載するB25を発艦させ、空母は反転して東方洋上に逃げたという。そして、味方哨戒艇は敵の攻撃をうけて撃沈されたため、それ以上の情報がえられなかったのである。

やがて夜になってから、戦闘機隊が帰投してきて、夜間着陸がはじまった。わが六空隊が列線にもどり、中攻隊が、着陸をはじめてしばらくたったころ、主滑走路に火の手があがった。

どうやら、陸攻隊の何番機かが着陸に失敗したらしい。魚雷をかかえているので誘爆が心配されたが、木更津空の消火隊の決死的な作業により、どうにか誘爆だけはまぬがれ、全員ホッとした。

昭和十七年五月十七日、六空隊は南方進出のため、宮野大尉が第一陣として一二機の搭乗

割を発表した。それにともない指揮官の宮野大尉をはじめとして、岡本先任、尾関兵曹、上平兵曹、神田一飛、そして私たち一二機は五月十八日、作戦も知らされないまま、木更津基地を早朝に出発して、大分県の佐伯基地にむかった。

この佐伯空では、空母「隼鷹」の戦闘機隊が基地訓練をおこなっていた。われわれ六空隊は、「隼鷹」の戦闘機隊搭乗員に零戦をまかせて、陸路、呉にむかい、呉から「隼鷹」に乗り組んだ。

格納庫におりてみると、「隼鷹」搭乗員によってはこばれた六空の零戦は、尾部の「U」のマークもあざやかに、整然と収容されていた。

五月二十日、呉を出港した「隼鷹」は内海を西へむかって徳山に入港すると、ただちに燃料を補給して、二十二日には徳山を出港した。ふたたび西に針路をとり、飛行甲板には全機が整列して関門海峡を通過し、沿岸の人びとのうちふる日の丸におくられて外海にでたのである。

この時点において、それまで南方へいくと言われていたのに、いったいどこへ向かうのであろうか、と思いつつ、これが見おさめになるかもしれない、美しい内地の山々との別れをおしんだ。

やがて、日本海を北東にすすんだ。航空戦訓練は毎日つづいていたが、日本海の空はどんよりとし、海はあれもようになってきた。

濃霧の海に高まる緊張感

出港して二、三日たったとき、搭乗員集合が令されて、艦橋前に整列すると、やがて艦長より作戦命令がしめされた。

「今回の作戦は、ミッドウェー島攻略の第一機動部隊『赤城』『加賀』『蒼龍』『飛龍』の支援のため、第二機動部隊として、アリューシャン群島のウナラスカ島ダッチハーバーの攻撃にむかう。わが隊はアッツおよびキスカ島へ上陸する陸海軍の輸送船団を支援し、上陸完了後は陽動隊として敵機動部隊をひきつけ、第一機動部隊の攻撃を容易にするためのオトリ部隊となる。作戦終了後、ミッドウェーにむかい、六空戦闘機隊をミッドウェーに上陸させる予定である。なお、攻撃日はN日とする」

われわれ若年兵は格納庫内で、七・七ミリ機銃の弾帯つくりにはげんだ。五月二十五日、大湊に入港した。港内は陸海軍の輸送船団でいっぱいだった。

五月二十六日、大湊を出港し、霧の北海に向かった。三重県の志摩半島の海辺でそだった私も、あまりの荒海に胸が悪くなってきた。そして、北上するにしたがって、緊張のふかまってくるのがわかる。いつのまにか、船酔いもわすれるようになっていた。

霧はますますふかまり、ときには、霧中航行配置につけとの艦内放送がなりわたった。飛行甲板にでてみると、一番艦「龍驤」の探照灯が、夜明けの行燈《あんどん》のようにボーッとかすんでいる。八〇〇メートルの長さでひく、先行艦の霧中標的の鐘の音が、カンカンと艦首にこだましている。そんななかに、見張員が艦橋に報告する声がひびく。

また、搭乗員集合が令されて、N日は六月三日と発表された。そして、搭乗配置のない私たちは、通信科の補助暗号員を命ぜられた。

ある日、艦内放送で「本艦のマストにタカがとまった」と知らされた。飛行甲板にあがってみると、たしかに、信号マストに一羽のタカがとまっていた。どこから飛んできたのか、つかれて羽根を休めているのであろう。腹はへっていないかな、などとさまざまな思いが頭をかすめた。

「『隼鷹』にタカがとまった。幸さきがよいぞ」

というだれかの言葉に、みんなはおおいに喜んだ。だんだんと夜が短くなってきた。白夜というのだろうか、午後十一時ごろに暗くなったと思うと、午前三時ごろには夜が明けはじめる。そのためかわからないが、食事は一日四回になった。

わが六空隊での母艦経験者は、宮野大尉、岡本先任、尾関兵曹、上平兵曹がおり、さっそく「隼鷹」戦闘機隊の指揮下にはいった。

六月一日より戦闘機隊は、即時待機にはいり、待機する零戦が飛行甲板にならべられた。しかし、厳寒のためすぐにエンジンがひえるので、エンジンにすっぽりとカバーをかけて格納甲板まで下げ、暖房器をいれてあたためた。整備員もじつにたいへんである。

一年をつうじて五、六月はもっとも天候のよい時期と聞いてはいたが、北の海は荒れくるい、霧はそうとうなものであった。

ダッチハーバー方面には、伊号潜水艦が偵察機をとばして、毎日のように敵情を知らせてきた。しかし、攻撃予定の前に、偵察機を収容中、米哨戒艇の接近により急速潜航をおこなったため、飛行機を破損し、以後は飛行機による偵察が不可能になった。そのため、敵情報告が十分にできなくなったのは残念であった。

この当時、ダッチハーバー関係の地図は、毎日新聞社の「日本号」が世界一周飛行のさいに写した航空写真がただ一つのたよりだった。のちに、ダッチハーバー攻撃のさい、第二集合点が新しくできた敵の飛行場の上空であったため、艦爆七機と戦闘機一機をうしなう結果となった。この飛行場は、六空隊の尾関兵曹によって発見、報告された。

六月一日ころより、敵PBY飛行艇の触接をうけ、ただちに宮野大尉、岡本先任が飛びあがったが、視界がわるく逃げられてしまった。二日もPBYの来襲をうけたが、雲が低く、視界がわるいため捕捉できなかった。

三日は攻撃予定のN日であったが、天候不良でとりやめとなった。そのとき、突如「対空戦配置につけ」のラッパが拡声機からなりひびいた。拡声機がなりやまぬうちに、はやくも敵PBY飛行艇がぽっかりと雲間からあらわれた。

「隼鷹」の二五ミリ機銃がいっせいに火を吹いた。敵は電探で索敵していたのであろうが、雲からでてみると目の前に母艦がいたので、あわてて魚雷を投下したらしく、魚雷は飛行甲板をこえてむこう側の海中に飛びこんだ。もし、これが爆弾であったならば、大きな被害をうけたかもしれない。

PBYは魚雷をおとして「隼鷹」の上空を通過したのち、重巡「高雄」の砲火で撃墜された。わが艦隊の最初の血祭りは、このPBYであった。

艦爆一機、北海に消ゆ

四日午前四時、いよいよ「第一次攻撃隊用意」が令された。飛行甲板には、はやくも出撃機があげられて試運転がはじめられ、爆音が北海の空にとどろいた。北海の天候はあいかわらずわるいが、攻撃隊は行動のしやすいように、二機ずつの編隊になっていた。

零戦隊は「隼鷹」が志賀大尉、六空は宮野大尉が指揮をとる。「発艦用意」に甲板の先端からは、風見蒸気をふきだして、艦を風にたてた。

信号マストに旗旒《りゅう》信号がスルスルとあがり、発着艦指揮官の手旗がふられた。戦闘機から順に発艦をはじめる。エプロンでは乗組員たちが、帽振れの礼をして彼らをおくった。

攻撃隊が発艦したのち、攻撃に参加できない私たちは、通信室にむかった。

直接、攻撃隊に参加しなかったので、戦闘状況を詳しく書くことはできないが、終了後、参加者からいろいろと戦闘の状況を聞き、胸をおどらせたものである。

第一次攻撃隊は、悪天候の中を難航したが、やっと雲のきれ目に目標を発見して、燃料タンク数基と軍事目標を爆撃した。いっぽう、艦戦隊は水上の飛行艇と小型舟艇を銃撃して、それぞれに戦果をあげて帰投した。このとき、敵戦闘機の要撃はなかったという。

第二次攻撃隊もひきつづきおこなわれたが、午後からはとくに天候が悪化してきた。途中、ＰＢＹと交戦して一機を撃墜したものの、各隊がバラバラになってしまったため、ついに攻撃を断念してひきかえしたのである。

五日は、ひきつづき第三次の攻撃をおこなった。「隼鷹」および六空の戦闘機隊は、Ａ級の搭乗員ばかりで編成していたので、要撃にとびあがってきた米陸軍のＰ40戦闘機十数機と空戦をおこない、六機を撃墜した。このうち、わが宮野大尉はＰ40を一機、尾関兵曹は二機を撃墜している。

また、母艦直衛隊だった岡本先任と上平兵曹は、母艦上空において、PBY二機を撃墜して、六空戦闘機隊の名を大いにたかめたのである。

午後になって、霧がまたでてきた。まだ帰投しない艦爆が一機おり、艦爆隊長や分隊長が電信室へあつまってきた。やがて、艦爆からの電波をキャッチした電信員が、受信紙にうけるその鉛筆の先をみなの目がおう。

「われ機位不明、方位たのむ」

母艦の方向探知機が艦爆の位置をさぐる。方探室から、すぐに方位があたえられると、すかさず通信長は、

「針路一八〇度でかえれ」

と電文をつくり、電信員がすぐに鍵《キー》をたたいた。

「針路一八〇度、了解」

との応答がかえってきた。この機は岡田兵曹の操縦で、偵察員は杉江兵曹だった。

霧がますますふかくなった。霧の高度は五〇〇メートルくらいで、その上空は晴れているものの、下が見えないのだから、どうすることもできない。しばらくして、見張員より「爆音が聞こえます」という報告があった。

母艦からは探照灯が上空にむけて照射された。また、爆弾を上空にむけて射ちあげたが、爆音は遠のいてしまった。しかし、通信だけは休むまもなくつづけられている。

「燃料あと三〇分」

「がんばれ」

と電信による通信はもどかしい。近くまできているのに、われわれからはどうすることもできない。

「燃料あと一〇分」

「最後までがんばれ」

　集まった搭乗員たちの顔にも、あせりの色がみえてきた。すでに爆音は聞こえなくなり、上空からは必死の通信がつづけられている。母艦からは、ただがんばれ、死力をつくせ、というだけで、手をこまねいているほかなかった。

「燃料あと五分。われ自爆す。帰れぬことをおゆるしください。操、偵とも喜びおります、天皇陛下万歳」

　これが、最後の通信だった。こうして岡田、杉江機は、北海の濃霧の海に自爆してはてたのである。いあわせた一同の目には、涙がひかっていた。

　艦隊は予定の行動をおえて、いよいよわが六空の零戦隊をミッドウェーにあげるべく、南下した。

　しばらくして、私たちは電信室にはいることを禁止された。それと同時に、艦隊も反転して北上をはじめたらしい。

「おかしいな」――だれいうともなく、みな疑問をいだきはじめた。私は待機する零戦の羅針盤をみると、あきらかに北むきだ。半日ほど航行してまた反転、つぎの日、艦内放送で、

「『蒼龍』の搭乗員を収容する」

　と知らされた。ミッドウェー攻略戦の戦況に、ますます疑問がふかまるばかりであった。

水平線上に、駆逐艦らしき艦影がみえてきた。洋上に両艦が停止した。帽子をかぶらない者、靴をはかない者などが駆逐艦の甲板にならび、さかんに手をふっている。

やがて、ボートがおろされて、つぎつぎに搭乗員たちを母艦に収容した。だれもみな無言である。

「蒼龍」の搭乗員との会話を禁じられていたが、真相がボツボツわかってきた。わが艦隊はミッドウェーに敗れたのであった。

宮野大尉より、六空はミッドウェー作戦を打ちきるとつたえられた。

「当隊はふたたび北方作戦をおこなう」

と艦内放送されたが、翌日には作戦を終了し、内地にむかうことになり、母艦は一路南下して、六月二十四日、霧雨のけむる大湊に入港した。ここで六空隊のみは零戦を「隼鷹」にのこし、陸路、木更津へむかった。なつかしい美しい祖国の山々に接しても、なぜかみなの心はおもかった。

木更津では「赤城」に便乗した組も帰隊し、ふたたび闘志に燃えての訓練が始められた。そんなとき、七月七日、突然に私と杉野一飛は特空母「春日丸」への転勤を命ぜられたのであった。

（昭和五十二年二月号）

必殺の単縦陣　白夜のダッチハーバーに乱舞す

元空母「隼鷹」戦闘機隊・海軍三等飛行兵曹
河野　茂

出港後に知らされた攻撃目標

私が空母「隼鷹」に乗り組むことを知ったのは、青森県の大湊海軍航空隊で整備された零戦を、「隼鷹」に着艦収容する前日のことであった。さらにそれがアリューシャン攻撃のための作戦行動であることを知らされたのは、「隼鷹」が大湊沖を出撃した後のことである。

それまで乗り組んでいた空母「翔鶴」がサンゴ海海戦で直撃弾三発をうけて、修理のため呉軍港に帰ったのは昭和十七年五月なかばをすぎた日の午後のことであった。呉軍港ではすぐ横に、呉海軍工廠で艤装中の戦艦「武蔵」が巨体を浮かべ、完成前の工事を急いでいた。

それから幾日たっただろうか。われわれは五月二十五日までに大湊海軍航空隊にいくよう指示された。途中、沿線の出身者は、郷里に立ちより、墓参などしてもよいという暗黙の許しがでた。

そして二十四日午後、かねて打ち合わせたとおり、われわれは上野駅に集合すると、その日の青森行の夜行列車に乗り、翌朝、野辺地で大湊線にのりかえ、車内にダルマストーブを設けマキを燃やして暖をとるめずらしい汽車で、昼ごろ大湊についた。

そこで昼食をすませて、大湊航空隊の門をくぐった。一行のなかには、同期生の福岡出身の谷口正夫一空曹、おなじく埼玉出身の堀口春次三空曹、また一期先輩の愛媛出身の山本一郎一空曹など、ハワイ海戦いらいの気心の知れた強者ばかり五、六名がいた。

ちょうどそのころの津軽は、桜の花が満開でおそい春を満喫していた。大湊航空隊では、戦闘機隊の隊員に出迎えられて、その晩、同隊に一泊した。

翌日は、整備をおえて母艦への収容を待っていた零戦を駆って、空母「隼鷹」に着艦収容した。そのときはじめて「隼鷹」乗り組みであることを知らされたのである。

その夜は、陸奥湾で仮泊したのではなかったかと、記憶している。

もし仮泊をせず、そのまま出撃したとしても、われわれは居住区の整備や、身のまわりの整頓で多忙をきわめ、はなれゆく日本の山河を眺めながら感傷にふける余裕もなかったが、またそんなことにはなれっこになっていた。

ところで「隼鷹」の第一印象は、「翔鶴」とくらべてみて、たとえば、「翔鶴」は軍人、「隼鷹」は民間人といったような、なんとなくやさしい感じがした。さらに内部的なことでは、各区画もなんとなくひろく、いままでにのったどの艦よりもゆったりとしていた。ただせまいのは飛行機格納庫だけであった。それもそのはずで「隼鷹」は、豪華客船橿原丸の変身である。そのため、艦首には菊の紋章もなかった。

それから約二週間後にいよいよ暗い霧のなかでの作戦行動がはじまった。たぶん風波は、北方だから毎日荒れるだろう、と思っていたが、とくにいままでに行動した海域とかわるところはなかった。海の色も、南方のグリーンにちかいのにくらべて、霧の晴れたときは濃紺であることは、日本近海とかわらない。だが、いったん霧がかかると様相は一変し、海面は暗くどす黒く、不気味な色さえただよわせる。

艦隊が出港した夜、われわれの攻撃目標は、アリューシャン列島の最北端のダッチハーバーであることを聞かされた。

それはアラスカ半島からカムチャッカ半島までヤギひげのように弓なりにのび、北太平洋とベーリング海を区切るようにならんだ小島の列の、ヤギのアゴ、つまりアラスカ半島にいちばんちかいウナラスカ島の東北部にダッチハーバーは位置する。

ダッチハーバーについては、未知なことが多かった。さらに事前に研究しようと思っても資料がなく、戦前の漁船の報告があるくらいだそうである。

濃霧にとじこめられた毎日

攻撃予定日は六月五日だった。われわれはその日を待ちながら霧のなかをすすんだ。ほとんど毎日、霧の中なので、艦隊の霧中航行というのもはじめての経験であった。一〇〇〇メートルくらいの間隔でならんですすんでいるのだが、前をゆく艦はおぼろにしか見えない。

両翼に併行してすすむ駆逐艦もおなじである。各艦は、艦尾から約八〇〇メートルのワイヤーロープで霧中標的をひき、その標的よりおこるウェーキと、ゆれながら鳴らす鐘の音を目標に、後続艦はすすむのである。

そんな毎日であるから、はたして飛行機隊は飛べるのかどうかも不安であった。じっさい海戦前から母艦にのっていた私には、暴風雨以外いつも飛べる南方の海がやたらと恋しかった。

六月といえば、北半球は初夏で、日照時間もしだいにながくなるころだ。ここ北緯五〇～六〇度あたりでも、一日に四時間くらい太陽がみえるようになる。つまり昼間が四時間、残り二〇時間が夜ということになる。ただし、日の出、日没の前後四時間くらいは白夜といって、真っ暗とはならない。満月の夜よりもずっと明るく、屋外の仕事にはなんらさしつかえない。

そのため、われわれは艦内にいて、昼夜の区別がつかなくなり、食事の時間によってそれを知ることができた。そんな明け暮れのうちに攻撃予定日の六月五日がきたが、霧のためと目的地の天候の状態により、発進体制のまま待機におわった。しかし、阿部大尉のひきいる艦爆隊は攻撃にむかったが、目的をはたさずに帰ってきた。

彼らの話によると、雲底高度三〇〇メートルくらいできれまなく、攻撃目標のダッチハーバーもまったく視認できなかったということであった。その後、またくる日もくる日も待機するという日がつづいた。

いままでの日本近海以南の海域では、夏冬を問わず艦内は高温で、一番上甲板にちかい、つまりいちばんすずしいはずの搭乗員室でも、つねに最小限の衣服で間に合い、冬期でも寝るときは毛布をかけることはすくなかった。

だが、北太平洋の作戦海域では、ふつうの衣服を着け、夜は毛布を二枚くらいかけてちょうどよかった。

また、「隼鷹」では、搭乗員室とトイレの距離が遠くてビールなど飲みすぎ、トイレに足しげくかようときはまったく閉口した。なにしろ寒いせいもあるが、用がすんで帰る途中、まだベッドにもどりつかないうちにまたもよおしてくるのである。

とにかく搭乗員は一般にのみスケがおおく、下戸《げこ》の方がめずらしい。夕食ごろになるとまず二、三人でささやかにやっているのが、いつの間にか五人になり、八人となって、しまいには大宴会に発展することもたびたびある。

そんな状態で天候回復を待っているうちに、それはたしか六月十日であったと思うが、ついに晴天で太陽がおがめる日がやってきた。整備科員は、暗いうちからエンジンの試運転から機銃弾、爆弾の搭載とめまぐるしいほどの忙しさだった。

攻撃目標のダッチハーバーの天気もだいたい晴れであることがたしかめられて、いよいよ飛行機隊も発進することになった。旗艦「龍驤」の戦闘機および攻撃機、そしてわが「隼鷹」の戦闘機九機、艦爆一一機は、戦闘機隊指揮官志賀淑雄少佐、艦爆隊指揮官阿部善次大尉のもとでちゃくちゃくと準備をととのえた。

まず戦闘機が、そしてつづいて艦爆隊と、「隼鷹」乗組員全員の期待を双肩にになって、整備員たちの「帽ふれ」の見送りをうけて逐次発進した。

誤認した敵機と味方機

一機また一機とつぎつぎに発艦した零式艦戦隊はたくみな隊長機の誘導により、すばやくガッチリと編隊を組み、艦攻隊、艦爆隊と出撃前にあらかじめさだめた隊形を組み、一路北上してウナラスカ島ダッチハーバーをめざして進撃した。

攻撃目標のダッチハーバーは、ウナラスカ島の東北部に位置し、本島から細い水道をへだてて、さらに小さな北東に湾曲した半島があり、その水道をはさんで小さな町があって、そこに軍事施設があった。

町の東北方の半島にかこまれた湾内は、波もしずかで、よい船の泊地らしい。また、町の北側のたいらなところには、無線マストや石油タンクなどがあった。われわれ戦闘機隊は、敵戦闘機の攻撃にそなえて上空で待機したが、敵影もみなかったが、そのうちに湾内の無線マスト寄りの岸に、四発の飛行艇コンソリデーテッドPB2Yが約一〇機ほど係留されているのをみつけた。

このため戦闘機隊は、すばやく単縦陣となり、湾上に浮かぶその飛行艇群にたいして低空から銃撃をかけ、風下側からつぎつぎに炎上させ、ほとんど全機をつぶしたのである。そしてそのまま町の上を低空で突っ切り、南西の海上に避退したのであるが、そのとき左方の山腹から猛烈な防御砲火をうけ、下からは、まるで火の雨をうち上げられた。

これくらいはいつものことで、まあまあ慣れていてたいしたことはなかったが、もっともドギモをぬかれたのは高射砲弾であった。これは最初のうちは周期的に愛機がぐらぐらとゆれるのでおかしいなとおもっていたていどであったが、ひょいとうしろをみたら、機の後方四、五〇メートルのところを機と同高度、同間隔で高射砲弾がつぎつぎと炸裂し、その爆風で機がゆれているのだった。

しかも砲弾はどこまでもおいかけてくる。高射砲の照準をあと二、三度ほど前方に修正されたら直撃で、瞬時にこっぱみじんである。したがって、なんとしてもうまくこの場を離脱しなければならない、とおもうとあせりがではじめてきた。そこでエンジンのオーバーブーストを引いて、全速としたうえで左足をふんで機を右に横すべりさせながら、愛機の尻をたたきたいおもいで危機を脱したのであった。

ようやく前方の海上にでて、ふりかえると、町や石油タンクなどは黒煙をあげて燃えていた。やはり味方攻撃隊のてごたえは充分あったようである。

ところが海上にでて、僚機と集合して編隊を組みながらふと前方のウムナク島の海岸線を見ると、小型機が見えた。よく見るとそこには敵の飛行場があって、P40戦闘機らしいものが発着しているようだ。発着時の飛行機は高度も低く、速度もおそいため、もっとも弱く不利な状態にあるので、そのまま突っ込めば全滅させることもできるだろう。

だが、編隊長はまだ気づいていないらしい。それに出発前、そんなところに飛行場があることはしらされていなかった。したがって攻撃命令もうけていない。

しかし、こいつらのために味方攻撃隊が被害をうけているかもしれないとおもうと、いきどおりをおさえることができなかった。

だが、帰りの燃料を考え、またどんな天候の急変があって予定以上の滞空をしいられるかもわからない状態であったため、見のがすことにして、後ろ髪をひかれるように集合点にむかった。

集合点は、ウナラスカ島の南西端高度三〇〇〇メートルと決められ、マルニシ地点とよばれていた。やがて積雲の上空にでてみると、前方から三機の編隊で零戦らしいのが近づいてくるので、私が翼をふって味方識別信号をすると、先方も翼をふってこたえたので、てっきり味方とおもいこんでいたら、いきなりわれわれのほうをめがけてバリバリと撃ってきた。あれっとおもってよくみると、味方機とおもったのはなんと敵のP40戦闘機だ。

「なにおッ、シャラクサイ」とばかりわれわれもただちに反撃して、うち一機を共同撃墜したが、のこりは雲のなかに突ッ込んで遁走した。そののちは、油断なく見張っていたがなにごともなかった。

ところがマルニシ点で、ふと海岸線を見ると、駆逐艦らしい船が一隻いるので、いきがけの駄賃とばかりに急降下していって銃撃をはじめた。ところが敵は大きな光をピカピカさせるので、

「ウワーッ　こいつは主砲をブッぱなしている」

とおもい、戦闘意欲をなくして一航過だけでやめてしまった。機銃弾くらいでは艦はしずまないと、とっさにおもったのであった。

マルニシ点でようやく味方攻撃隊と合流し、母艦に向かってウナラスカ島をはなれた。あとで聞いたらその艦は、味方の不時着機の乗員を救助する目的で配置された日本軍の駆逐艦で、大きなピカピカとしたのは信号用探照灯で、味方識別の短符信号を発していたのであった。

敵地の近くでは気が立っていて、なんでも敵にみえる。出発前に、マルニシ地点近くに救難用艦艇が配置されていることは説明をうけていたが、まさかあんなところとはかんがえなかったのである。あとで、

「やあ、それはすまなかったなあ」

と苦笑したものである。

帰りは雲も多く、視程も悪くなりはじめていたが、ぶじ母艦を発見することができて、そうそうに着艦した。

その後、三〇分くらいのうちに味方機はぞくぞくそれぞれの空母に帰って来た。しかし、そのころになると霧がではじめ、視程もぐっと落ちた。

飛行機隊が着艦しないうちに霧がでたら、たとえ母艦まで帰りついてもぶじに着艦できたかわからない。そう思うとわれわれはまったく幸運であった。この霧ではもし、敵の攻撃隊が追尾してきたとしても、煙幕よりずっと有効なかくれミノとなる。

しかし、不運なことが一つおきた。それは艦爆がまだ一機帰らないのである。岡田兵長操縦、杉江兵曹乗り組みで、帰る途中に敵戦闘機と交戦して被弾し、無線受信機をやられたらしい。この艦爆は母艦の近くにきているのだが、母艦がみつからないのだ。

もちろん母艦側からはいろいろと指示をあたえるのだが、受信機をやられて通信不能ではどうしようもない。まったく岡田機にとっては不運な霧であった。そうしてついに、

「わが燃料あと五分、敵地に引き返して自爆する」

と、最後の通信をおこない、北海に散ったのであった。

北海を脱出した艦隊は作戦目的をおえて帰港の途にあった。あいかわらず霧が晴れたり、かげったりする海を黙々とすすんだ。

進路は津軽海峡を日本海にぬけ、北陸の沿岸にそって佐渡ヶ島の内側を通り、下関海峡を

周防灘にぬけて、ここで飛行機隊を発艦させ、艦は呉に、飛行機隊は岩国基地に着く予定であった。

発着甲板に全機が発進準備をしたまま、せまい水道を通過したとき、対岸で日の丸の旗をふる人びとの顔がみえる。

「狭水道通過舷窓ハッチ閉め」

の号令がかかる。これでぶじ関門海峡を通過し、周防灘にはいった母艦からは、飛行機隊はつぎつぎと発進し、約三時間ほど予定時間をおくれて、大湊の土をはなれて以来、またなつかしい日本の土、岩国航空隊に着いたのである。

（昭和四十九年二月号）

決死のダッチハーバー爆撃行

元空母「隼鷹」艦爆分隊長・海軍少佐
阿部善次

訓練ひと月で北洋出動

航空母艦「龍驤」と「隼鷹」を基幹とする第四航空戦隊は、護衛部隊をともなってアリューシャン列島に向かって進んでいた。昭和十七年五月末頃のことである。

緒戦いらい、真珠湾に、マレー沖に、またインド洋に、勝利の海戦を続けてきた海軍が、いよいよ太平洋の中心にミッドウェー作戦を敢行すべく、その主力を挙げて出動した。

これに呼応して、アリューシャン方面に行動をとりながら敵を牽制するといういわゆる陽動任務と、陸軍部隊がアッツ島とキスカ島へ上陸作戦を果たすのと時を同じくして、敵の喉《のど》元《もと》にあたるダッチハーバーを攻撃し、間接にそれらの作戦を支援する目的をもっていた。

数日前、大湊をひそかに出港した第四航空戦隊の向かう先には、北極洋に続く暗いベーリング海と北太平洋の区切りをつけるように、東西に連なるアリューシャン列島が、氷山のように雪をかむって浮かんでいるのだ。カムチャッカ半島の腰のあたりから弓なりにアラスカ半島の南はずれまで続く島——アッツ、キスカ、アダック、そしてアラスカ半島に近くウムナク島、その東がウナラスカ島である。ダッチハーバーはこの島の北東部にあって、ベーリング海に面した米軍の要港で、そこが一七年前のこの記録の舞台なのだ。

私は急降下爆撃隊とよばれたいわゆる艦爆のパイロットであり、昭和十七年五月に艤装を完了した空母「隼鷹」の分隊長として「赤城」から転勤してきた。そして角田部隊、すなわち第二機動部隊に編入されて、この作戦に参加することになったのである。

北緯五五度の海はひどく暗い。

思えば半年前、旗艦「赤城」飛行分隊長として真珠湾攻撃に参加したとき、航海したのもこの同じ海であったが、その時は猛烈な時化《しけ》だった。当時、兵士の士気はきわめて高く、暴風怒涛にもまれながら、「鞭声粛々」ハワイ遠征の途についた機動部隊隊員の旺盛な気概《きがい》を忘れることができない。

だが、ふたたび渡るこの海は鉛を流したように重く、どんよりと暗く、気がめいりそうになるのはなぜだろう。

四月下旬にインド洋作戦を終わり、横須賀に還った私は、すぐさま「隼鷹」への転勤を命ぜられた。そして次期作戦の準備として、二個中隊、一八機の飛行機と搭乗員三六名を編成した。訓練期間はわずかに一ヵ月足らず。しかも三六名の半数に近い者は、練習生を終わって間もない搭乗員である。

最高度の操縦技術を必要とする彼らに、まず母艦着艦の教育をやった。爆撃射撃、航法等々……訓練しなければならない課目がうんとあった。月々火水木金々はいうまでもなく、夜を日についでも足りない準備期間である。ちょっと常識で考えても無理な目標であった。

一大尉にすぎなかった私にとって、なぜ次期作戦をこのように急がなければならないか知るよしもなかったのである。私は一度ならず二度も上級司令部へ意見具申をして、作戦準備期間のあまりにも不足なことと、目的を完全に果たすために出動を延期してほしいと申し述べた。

しかし、司令部の回答は、「出動時期は変更できぬ。それまでに完成されたパイロットだけを参加させる。未熟搭乗員は陸上基地に残して出動をする」であった。

司令官角田覚治少将は典型的な海軍武人であり、見敵必殺の猛将であった。そしてまた有能な水上部隊の指揮官として、誰からも尊敬されていた。

後に中将に累進《るいしん》し、第一航空艦隊司令長官としてマリアナのテニアンにあったが、その作戦が失敗して遂に米軍が同島に上陸した昭和十九年八月、手勢をもって勇戦奮闘し、悲壮な割腹自刃を遂げたと伝えられている。まさに猛将にふさわしい最期であったといえよう。

だが、角田少将は砲術専門家で、飛行機屋ではなかった。これについてはエピソードがある。私が海軍兵学校を卒業した後だから、昭和十二、三年のことと思う。角田少将が兵学校の教頭だったときのこと。当時三ヵ年の英国大使館付海軍武官勤務を終えて帰国した源田実大尉が、ある日、母校江田島を訪れて大講堂に集まった全在校生を前に、ヨーロッパの情勢を伝え約一時間ほど航空万能論をぶったことがあった。若い生徒たちはたちまち彼の弁論に魅せられて、誰もが、「飛行機乗りになりたいなあ」と考えたのも無理はない。

ところが、これを聴いていた角田教頭は、源田大尉の講話が終わるや、あの巨軀をゆさぶりながら壇上にのぼり、

「ただいま源田大尉からしかじかのお話があった。なるほど、最近における航空機の発達は目ざましいものがあるが、海上戦闘においてその勝負を決するものは戦艦であり、とりもなおさず大砲の威力であって、航空兵力はあくまでその補助にすぎないのである。諸君はその点を充分考えて、決して本末を転倒してはならない」

と訓示したという。

これは当時としては非常識でも何でもなく、ただ源田大尉の先見が非凡であったわけで、それから数年ならずして真珠湾、マレー沖海戦において、日本海軍はそれまでの世界海軍に共通であった兵術思想を覆えしてしまった航空機戦術を用いたのである。

だが、その日本海軍の第一線母艦機動部隊指揮官に、航空専門家を充てることができなかったのは海軍の一つの不幸であったともいえる。

ダッチハーバー目指して

暗く、重い鉛色の海はつづいた。果てしなくつづいているような気がした。地獄に通じる海のように、ガスをわけて行けども行けども暗い海であった。その洋上で私の想いは過去へと広がっていた。

当時、若者は一八、九歳から二四、五歳までの者であったが、操縦桿を握る手つきはぎこちなくても、ひたむきな熱意は誰の胸をもうった。喰《くら》いついたら最後、蛭《ひる》のように離れようとしない精神の粘りがあった。だから、基地に残そうにも納得のさせようもなかったし、未熟だから基地にのこれなどといっても聞き入れるはずもなかった。

初陣の機長杉江武兵曹にしろ、その操縦者岡田忠夫兵長にしろ、平常《ふだん》は無口で素朴そのもののような男たちだっただけに、血判はもちろんのこと、断わりでもしたらまったく何をしでかすかわからぬほどの若者たちであった。いうまでもなく隊長としての私にとっては、誰も彼もなべて可愛い闘志満々の部下たちである。

それだけに角田少将の未熟者は置いて行けという命令を、率直に伝えることもしかねたのだが、少将としては短期間に仕上げねばならない訓練であり、皆の士気を督励《とくれい》するためもあってそのような命令を発したのかも知れないと想像される。

ただ、私としては次期作戦に急降下爆撃隊を運用するにしてはあまりに条件が不揃いであり、尋常一様のことではその目的も果たせないかも知れず、そうなれば事は簡単でないぞという不安があって、こうしてすでに洋上にあっても海が一そう暗くみえたし、ガムシャラな気持に追いこむ上に一つのシコリとしてのこるものがあった。

大湊を出撃して数時間後、部隊は深い霧にすっぽりと包まれたまま霧中航行をつづけていた。左右に舷をならべているはずの護衛駆逐艦も濃霧にさえぎられて姿をみせない。

旗艦「龍驤」が曳く八〇〇メートルのワイヤーの端にある霧中標的を唯一のたよりに、「隼鷹」は暗い海を東へ東へと静かに航行をつづけていた。それはあたかも、めしひが杖を頼りに歩くにひとしい。これはしかし、敵に艦影をさとられないという有利もあろうが、なにか不気味さを誘う理由にもなった。

一ヵ月の間、九州佐伯基地で身を細らせての猛訓練を果たしてきた部下たちだ。ともかく全部を連れてようやくここまで漕ぎつけたとおもうと、ホッとした気持だったが、同時に行く手を閉ざしている未知の不安が、この海の不気味さとまざってなんともいえない複雑な気持であった。

たとえダッチハーバーを攻撃することはできても、果たして生き残った部下を率いて、いま濃霧の中を進行している母艦につれてもどることができるであろうか。まったく不甲斐ないことだが、自信をもてなかった。

蒼黒の北太平洋浪高し

明けても暮れても濃霧の北太平洋であった。どんよりと鈍い光をふくむ空をみあげていると、空母「赤城」の分隊長として豪州、インド洋作戦に加わった当時のことが思い浮かぶ。

この年の四月はじめ、セイロン島南方洋上で英重巡ドーセットシャーとコーンウオールの二隻を撃沈した。このうち一万トンのドーセットシャーは、私が兵学校生徒のとき、イギリス東洋艦隊の旗艦として来朝したのを見学したことのある艦で、時の移り変わりとともにパイロットとして戦争の非情を感ぜずにはおれなかった。またその時、世界一の海軍としてわれわれが敬意を払っていたイギリスの候補生たちと交歓もしただけに、その感はいっそう深かった。それから二日後には空母ハーミスを沈めた。これらは急降下爆撃によったものであるが、当時わが機動部隊の練度は非常に高く、その爆撃命中率も驚異的なものであった。こんどは「隼鷹」に転じ、新編成の艦爆隊を率いてダッチハーバーに挑もうとしているのだ。

私たちの乗機は、九九式艦上爆撃機である。錬成教育の不足も、急がれている目的のためにやむを得なかったし、部下の心情を思えば無理を承知で編成しなければならなかった。そのうえ九九式は、後に「窮々式《きゅうきゅう》」という綽名《あだな》で呼ばれたほど、すでに前時代的なものであった。脚は格納されない固定脚で、速力も敵機にくらべて劣っていた。

角田司令官の坐乗する旗艦「龍驤」には艦戦と艦攻を、わが「隼鷹」にはそのほかに艦爆二個中隊一八機を搭載して、暗い北太平洋上を渡って行った。

「龍驤」は速力二九ノット、備砲は一二・七センチ高角砲が一二門、長さ一五六メートル、幅は二三メートル、昭和八年に神戸川崎で完成した小型空母である。「隼鷹」は二万四〇〇〇トン、速力は二五ノット、三菱長崎が商船橿原丸の建造を途中で計画変更して造ったいわゆる特設空母であったから、艦首に菊の御紋章がついていなかった。

航路は駆逐艦をその左右前後に配置し、いわゆる対潜警戒の陣形をとっての霧中航行である。視界は極度に狭められている、海中にはレーダー装置を鋭敏に働かせる敵潜水艦がひそんでいる。対潜警戒の陣形は崩せない。浮標が濃霧の中で鐘を鳴らす。それを頼りに後続艦が進む。無線信号は味方との連絡に必要でも、敵に発見される好個の手がかりとなるので、一切厳禁されている。

一日ごとに目的地に接近して行く。それだけ危険は増すのである。霧が晴れた。乗員たちは青空に吸い寄せられるように甲板にとびでて光を浴びる。空気の味をしみじみと感じる晴天であった。晴れた日の喜びをこれほど感じたことはない。

だが、それはたった一時間ほどのことであって、後にも前にもついぞ太陽を拝むことはできなかった。艦隊はふたたび濃霧の中にとびこんでしまったのである。

そして六月四日、ウナラスカ島の南方二〇〇マイルの洋上に達した。いよいよダッチハーバーに攻撃をかける時がやって来たのである。われわれは元気一杯だった。

蒼《あお》黒い北太平洋の波頭が、寒風にちぎられて雪のように散った。それはわずかに利く狭い視界の、殺伐《さつばつ》とした太平洋の風景である。まったく憎いほど陰気な海であった。六月はアリューシャンの夏で、一年中で最も気象状況のよい時だが、それでも海中に落ちれば二〇分も生命はもたないほどの水温である。

第一回攻撃失敗に帰す

待望の時が来た。そう表現すべきであろう。たとえ悪条件であろうと、その時が来れば、待望の時と思わねばなるまい。

暗蒼色の海面を脚下に眺めたのは、それから間もなくであった。「隼鷹」艦上から北進した一八機の翼は、ウナラスカ島に向かっていた。私は編隊の先頭を、やがてうすらいでいく霧の先に現われるであろう島の姿を頭に描きながら飛んだ。発進地点から二〇〇マイル北が目的地だ。

濃霧がうすれた。その中へ島影の一部がチラリと映る。瞬間、緊張感がジーンと背すじを走った。それはきわだった白雪の壁である。

島のまわりは閉ざされて、霧と雲と雪との限界がさだかでないが、その部分的に鮮明な島肌の風景は美しく、印象的であった。私はおもわず胸の高鳴りを感じた。部下たちも同じであったろう。その鼓《こ》動の中からリンリンと勇気が湧いた。

雲層と海面の距離は三〇〇メートル程度であろう。その下をかすかに海岸線をキープしながら飛ぶ。雲の穴を見つけて雲上に出なければ、急降下爆撃はできないのだ。だが、ウナラスカ島はまだ眠っているのだろうか、雪と雲の門をかたくなに閉じて近づけようとしてはくれない。この印象的な島を、静かな気持で遠望するという冷静さをとり戻したのは、ずいぶん時間がたってからである。それまでは感傷もなく、ただじっと使命感で自分の一切を支えていたようであった。だが、一年中、雪に埋もれたこんな北辺の土にまで草が生え、人間の生活があるのだろうかと不思議に思えた。ましてそんなところに軍事施設があり、艦船が出入りするとは――。

私は警戒の視線を八方に配りながら、目的地に接近していった。こんなに島の周辺をウロウロしているのだから、当然、敵はわが方の企図を察知しているに違いないからである。電熱服の温かさを調節する。腹に抱いた二五〇キロの一発が必殺弾とならねば、折角のこの苦労も水の泡となることを思えば、おのずから身のひきしまる思いがした。敵艦に向かって高度六〇〇〇メートルから突っ込み、海面上四〇〇メートルで「テーッ」と爆弾を放つ、この訓練は毎日繰り返してきた。しかし、実戦と訓練の間には相違がある。無念無想の気持は同じでも、実戦は失敗《しくじ》ったらおしまいだ。

だが必中弾を浴びせるべく、艦爆唯一の戦法である急降下爆撃をしようにも、この天候ではどうにもならない。必要な高度をとることも出来ないし、それどころか目標のダッチハーバーを見つけることができないのだ。しかし、命令は変更できない。列機の二中隊もピタリと翼をくっつけて後につづいている。私は次第にうすれていくようにみえる霧の空を、コンパスをチェックしながら北進した。

ウナラスカ島が迫る。——その刹那《せつな》、視線の中にとびこんだのは敵の戦闘機であった。不意をつかれた形だ。敵はわれわれを待ち伏せていたのである。

ウナラスカ島が密雲の下に見え隠れする位置で、敵戦闘機に喰いさがられた。交戦——それよりない。夢中で喰いさがる敵機に機銃弾をあびせながら、不意をつかれたわれわれが敵機を退けたとしても、攻撃目的を果たすには、いよいよ条件がわるくなるばかりである。

戦いながら、最終目的のために一応、母艦に引きかえすことの方が賢明だと思った。そして、ふたたび来襲すべきだと決意した私は、敵との交戦をほどほどに、全機に離脱するよう指示した。交戦時間がどれほどだったか記憶にないが、ようやく敵機を払いのけて帰艦したのである。

ところがこの行動は、角田司令官にとって不満このうえなかった。それは隊長である私にも、よく理解できる。しかし、敵の船舶や軍事施設に対する急降下爆撃の任務を果たすためには、こうするよりほかに方法がなかった。部下を犬死させ、愛機を無駄にするに忍びなかったのだ。

六月四日のダッチハーバー攻撃は、こうして不成功に終わったが、角田司令官は、「翌五日、黎明を期してふたたび爆撃を強行せよ」との命令を発した。私は、しかし、改めて決死というような悲壮なものを感じなかった。それは自分が永い軍人生活の間に、きわめて自然に命令を受けることの習慣づけをされていたからであろうか。生とか死とかをこと新しく改めて考え直すようなことはなくて、ただ命令に服従する、そして目的を果たす、そうするよりほかにしようがないことを単純に率直に体得していたからであろう。

事成らずば止まず

六月五日朝、第二回出撃となった。

昨日と同じように、霧に包まれた海を五〇メートルで這うようにして飛んで行く。行けども行けども霧である。その途中で、味方の艦隊を攻撃のため南下中の敵重爆撃機とバッタリ遭遇した。直衛戦闘機はサッとこれに挑みかかる。双方の撃ち合う曳光弾が、霧の下で不気味な鉛色をして飛び散る。やがて火を吹いた敵重爆は力尽きたか、鉛色の海に呑み込まれて消え去った。

この思いがけない戦闘のため、第二回の爆撃行も果たすことが出来ずして引きかえして来た。運のないことを嘆きながら……。司令官の不満は歴然としていたが、引き返すよりほかに仕方がなかった。

二回の出撃失敗は、敵にわが機動部隊の蠢動をすっかり感知させたようなものである。司令部の怒りの大きい理由もそこにあった。

攻撃が成功するまでは、この危険な海面から一歩も引きさがらないというその固い決意を知った私は、石井艦長に具申して二個中隊を一一機編成に変え、同じ日の午後もう一度攻撃に出発させてもらいたいと申し出た。編成を変えたのは未経験者を省《はぶ》くためである。絶対の戦果を得るということと、悪条件を予想すれば、そうした精鋭主義をとらざるを得なかったのである。角田司令官もこの参加機数の少なくなったのを諒承してくれた。

一一機の艦爆は、八機の護衛戦闘機にかこまれて、六月五日午後の空を渡った。こんどこそ最後の一機になっても爆撃を果たさねばふたたび帰らないという決意で。

油圧、回転、排気温度の諸計器をチェックする。いずれも異状はない。九九式艦爆機の威力を見せるときがせまっていた。水平儀、ブースト、旋回計。その右下側に昇降度計、速度計、高度計、それらに眼を配りながら高度二〇〇〇メートルでやっと雲の上に出た。一面、純白の雪野原を歩いているみたいに、陽光の反射が眼に沁みる。

ふつう洋上戦闘における急降下爆撃は、五、六〇〇〇の高度から二〇度ぐらいの角度で有利な占位をとりながら、三五〇〇メートルまで降下する。その時はすでに目標は迫っていて照準器にそれをとらえながら角度を五〇度まで深くして一気に突っ込む。高度計四〇〇メートルで爆弾を投下し、と同時に操縦桿を引いて水平の姿勢に戻すのだが、その時は海上わずか四、五〇メートルで、それから急いで敵防御砲火の圏外へ逃げ出す――これが典型的な急降下爆撃の戦法であり、高速で走りまわる敵艦に命中させるには、これ以外にはなかった。

主にわれわれはその目的のために編成され、訓練して来たのであった。しかし、いまは事情がぜんぜん違っている。もう何もかも一切おかまいなしだ。ただやる、それだけである。

高度二〇〇〇メートルで密雲の上を飛ぶ。編隊をといて一本棒になった。雲の切れ目さえ見つかれば、いつでもそこからダッチハーバーに飛び込めるように。雲のために地上の米軍にわれわれの姿は見えなくても、これほどブンブン上空を飛びまわっているのだから、「ジャップの野郎」と手ぐすね引いて待ち構えているに違いない。

その時、それは天佑というべきか。密雲の中に井戸のように僅かに一点、雲の切れ目を発見した。私は突撃の指示をし、増速してそこに接近する。チラリ、その穴を通して暗緑色のものが見えた――。ダッチハーバー。目的地点だ。

艦爆隊は護衛戦闘機と別れて、一気に井戸の中にとびこんだ。

猛烈な集中弾幕だ。一機、また一機。井戸の中へ私に続いて突っ込む。照準器のレンズに下から撃ち上げる曳光弾がとびこんで迫る。ポッカリ浮き上がった燃料タンクを狙って一気に――。

〝テーッ〟

こんな絶叫と一しょに爆弾の投下索を引いた。操縦桿をグイッと引き起こす。ガクッ！と機体に衝撃を感じた。高度計の針が三〇メートル。

右からも左からもがむしゃらに撃ってくる。後方に黒煙や炎が数条あがった。万死の中にみた一瞬の歓喜の情景だ。もうあとは敵の砲撃から逃げのびることだけである。それ以外に何も考えていない。追いつめられたねずみのように、ベーリング海の上をすれすれに北に向かって避退するのだが、それがもどかしく感ずるほどスピードがでない。

ふりかえる。二番機、三番機が続いている。〝無事だったか〟胸にジインとくる。原野信夫少尉、山本博少尉、大石幸雄兵曹長、沼田一恵兵曹長、中島一郎兵曹長、高野義雄兵曹、杉江武兵曹、岡田忠夫兵長、等々……。

私の脳裡を電光のように突っ走ったのは、部下の顔であり、その無事を祈る心である。

「二小隊、三小隊は続いているか？」

私は後席の木村兵曹長にどなった。飛行機隊は攻撃終了後、ウナラスカ島の南西端上空で落ち合い、そこから態勢を整えて帰航することになっていた。われわれはその地点符号を、マルニシと呼んだ。

「後続の二機以外は見えなくなりました。東へ避退したようです」

木村兵曹長が報告してきた。

私はふたたび霧の下で徐々に高度をとりながら南に変針した。原野機、沼田機が後に続いている。二人とも老練なだけに集合も早い。だが、この攻撃は一体どれほどの成果を収めたのだろうか。全機無事だろうかなどと気にしながら、前方、左右に注意を払った。

ウナラスカ島の西がウムナク島である。ウムナク島も同じく雪と雲と霧に包まれていて、二つの島の中間だけ少し雲が高いようだ。かなり遠くからその水道が見える。それを通り抜けると左手がマルニシ地点である。

原野機と沼田機がピッタリ左右に寄り添っている。二人とも小隊長であり、実戦の経験は私より遙かに豊富である。前月、九州の佐伯湾をわれわれが出撃する際に、赤ちゃんを抱いて高崎からお別れにやって来られた原野少尉の奥さんが、ふと眼に浮かぶ。他機は反対方角に変針したのであろうか。マルニシまで行けば判明すると思いながら、どんよりとした水道上にかかったとき、さきほど離れた味方戦闘機がすでに行く手の上空を飛んでいるのを発見した。やれやれこれで無事に列機を率いて帰艦できるかと思ったつぎの瞬間、「おやっ」と不自然な感じがした。

「敵戦闘機だ」――それは言葉にならず、閃光のように胸中を抜けた。

「伏兵」――私は緊張に身を固くした。一、二、三……九機である。P40戦闘機だ。味方機は？　後ろをみたが、やはり三機だ。九対三、しかもこちらは脚の鈍い二座の艦爆である。

左右は雲に閉ざされた島。そこには地上砲火も待っている。だが後には引けない。味方母艦に帰るにはどうしてもこの海峡を突き抜けるよりない。どうして抜けるか？ それは隊長である私の行動如何にかかっている。

編隊か？ 単縦陣か？ 一瞬迷ったが、三〇〇メートルの雲下では、軽快な運動はできない。意を決して編隊のまま突っ切る。

高度計は二〇〇メートルを示している。敵機は二手に分かれて左右両側から挾み討ちにきた。ジッーと我慢しているが、このままでは自滅するほかない。ついに編隊をといて、私はP40の一機の後尾に喰いついた。雲と海面の間で垂直旋回に巻き込む。他のP40一機が私を追跡する。旋回半径はわが方が小さい。追跡する敵機より小さな弧を描いて相手をまき散らす作戦に出たのである。後から打ち出すP40の一三ミリ弾が私の両肩をはさむ。六〇度の傾斜をもって垂直旋回に移った。六〇度といえば、それはもう地表に向かって翼が垂直になったように感ずる姿勢である。原野機が私を狙っているP40を追う。敵、味方、敵の三つ巴になって互いに対手の尻を追っかける。あたかも擂鉢の縁をまわるような堂々めぐりである。

敵機が喰いさがってくる。機銃が火を噴く。こうして、三機対三機の空中戦が演じられたが、私にはもう時間の記憶も、燃料の残りも考える余裕はなかった。無我夢中に撃ちながら旋回しただけである。他のP40六機は周囲を遊弋している。われわれはたがいに旋回を続けるほかに手段はない。だがこうしておれば、いつかは敵機を散らして逃げのびることが出来るだろう。

私は固定銃の照準器の中に敵の一機がセットしてきたのを、がむしゃらに撃ちまくった。敵機が狂ったように弧の外にとびだして落ちていったのを認めた。一機また一機、火を吹いて海に吸い込まれる。こうして隊形が乱れたとき、私は原野機も沼田機もいないのに気づいた。グッショリと背中の汗ばんだのを感じて雲の中に突っ込んだのがわかった。敵を三機は撃ち落としたが、かけがえのない二人の小隊長を失って、私は暗澹たる気持に打ちのめされていた。無念さのあまり操縦桿を叩きながら、雲の中を南へ飛んだ。たった一機で――。「母艦まで一時間です」木村兵曹長の落ついた声が伝声管を流れてくる。「〝われ燃料タンクに被弾、あと三十分〟何番機からかわかりませんが受信しました」と。また見れば自分の翼の上にも径三尺ほどの大穴があいていた。

その時、第二中隊長三浦大尉からの電信をうけた。「我マルニシ視界内味方機七機」、続いて同機から、「われ敵戦闘機と交戦中」――私はこれはただ事ではすまぬぞという気がした。

燃料計をみる。帰艦まで充分余裕がある。タンクは撃たれていないらしい。しかし、機体は幾個所も敵弾をこうむっていた。翼には大穴があいている。私は無事であることがふしぎな気がした。そして生後三ヵ月のとき岩国で別れた長女の顔が瞼にちらついた。

「われ敵戦闘機一機を撃墜せり。帰途につく」

杉江機からである。二一歳のパイロット岡田君が歓喜に頬を紅潮させているのを想像する。二人とも一一機の今日の攻撃行の最年少者であり、唯一の初陣機なのである。ふたたび杉江機から、

「われ交戦により被弾、受信不能なり」――なんという不運だ。前の通信をうけてからすでに三〇分は流れた。時刻は十六時四十分――。私は単独帰投したが、あまりに大きな打撃で心身ともにすり減らし、グッタリとして「隼鷹」の背中に着艦した。だが、呆然自失している場合でない。未だ帰路を求めて霧の中を飛んでいる数機の部下がいるのだ。一刻も早く、それを母艦に収容せねばならない。私は操縦席から這い出て木村兵曹長とともに電信室へ飛び込んだ。

「帰艦までの燃料――ギリギリ一ぱいか?」――受信不能だと打信してきた杉江機に、それでも私はのべつまくなしに、「帰艦せよ」「長波を出せ、方位を測定す」と発信させた。

北辺の海に黄昏が迫って、洋上は暗紫色に濁っていた。私は角田司令官の表情を思い浮かべ、再度の出撃を命じた彼の胸中を想像していた。たしかに無理な命令ではあったが、作戦上やむを得ず戦況不利なことを知りつつも、司令官として無理を承知であの命令を発したのかも知れない。戦争であってみれば、このようなことも当然なのだ。最前線の悪条件など発令者側の考慮の外なのである。

戦争は無理を強いる。大規模な戦争を遂行し、その目的を果たすためには、大事の前の小事。このような無理な命令が思いがけない効果をあげる場合がままあるのだ。もちろんそれには、大きな犠牲が払われることはいうまでもない。戦争自体そのようなものの積み重ねなのだから。そこに戦争のきびしさがあり、非情さがあるのだ。

ああ悲壮、杉江機の最後

この時、ミッドウェーに作戦中の第一機動部隊の敗北が知らされた。南雲忠一司令長官は味方駆逐艦の魚雷で炎上する「赤城」「加賀」「蒼龍」を処分すべしと命令した。第二艦隊はミッドウェー上陸を断念した。輸送船団を護衛しつつ西方に退避するという。黄昏《たそがれ》のなかのわれわれ北方部隊に鬼気が迫り、将兵は一様に深い憂愁につつまれた。

ポツリポツリ、傷ついて帰艦した搭乗員が電信室に集まってくる。私は杉江機に対して急いで発信させた。

「方位を測定す。長波発信せよ」――十七時を少しまわっていただろう。

「敵機の電波を捕捉す。感度三」と他の電信員が叫んだ。

旗艦から「警戒。対空戦闘」の信号が発せられる。「感度五。敵重爆接近」

そのとき、「われ、予想地点にきたるも母艦を発見し得ず。雲量一〇。視界一〇〇〇（メートル）反転す」――杉江機からだ。私はすぐに、「二〇〇度にて飛行せよ」と続けざまに発信させた。だが杉江機には通じない。受信機をやられているのだ。歯痒《がゆ》い――。

「われ二〇度に飛行中。燃料は僅か」、続いて「機位不明」――杉江、岡田両君のせっぱつまった気持が胸を打つ。「頑張ってくれよ」「最後の一滴になるまで飛べよ」と祈る。

「方位を測定す。長波を発信せよ」――十七時三十分にちかい時刻だ。洋上はもはや暗くなっているのが電信室の窓からもみえた。

十七時三十五分。この時刻は、私の記憶から永久に消え去らないだろう。

「艦影を見ず。われ二〇〇度に反転す。探照灯を点ぜられたし」――私にとっては腸《はらわた》を断ち切られるような苦しい電報であった。母艦を暗い洋上に発見しようと、焦っている杉江機の姿や搭乗員の心情が胸の中にうずく。これはパイロットだけに理解できる必死な絶叫であった。

だがこのとき、杉江機の発信を押しやるように敵機の爆音が聞こえた。敵重爆機がいよいよ接近してきたのである。杉江機は探照灯をつけて艦の位置を示せと望んでいる。しかしそうすれば、上空に近づいている敵に爆撃目標を明示するようなものである。私は胸をえぐられるような苦悩に身をさいなまれた。

まもなく、「灯火戦闘管制」という命令が旗艦「龍驤」から発信された。なんという不運だ。絶体絶命だ。皮肉な運命だとするにはあまりにも無惨である。もちろん旗艦「龍驤」でも、杉江機との無線交信を逐一《ちくいち》傍受しているから、角田司令官も状況を充分承知のはずである。

杉江機からは再度探照灯を点《つ》けられたしといってくる。要求に応じれば、母艦はじめ共に行動している多数の味方を危険にさらすことになるのは火をみるよりも明らかなことだ。司令官、艦長の胸中にも複雑なものがあったにちがいない。

やがて旗艦から、「貴官の苦衷を察するも、煙幕を展張し探照灯を点じありと杉江機に伝えよ」との命令があった。それは嘘を言えということであった。だが戦場の現実は厳しい。私は眼を閉ざし、「貴官の苦衷を察するも」と繰りかえしてみた。司令官のわれわれに対する思いやりはよくわかる。私も杉江も、ひとしく部下なのだ。しかし、杉江と岡田は私の直属部下である。閉じた瞼から熱いものがとめどもなく頬を伝った。

「他に帰らざる機ありや」——杉江機からである。わが身の不安もかえりみず、戦友の安否を気づかっている二人。自分らの状況を理解したのであろう、死に従容とつくことを覚悟した彼らはすっかり落ちついている。居合わせた皆はその場にワッと泣き伏した。それまでじっと歯をくいしばり、こみ上げてくるのをじっと押さえていた私も、もう誰にはばかることはなかった。

「陛下の飛行機を失い、まことに申し訳なし」——杉江の切々とした叫びをそのまま聞いたような思いだった。若い二人が人事の限りをつくして何の悔いも迷いもない境地にいることが、いっそう私の胸をかきむしった。

「他にも帰らざる機あり」

この返事がいまの二人を少しでも安心させ得るか、はたまた余計に悲しませるかわからない。これが届くか届かないかもわからなかったが、事実のままを打った。熱いかたまりがこみあげてくるのを押さえ、

「杉江、岡田、許せよ」

私は胸中で叫んだ。その顔は悲しさと不憫さで奇妙にゆがんでいたことだろう。

「機位は近づきつつあり。最後まで頑張れ」——せめてもの発信である。むなしい激励とは知りながら、杉江機を絶望に追いやりたくはなかった。最後まで——。

「二〇〇度にて飛行つづけよ」

繰り返し発信させた。だが、この発信に応えるように、

「テンノウヘイカ、バンザイ」

——杉江機はついに連絡を絶った。

時に十七時五十分。

洋上は鉛色に染まり、深い夕闇がたれこめて嗚咽《おえつ》をつつんだ。私は空の男に背負わされた宿命をひしと感じ、しばしその場に茫然と立ちすくんでいた。

（昭和三十四年九月号）

非情の海に「蒼龍」母艦屋の雄叫びを聞いた

元空母「蒼龍」戦闘機隊分隊長・海軍少佐
藤田怡与蔵

あこがれの零戦搭乗員に

日支事変も終わりに近づき、漢口基地でとなりにある零戦部隊が出撃して行くのを、指をくわえてうらやましがりながら、九六戦で上空直衛をやっていた私に、「『蒼龍』乗組を命ず」と電報が飛びこんできたのは昭和十六年八月であったとおもう。

勇躍して大分県の佐伯基地に着任したのが九月で、いよいよ待望の零戦に乗れるのか、と思うとほんとうにうれしかった。

赴任の途中、日豊線の汽車のなかで飯田房太大尉に偶然に出会い、私の分隊長であることをしらされた。柔和ななかにも強い精神力をもったこの分隊長は、私の好きな先輩の一人であった。

やがておくれて着任した私は、飛行編制上の第二小隊長を命ぜられ、二、三番機をえらべといわれたが、まだ編制にはいっていないものといえば二人だけで、その一人である高橋宗三郎一飛曹は、練習航空隊勤務がながく、空戦でGをかけると目がくらむのでつかえるかどうか。もう一人の岡元高志三飛曹は未熟で、ものになるかどうかわからないとのことであった。世に残りものに福ありといわれているが、私自身も未熟者であるし、三人で今後の訓練に精をだしてなんとかしようと思ってこの二人をもらった。

訓練課程もおくれているので、わがポンコツ小隊は毎日、ほかの隊の二倍以上も訓練にはげんだ。やがて高橋もGに強くなり、岡元も練度を増していった。一度、二機対一機の空戦訓練中、空中接触をやって命からがら基地に帰りつき、菅波政治大尉からコッテリしぼられたこともあった。

このポンコツ小隊がその後の激戦にもかかわらず、ながいあいだ生きのびてきたということは、なにかふしぎな運命を感じる。

「蒼龍」に着任してからというものは、零戦を各自愛機として専用していたが、約三ヵ月半の訓練中一度も故障を生じなかったし、予備機をつかうことはほとんどなかった。稼働率は九八パーセントで、いかに当時の整備員が高度な技量をもっていたかがわかる。

また、つねに自分の使用機がかわらないので、訓練から帰るとエルロン、タブを自分で調整したので、気流のよいときには手ばなしで五分間くらいは水平巡航飛行ができた。

初陣にみせた必殺の攻撃法

昭和十六年十二月八日未明、満を持した第一航空部隊の攻撃隊はオアフ島攻撃に飛び立った。わが「蒼龍」飯田分隊戦闘機九機は第二次攻撃隊として参加した。

オアフ島上空に敵機をもとめて進入したが、敵影はなく、敵高射砲の炸裂した煙がわが航跡をえがいていた。下をみると先発した第一次攻撃隊がさかんにやっているらしく、黒煙がいたるところであがっている。

やがてかねての打ち合わせ通り、銃撃目標であるカネオへ海軍基地に突入した。

私にとってこの戦闘は初陣であり、前夜はあれこれ考えて一睡もできなかった。眠らなければ明日の戦闘にさしつかえるぞと思って、ビールもそうとう飲んでみたがすこしも酔わないで、かえって頭がさえるしまつであった。しかし、いまこの戦闘に直面すると眠気など緊張のために吹きとんでしまっている。

銃撃にはいると、いままでの変な緊張感から平静な気持にかわっていった。地上から射ってくる機銃弾の曳痕がまるでアイスキャンデーのようにヒョロヒョロとあがってくるのが見えた。まっすぐ向かってくるので当たるかなあと思っていると、目の前でサッとわかれて飛びさっていく。だが、あまり気持のよいものではない。

三撃目にうつったころ、爆撃隊の参加で基地はもうもうたる黒煙につつまれ、目標が見えにくくなった。そこでやむなく目標を近くのベロース基地にかえた。そこで二撃したところで飯田機が翼をふって集合の合図をしているのが見えたので、まだ残存機が多数いたので銃撃を中止するのがおしかったが、ただちに集合して編隊を組んだ。

ところが、飯田機とその二番機である厚見峻機から燃料が尾をひいている。わが小隊はと見ると、二、三番機ともに無傷である。分隊長はわれわれが集合したのを見るとふたたびカネオへの方向にむかった。

上空にさしかかるころ、分隊長はわれわれに手先信号で、「我レ燃料ナシ、下ニ自爆ス」

と送ってきた。私は一瞬とまどった。分隊長が自爆したら、あとの指揮は私がとらなければならない。了解の信号を送るひまもなく分隊長は手をあげて別れの挨拶をするや、翼をひるがえして急降下していった。

不意に涙がこみあげてきたが、その最後を見とどけなければならないという気持で胸がいっぱいになり、ジッとその行方を見まもった。機影がカネオへ基地の黒煙のなかに消えるのを見とどけた後、一小隊の二、三番機が私のあとについていたのを見て、ひとまず集合点にむかった。

しばらくして後方にドド……という音を聞いたのでふりかえると、敵機が九機ほど横長の編隊でわれわれのほうに射撃をくわえているのが見えた。しまった、と思ったがすでにおそかった。飯田大尉の自爆で悲しみが胸いっぱいであったために、まわりの見張りがおろそかになったのだ。だが、すかさずバンクして反撃にうつった。

一機を撃墜して機首を立てなおしたところ、わが前上方から向かってくる敵機が目にはいった。回避するひまがなく、正面反航撃墜の態勢となった。こちらも射つが敵の弾丸もあたる、いわゆる相討ちである。だが、逃げたほうが負けだとおしえられているし、どうせ死ぬつもりで落下傘もつけていないので、衝突覚悟で突っ込んでいったら、敵さん目の前で大きな腹をみせて引きあげた。そのドテッ腹にじゅうぶん弾丸を射ちこんで、さてその戦果はと見ようとしたところが、エンジンがブスッと息をつきはじめた。

機体は弾痕だらけであるが、さいわいなことに燃料タンクはやられていないらしい。しかし、エンジンはあいかわらず息をつく。まだ空戦中であるのを思い出して周囲を見わたししたところ、空戦場面は下方にうつっているようすで、零戦が一機、燃料の尾をひきながら敵機をおって断雲の下に消えていったのが見えた。おそらく厚見機であろう。

さて、もはや敵機も見あたらないので空戦を打ち切り、集合の合図をしながらカフク岬に向かった。やがてわが二、三番機がピタリと左右についた。私の機がエンジン不調なので心配気についてきている。

信じあった操縦員と整備員

集合点に艦爆三機が帰投するのを見て、これにしたがった。エンジンは一分ごとに息をついている。かれこれ二、三〇分ほど飛んだころ、針路が、私が計算したものより約一〇度左にふっているのに気がついた。発艦の前に、高度三〇〇〇メートルの測風をもとにカフク岬からの針路を算出しておいたのだが、その針路とちがうのだ。

このままでいくと艦隊を見失うおそれがある。しかし常識として、捜索してたとえ発見するとしても、それまでこのエンジンがもつか心配である。しかし常識として、航法の専門家がそろっている艦爆についていくべきだが、どうしてか私のほうが正しいような気がして、ついに機首を右にふった。予定時間がくるころ、右三〇度方向に艦隊を発見した。

いそいで「蒼龍」をさがし、翼をふって緊急着艦の合図をしながら接近していった。脚を下げ、フラップをおろし、フックをさげて、最終進入態勢にはいったとき、油圧計をみたら針は「〇」をさしている。潤滑油が完全になくなっているのだ。いつエンジンが焼きついて停まるかわからない。

息をつめるような気持で進入していった。やっと艦尾をすぎたのでもう安心と思ったためか、無意識にみごとな三点着艦をやってしまった。車輪で甲板のワイヤーをけとばしてすすむためフックがかからないので、バリケードにあたってやっと停止した。とたんにいちばん上の気筒《シリンダー》がポロリと脱落した。

着艦ののち機体を点検した整備分隊長がおどろいたような顔をして私のところにきて、

「よくまあ、あんな状態で洋上二〇〇カイリを飛んで帰られたものだ」

と感嘆して、被害状況を話してくれた。

私は整備員が全力をうちこんで入念に飛行機を整備し、出撃前日には翼の下に寝たものも多かったし、出撃中はぶじな帰還をいまか、いまかと祈りつつ待っているのを知っていたので、整備長にこたえた。

「これも君たち整備員が念じていてくれたおカゲです。すなわち念力が通じたのでしょう」

と。

この時代ほど愛機を仲介として、操縦員と整備員が深い信頼感でつながれていたことはなかったであろう。

飯田小隊の二、三番機はついに帰ってこなかったし、第三小隊の小田善一小隊三機は銃撃のため、また防空砲火のため、全機が被害をうけてバラバラに帰って、他艦に着艦していることが判明した。

わが機動部隊は、オアフ島を一撃したあと、予定通り帰途についたが、第二航空戦隊は分派されてウェーキ島攻略作戦の掩護を命ぜられたので、途中からウェーキ島にむかった。

十二月二十一日ころ、わが隊は制空隊としてウェーキ島攻撃に発進した。説明によると、島には二、三機の敵戦闘機が残存して上陸部隊を苦しめているとのことで、いかにこれを捕捉するかが問題であった。

ウェーキ島に近づいたので本隊とはなれて先行して島の上空にたっし、敵機の発見につとめた。ところがまもなく本隊のいる方向から飛行機が燃え落ちるのが見えたので、空戦がはじまったと思って急行したが、戦闘はすでに終わっていた。

落とされたのはわが海軍の至宝、水平爆撃の神様といわれた金井・佐藤組の艦攻であったとあとで聞かされ、わが判断のあまかったことを反省させられ、責任を感じたと同時にほんとうになさけなかった。

攻撃してきたグラマンは近くにいた重松隊がこれをとらえて撃墜してくれたと聞き、仇を討ってもらったのでいちおう気持はおさまったものの、いまでも当時を思い出すと残念である。

爆撃隊が帰ったあともしばらく地上銃撃をおこなったのち、母艦に帰投した。

新戦法〝斜め射ち〟の威力

母港に帰り、休養整備をしたのち、インド洋作戦に出撃した。私はハワイ攻撃で自爆した飯田大尉のかわりに分隊長となった。ポートダーウィン、セイロン島空襲に参加したのちふたたび内地に帰り、鹿児島周辺の基地で整備訓練にはげんだが、そのときに、つぎの作戦はミッドウェー島であることを知らされた。しかし、秘密であるべき作戦が部外者にわかるていどに知られているのにはおどろいたが、司令部の説明では強襲であるとのことで、戦闘はそうとう激烈になるものと予想されていた。

当時われわれ将兵は緒戦の戦果に酔い、米海軍をあまくみる気持がでてきていたことはいなめないと思う。結局、この気持がミッドウェー海戦の失敗にむすびついたのではなかろうか。

やがて整備を完了したわれわれは、サンゴ海海戦で損傷をうけた「翔鶴」「瑞鶴」の二艦をのこし、「赤城」「加賀」「飛龍」「蒼龍」の四空母が出撃した。

攻撃開始は昭和十七年六月五日であったが、その前夜から、米軍のB17らしい大型機数機が、わが艦隊に接触していた。これでは明朝から防空にいそがしくなるぞと思っていた。当時、戦闘機は夜間飛行ができなかったのでこの敵機を追いはらうことができなかった。今回はわが中隊は空襲に参加できず、上空直衛の役を割りあてられていた。

いよいよ東の空が白みかかってきた。早朝なので朝食をとらずに上空直衛に発進した。まず、昨夜いらい接触をしているB17をとらえようと高度をとっていった。夜も明けてくるにつれて艦隊も明瞭に見えるようになってきたが、ある母艦の後方に爆弾の弾着らしい白い輪が十数発みられた。さいわい命中はしなかったようだ。

これはB17が引き上げる前に落としたものだろう。だが、ついにその日、B17を発見することはできなかった。そこで上空をまわっているうちに、下から電信で「〇〇度方向に敵機」という警報をうけとった。全速でその方向にむかうと、上空直衛の全戦闘機が群れをなして迎撃にいくのが見えた。やがて前方低高度に双発の攻撃機が数十機わが艦隊を目がけて突進してくるのが見えた。これはB26らしく魚雷をだいている。このため直衛機はめいめいに攻撃を開始した。

私も正面からくる一機に照準をあわせて発射把柄をにぎったが、弾丸がでない。通りすぎてよく調べたところ、なんと安全装置を解くのを忘れていたのだ。あわてて安全装置をはずして周囲を見ると、敵の全機はもはやすぎさってしまっている。いそいで反転してこれを追ったが、敵機の速力はきわめてはやく、なかなか追いつけない。やっと追いついたと思ったら僚機がこれを撃墜してしまったので、このとき私はついに獲物にありつけなかった。

がっかりしたところへまた下から警報がはいってきた。「〇〇度方向敵編隊」というのである。こんどこそはと全速でその方向にすっ飛んでいった。

やがて敵艦載機であるダグラス、ドーントレスなど二〇機が、五機の横長編隊ずつ後下方に四段になった一団を発見した。ところが、これを攻撃する味方戦闘機はとグルリとあたりを見まわしたが、わが機だけでほかにはいない。だが、わが空母は近くである。なんとかして敵が攻撃にはいる前に一機でもおおく落としておかなければならないと思った。しかし、普通のように一機ずつ落としたのではまに合わない。

そこで訓練中にはやっていない方法で攻撃した。すなわち斜め前上方から編隊の最前部を軸に、遠くから弾丸をバラまいて射った。一撃したようすを見ると、二機が黒煙を吹きながら編隊から脱落していく。新戦法はみごとに成功したのだ。おなじように数撃して機数が約半分にへったころ、零戦が数機きてくれた。

敵機が「蒼龍」にむかって急降下をはじめたときには四機になっていた。こちらもこれについて急降下しながら照準の妨害をするつもりで弾丸を射ちつつ前方を右に左に飛びまわった。そのためかこの爆撃は不成功に終わった。

爆撃がおわったあと離脱する一機の敵機を追いかけたが海面スレスレで逃げながらバンクしている。「もう俺は爆撃をおわって帰るのだからかんべんしてくれ」とでもいっているようで、なんだかおかしくなってきたが、当方としてはかんべんするわけにはいかないのでついに撃墜してしまった。

つぎにくるのを警戒して母艦上空に帰ろうとしたところ、また警報がはいってきた。その方向に急行してみるとこんどは同機種であるが、雷撃機で前のとおなじように二〇機編隊であったが、これも前回とおなじよう〃多量生産方式〃で攻撃をかけた。そして、また半減したところ、味方戦闘機がたかってきた。

生きのこった敵機のうちの一機が「蒼龍」にたいして魚雷を発射した。その航跡が「蒼龍」の艦首にむかっている。母艦があぶない、はやく知らせて回避をしてもらいたいと思って、バンクしながら航跡をおって低空に降下し、機銃も発射したが、艦はなかなか回避してくれない。ひやひやしてみていると、魚雷は艦首スレスレに通過した。まったく危機一髪であった。

この来襲ののち小康状態がやってきた。私は機銃弾ものこりすくなくなったので、補給するために着艦して、艦橋にのぼって、いまのは艦載機にまちがいありません、と報告したあと、戦闘食の握り飯を注文してミッドウェー島攻撃隊の帰ってくるのをながめていた。しかし、握り飯がこないうちに、また敵機来襲の報がはいった。

またもや出番だ。したくをして愛機のところにいく途中で握り飯に出合い、一コつかんですでにエンジンをまわしている愛機に飛び乗った。やっと一口ほおばったところで発艦の合図があったので、残りを残念ながら捨てて発艦した。

下からの通報のとおりすすんでいくと、雷撃機二〇機編隊をみつけたが、こんどは戦闘機三機をともなっている。まずじゃまになる敵戦闘機をおいはらうためにそこに向かったところ、みょうに戦意がなくにげだした。ちょうど私を攻撃隊から引きはなそうとする行動であるとみてとったので、にげる戦闘機はおわずに反転して攻撃隊をおった。

また例のように前上方遠距離射撃で〝多量生産〟していると、味方戦闘機が続々とあつまってきた。やがてのこる四機が魚雷発射点にせまってきた。零戦も一〇機ほどあつまってきたので、このへんで獲物をゆずる気持になって最後の一撃をかけた。

大海原にただよった死の四時間

ところが引きあげる途中、味方空母の方向から飛んできたとおもわれる一弾が私の機の腹にあたった。ちょうど胴体燃料タンクのある部分であったので、まもなく煙がでてきたとみるまに、操縦席のなかが真っ赤な炎でいっぱいになった。つづいて七・七ミリ弾倉内で機銃弾がパチパチはね出した。

このままでは不時着水するひまもないとおもって下を見ると、巡洋艦「神通」が走っているので、落下傘降下を決意した。風防を開いて身を乗り出したが、風防に頭をおされて頸筋のあたりが風防のふちに引っかかって出られない。

そのとき頭にひらめいたのは以前、佐藤大尉から聞いた大分航空隊教官時代の話である。その話のとおりに前の防風のはしに足をかけて横にころがりでた。機をはなれるとき高度計をみたら、二〇〇メートルを切っているのが認められた。

風を切る音が耳によく聞こえるが、落下傘体は目の前にフラフラしてなかなか開かない。しかし、傘そのものはのび出ているが空気をはらまないのだと直感して、傘体を両手につかんで思いきってゆすぶった。するととたんに身体全体にショックを感じたと思った瞬間、またそれ以上の衝撃を感じたとき、私は海中に深くもぐっていた。

落下傘のヒモが身にからまっているので、海中で回転しながらこれをはずし、やっと海面にうかびでられた。ホッとしてあたりを見まわすと「神通」は全速で私には目もくれず、走りさってしまった。また目を転ずると、はるか水平線の付近に黒煙が三本のぼっていた。この当時波はおだやかであるが、うねりがきわめて高い。頂上では二〇カイリほど見わたせるが、底になったときは真上しか見えないような感じである。

とにかく黒煙の付近にわが艦隊がいるにちがいないと思って泳ぎはじめたが、飛行帽がじゃまになるのでぬぎすてた。つぎに飛行靴を、靴下を、手袋をと、順番にぬぎすてて泳いでいるうちにサメが気になってきた。

だれかにサメはまず横にならんで体長をくらべ、長いものにはかからないと聞いていたので、首に巻いていたマフラーをといて尻にむすびつけてながくたらした。しかし、泳いでいるうちに首すじが非常に寒くなって耐えられなくなったので、運を天にまかせて、せっかくたらしたマフラーをたぐってまた首に巻きつけた。

しばらく泳いでいるうちに兵学校時代の遠泳を思いだした。一〇カイリ遠泳であったが、朝七時に水にはいり、夕方七時に海岸にあがった。いま、黒煙をみると二〇カイリ以上はあるので、泳ぎつくまで二四時間以上はかかるであろうと思うと、泳ぐ気はしなくなった。あきらめると気持がしずまって、海に大の字になって青空をなんとなくながめていた。

ほんとうに戦闘がウソのように思われるほどしずかである。そのとき九六水偵が一機頭上を飛んでいくのが目にはいった。私は思わず手をふって合図したが、水偵は気づかないようすで飛びさってしまった。

それからはなにもすることがないので、自分の手相をつくづくながめたり、どのようにして俺は死んでいくのかなどと考えたり、朝、昼の食事をしていなかったので、腹の皮が背中につきそうで、発艦のときすてた握り飯がおしかったと思ったり、あるいは自分の一生を思い出してみたりして瞑想にふけっていた。

そんな状態で、約四時間たったころ、なにか音がしたので目を開けて見まわしてみると、なんと、まだ燃えながら空母「赤城」が約一〇〇〇メートルの距離にきているではないか。そして、護衛駆逐艦「野分」が私の近くにきてとまった。夢からさめたような気持で「野分」を目がけて泳いだ。

やがて気がついてみると、舷側に機銃があり、銃口がこちらを狙っている。私は当時、髪をのばしていたし、陽に焼けて顔は赤くなっていたし、米軍パイロットに間違えられているなと思って、立ち泳ぎをしながら、「ワレソウリュウシカン」と手旗信号を送った。と、艦上では了解したのか銃口が上にむいた。

安心してやっと泳ぎつき、舷側の綱ばしごをよじのぼって甲板に立ったときは、まさに夢ではないかとしばらくのあいだ茫然自失の態であった。やがてわれにかえり、挨拶しようと艦橋にあがってみると、そこには海兵同期の青木と金井がいた。それぞれ先任将校、航海長でいそがしそうだった。彼らの世話で服を着がえ、食事にありつけ、やっと生きたのだという実感がわいてきた。

私の落下傘降下直後に「赤城」「加賀」「蒼龍」の三艦が敵艦爆にほとんど同時にやられたことを知った。

「蒼龍」乗り組みを命ぜられて約九ヵ月、たくさんの思い出をのこしてわが母艦「蒼龍」は太平洋の深い海底に沈んだのだ。

これは四年近くの戦争における一コマであって、結局は敗れるべき戦争であったのだ。「勝てば官軍、敗くれば賊軍」、「敗軍の将、兵を語らず」などはまさに真理である。

私は、この稿を執筆するにあたり、用兵に関してはいっさい触れず、ただ私の体験を通じて、当時の零戦の優秀なる性能と整備員の熟練さを読者に知っていただきたいと思い、また戦死した方々の冥福を祈るものである。

（昭和四十九年二月号）

「摩耶」水偵隊アリューシャン対潜記

元重巡「摩耶」水偵搭乗員・海軍大尉
鈴木利治

艦隊の前路哨戒こそわが天職

私は、重巡「鳥海」に搭載していた水上偵察機の先任搭乗員として、南支方面（中国南部）の作戦に従事していた昭和十五年十月一日、海軍飛行兵曹長に任官し、この日、「鳥海」の姉妹艦である「摩耶」の掌飛行長を拝命した。

「摩耶」は昭和七年六月三十日に竣工して海軍にひきわたされた比較的新しい重巡であったが、搭載機は九四水偵であった（のちに九五水偵、零式水偵とかわっていくが……）。

また、「摩耶」をふくむ「高雄」型（ほかに「愛宕」と「鳥海」）は、「妙高」型に数かずの改正をくわえたものであり、そのひとつに弾火薬防御の強化があった。すなわち弾火薬庫部の舷側装甲を「妙高」型より一インチ厚くして五インチとしたことで、魚雷発射管位置の変更とともに、被弾時の危険防止に考慮がはらわれたものである。

昭和十六年、風雲急をつげる太平洋を舞台に、猛訓練に突入した。そして、開戦前の十一月、「摩耶」は南方艦隊フィリピン部隊に編入された。そのため太平洋戦争がはじまる十日前の十一月二十九日、佐伯湾を出港し、一路南下した。

十二月二日、台湾・馬公要港に入港した。そして六日には艦長鍋島俊策大佐より訓示があった。それによるときょうまでの経緯を説明し、開戦のXデーは八日ときまったことなどを発表した。艦内では、いよいよきたるべき日がきたと、異様な熱気がたちこめた。

こうして十二月七日午後七時、暗雲がたれこめた馬公泊地を旗艦「足柄」を先頭に「摩耶」「那智」「羽黒」「妙高」、軽巡「球磨」「名取」「長良」「神通」、水上機母艦「千歳」「瑞穂」、そして駆逐艦群が出港し、一路フィリピンをめざして南下した。

この作戦での私の任務は、フィリピンに上陸する陸軍部隊の援護をする南方本部隊の前路哨戒をするものであった。だが、この前路哨戒というものは、攻撃隊とちがってつねに単機で行動するのであった。まず射出機によって撃ちだされた水偵は、発射後一〇分もすると、まわりはどこをみても水平線のみの大海原のまっただなかを飛んでいた。こうして艦隊の前路約五〇〇キロメートルくらいのところを往復するのであるが、帰路について「摩耶」の艦影をみるとホッとした気分になる。これが毎日の日課であった。

フィリピンにおける陸軍の上陸作戦の支援が終わったら、ふたたび馬公に入港した。ここでフィリピン部隊の任務をとかれ、こんどは蘭印作戦の支援部隊に編入された。そして昭和十七年一月六日に出撃し、一路南下した。援護する陸軍は、ボルネオやタラカン、さらにセレベス島メナドに上陸成功し、その後われわれはパラオに入港して休養した。

こうして十八日、またまた南方部隊の航空部隊に編入され、二十一日、パラオを出港した。旗艦「蒼龍」「飛龍」「摩耶」、そして駆逐艦とつづいたが、堂々としたものであった。それでも私は、ふたたび連日の前路哨戒だ。
二十三、四日とアンボン島攻略戦が展開されたが、これもみごとに成功し、またもパラオに入港し、ここで休養となったが、毎日、艦上からの釣りざんまいに明け暮れた。

北方爆撃の途上に出現したP40

昭和十七年二月十五日、豪州方面作戦のため、第二航空戦隊を護衛してパラオを出港したが、またしても連日の前路哨戒に明け暮れた。そして十九日、オーストラリアのポートダーウィンを攻撃し、これもみごとに成功し、多大な戦果をあげた。

われわれ艦載水偵隊は、じみな前路哨戒ばかりで、はでさはない。それだけに、攻撃隊の戦果を聞くとうらやましいやら悔しいやらで、自分自身がときどきなさけなくなってくる。それでも前路哨戒が自分にあたえられた任務だと気をとりなおして、ふたたび機上の人となり、前路哨戒にはげむのであった。

三月三日、わが機動部隊はチラチャップを強襲した。このとき「摩耶」は、チラチャップから脱出する敵艦をもとめて哨戒していたが、運よく敵艦影をみとめた。そこでただちに私が発艦して、弾着観測の位置についた。そしてジャワ南方海面でみごとに他艦と協同で巡洋艦と駆逐艦をそれぞれ一隻撃沈したのであった。

翌四日にふたたび敵を発見した。しかし、飛行機を発艦させるひまもなく、ただちに砲戦に突入した。だが、この砲戦のあいだわが愛機をかばってやることもできず、砲戦がおわってみるとカタパルトの上の愛機はみるもむざんな姿になりかわっていた。それいらい「摩耶」が横須賀に入港するまで、羽根をもがれた鳥となってしまったのである。

横須賀にひさしぶりに入港し、ここで休養と食糧や水、それに弾薬などを補給していると き、敵艦載機の本土空襲があった。そこで四戦隊は急きょ敵の機動部隊をもとめて太平洋を 東進した。このため私は毎日発艦し、敵の姿をもとめて前路索敵をおこなった。しかし、敵 機動部隊を発見することはできず、二十三日、ついに捜索をうちきって帰投した。

五月一日、瀬戸内海の柱島にむけて横須賀を出港、四日、別府沖で仮泊し、翌五日、柱島 において主力部隊と合流した。

そこで「摩耶」は、北方部隊第二機動部隊に編入され、二十二日、呉軍港を出港し、馬関 海峡を通過して日本海を北上、一路、大湊にむかった。

第二機動部隊は旗艦「龍驤」はじめ「隼鷹」「比叡」「金剛」「高雄」「摩耶」と第七駆 逐隊の編成となり、五月二十六日、大湊港を出港した。またしても私は前路哨戒と索敵をく りかえし、アリューシャンをめざして進撃をつづけた。

そして六月三日の第一回目の母艦攻撃隊によるダッチハーバー爆撃は、たいした敵機の反 撃もなくうまくいった。ところが翌四日の爆撃は天候不良のため視界がわるく、水偵隊に爆 撃の出番がまわってきた。そこで「摩耶」の九五水偵二機と「高雄」の九五水偵二機が爆装 のうえ、悪天候をついてダッチハーバー攻撃にむかった。

しばらく飛びつづけていると、やはり私が危惧していたとおり、悪天候のなかでとつじょ 敵のP40戦闘機に遭遇したのであった。

出撃前からいやな予感がしていたが、それがいま現実のものとなったのであった。

しかし、こちらは水偵のうえに爆装までしており、空戦などできるわけもない。そこでやみくもに雲のなかに逃げ込んでしまった。このとき、「高雄」の水偵隊は敵機のエジキになり、自爆したことをあとできいた。

私は、二番機をつれて雲のなかをけんめいに逃げまわり、やっとのことで敵機をふりきった。それでもそのあとは陸上をなんとか爆撃して帰路についた。

九死に一生の帰投・着水法

帰りは敵戦闘機の攻撃を警戒して海面スレスレの低空飛行をおこなった。そのうちに、はたしてこのまま悪天候のなかをぶじに「摩耶」まで帰りつくことができるかどうかが心配になりだした。それというのも前日、「隼鷹」の艦爆が爆撃のために出撃してどうやら爆撃はぶじにすませ、いざ帰ろうとしたが天候が悪化し、視界も悪くなって母艦を発見することができず、ついに燃料がきれて自爆したということが頭のなかをよぎった。このため私もだんだんこころぼそくなり、気も狂いそうであった。しかしそのたびに、

「なんの、負けるものか」

と一人で勇気づけ、必死になって九五水偵をあやつった。

いよいよ予定到着時刻となった。一同は目を皿のようにして周囲をみはっていた。それでも予定時刻はせまっているが、コンパスを使っているので、方向はまちがいないはずであるのに、「摩耶」がいるほうとは反対の方向に飛んでいるのではないかと、あらたな不安が頭のなかをかすめた。

そのうち操縦員より、

「掌飛行長の前方に艦が見える」

という報告があった。一瞬、わが耳をうたがったが、さらに近寄ってよく見ると、まぎれもなくこれがわが母艦「摩耶」であった。まさに地獄で仏とはこのことであろう。天にものぼる気持とはこんなものなのであろう。

さまざまなことを考えながら「摩耶」に近づいて着水しようとしたが、つぎの悩みにぶつかった。それというのも海面はひじょうに波浪が高く、着水が心配になったのである。

もし着水に失敗し、転覆したら海中になげだされ、零下の海でおよぐことにでもなれば、一巻のおわりである。

すると「摩耶」がとつぜん高速をだし、大きな円をえがきはじめた。一万三〇〇〇トンの「摩耶」がスピードをあげて大きく旋回するさまは、まさにダイナミックなもので、こころづよいかぎりであった。

これこそ水偵の荒天揚収法である。すなわち大きな円をえがいて艦が旋回すると一時的にその円内の波がおさまり、海が平坦になる。そのときをねらって、それとばかりに着水するのであるが、われわれもこうしてぶじに着水することができたのである。

考えてみると、敵の戦闘機の攻撃を心配して海面すれすれの低高度で飛行していたが、これがもし普通の高度を飛んで帰ってきたならば、おそらく艦の発見はできなかったと思うと、まさに九死に一生をえた思いであった。

ふたたびうけた水偵隊勤務

こうして作戦もどうにか終わり、「摩耶」はじめ各艦はひさしぶりに帰国の途につき、ぶじに佐伯湾に入港した。

そして「摩耶」には、このあと柱島から呉に回航され、整備作業がまっていたが、私にも一通の辞令がまっていた。

それは「館山海軍航空隊掌飛行長を命ず」というものであった。これによって一年九ヵ月間にわたる艦隊生活に終わりをつげ、陸上勤務になるとなかば期待する気持で館山航空隊に赴任した。

ところがそこにまっていたものは、またまた水偵による夜間の敵潜水艦の索敵哨戒任務であった。このため昼は退屈するくらいのんびりとすごし、夜ともなれば飛びだして一晩飛びつづけ、早朝に帰隊するという毎日であった。

そのうちに岩手県三陸沿岸を航行する日本の商船が敵潜水艦の攻撃をうけ、被害がおおくなったという。そこで館空において零式観測機による水偵哨戒部隊を編成し、私が編成隊長に任命された。こうして山田湾に水偵隊の基地を設営し、毎日、早朝に出発して敵潜の哨戒ならびに商船の護衛にあたった。

そして敵潜水艦の攻撃に多大なる戦果をあげたその実績がおおいにかわれた私は、航空技術廠飛行実験部付を命じられたのであった。ここでは対潜哨戒専門の双発の陸上哨戒機「東海」の実験にはいった。こうして完成した東海をもって、八月、神奈川・追浜にて対潜哨戒部隊を編成し、佐伯空に進出した。

そこではきびしい訓練がまっていた。それもなんとか克服したが、豊後水道の哨戒をかねて部隊の訓練はなおもきびしさをましていった。こうして私は終戦まで、その任務についたのであった。

私が「摩耶」を下りて約二年半後の昭和十九年十月二十三日、本艦はレイテ湾海戦に栗田艦隊の第四戦隊として参加していたが、海戦をまえにしてパラワン水道南口付近で米潜水艦デースの雷撃をうけ、四本の魚雷が命中して沈没した。北緯九度二七分、東経一一七度二三分のところであった。

余談だが、昭和五十九年、われわれ「摩耶」にゆかりのあるものがあつまり、名前をもらった神戸・摩耶山上に慰霊祭をおこなっている。

私も昭和二十年三月、海軍大尉に進級し、八月に終戦をむかえた。それによって一五年四カ月にわたる海軍生活にもピリオドをうったが、ふりかえってみると三〇名もいた同期生のうち終戦のとき生き残ったのはたった二名という苛酷な生活であり、戦争であった。

しかし、いま七三年の生涯をふりかえってみると、この苛酷な一五年間というものが、必死になって生きてきた私にとってもっとも充実した生活であったと思えてならない。

だからといって上官を、戦友《とも》を、そして部下の命をつぎつぎにうばっていった戦争をのろわないわけにはいかないし、ましてこの地球上から戦争は二度とおこってはいけないのである。

命を賭してつらくきびしい体験をしたのは、私たちだけで充分であるからだ。

(昭和六十三年七月号)

忘れざるミッドウェーの涙

元空母「飛龍」戦闘機隊・海軍一飛曹
村中一夫

朝やけの空に

昭和十七年六月五日、私は朝やけの空にむかって、「飛龍」の甲板を飛びたった。母艦の上空を左旋回しながら編隊をくみおえた攻撃隊は、「飛龍」攻撃機隊を先頭に、その上空を制空戦闘機隊、直掩戦闘機隊に護衛されながら、ミッドウェーへと針路を定めた。

やがて、白い波にふちどられたミッドウェーの海岸がはっきりわかるところまできたときであった。私は一瞬、トリ肌のたつ思いがした。はるか前方のかすんだ青空と、白い断雲との間に、ホコリにも似た黒点をみとめたのだ。

それはまばたきをすれば、一瞬にして見失うほどのものであった。一呼吸すると私はスロットルを全開にした。一番機重松康弘大尉の前方に飛びだしながら、翼を左右にふるとともに増槽をすてた。ブーストコントロールをオフにすると、機銃の安全装置をはずし、やや上方に位置する敵機にむかって機首をあげた。

ふと見ると、わが全戦闘機隊の腹の下から増槽がいっせいにきり離された。いま、空中戦の火ぶたがきって落とされようとしていた。

ついに敵機は、わが攻撃隊の先頭にたいしてきりかえしをはじめた。距離にして一〇〇〇メートルはあるだろう。有効なダメージは、とてもあたえられそうもないが、私は七・七ミリ機銃に火をふかせた。

それは敵の心理攪乱が目的であった。だが敵は、そんなおどしには目もくれず、つぎつぎにきりかえして無防備の艦攻隊のうえに襲いかかっていった。

自信をもって一連射

私は自分の無力さに泣きたい思いだった。ようやく追いついた敵の後尾機について降下追跡にうつろうとして、念のため上空をあおぐと、いたいた、約二〇機ほどの敵機。覚悟をきめると機首をあげた。

あたりを見ると、わが艦攻一機が火を吐きながら、もう一機は白い煙の尾をひきながら青い海にむかって落ちていくのが目にはいった。

わが戦闘機隊は、ようやく機首をあげた私と、水平増速した他機との速度の差が表われたのか、直掩隊、制空隊の順に、傘をひろげつつあった。敵機はまたきりかえしはじめた。しかし距離はまだある。こんど私は、全機銃を発射しながら敵機群にむかって機首をふった。

やがて敵機は、味方攻撃隊の上に進出した戦闘機隊の防御の傘を無視することができず、きりかえしていった。

しばらくしてやっと私は、われわれの掩護目標である「飛龍」艦攻隊のうえにたどり着いた。下方では敵味方同士がくんずほぐれつの、まんじどもえとなっての戦いが行なわれていた。

そうしているうちに敵機がきた。左前方に一機。高度をとりながら攻撃の位置につこうとしている。私はそれに近づいた。敵はまだ私に気づいていない。二〇〇メートルくらいに接近したとき、敵機は攻撃隊の真上にでて、機首をさげながら攻撃に移った。すかさず私は、敵機首の下をねらって火線を送った。

敵はびっくりして、あわてて左に翼をふって、旋回しながら逃げだした。

深追いする必要はない。私は機首をたてなおすと、ふたたび直掩の位置にもどった。

だが、一機ぐらいはカタづけなくては話にならないと思った私は、機首をさげ、敵の腹の下にもぐりこんで距離をつめた。こんどは自信をもって一連射をおくった。すると敵機は機首を垂直にして降下しはじめ、ふたたび頭をあげることはなかった。

（昭和四十九年二月号）

わが必殺の弾幕　上空三千をねらえ

元空母「飛龍」砲術士・右舷高角砲指揮官・海軍少尉
長友安邦

突入まえに接触した敵機

昭和十七年五月二十七日の午前六時（以下時刻はすべて日本時間）、ミッドウェー作戦の先陣として南雲忠一中将の率いるわが第一機動部隊は、柱島泊地を出撃した。

当時、私は同部隊に属する四隻の正規空母のなかの一隻で、山口多聞少将が座乗の第二航空戦隊旗艦「飛龍」に乗り組んでいた。

私はまだ弱冠二〇歳の少尉候補生（戦場到達前の六月一日に少尉に任官）だったが、右舷一二・七センチ連装高角砲六門の射撃指揮官という重責にあった。

ここに太平洋戦争の〝天目山〟といわれたミッドウェー海戦につき、艦上攻撃隊の戦闘をのぞく、「飛龍」艦上からみた思い出をつづって見よう。

出撃した南雲部隊は、厳重な電波管制を実施しながら、しのび足で東へ東へと急いだ。途中、六月二日ごろから深い濃霧となり、ときには艦首すら見えなくなることもあるくらいで難航をつづけたが、六月四日には濃霧帯を脱した。明日はいよいよミッドウェー島攻撃である。

この「飛龍」には最新式の九四式高射装置が装備されており、ほとんど自動的に対空射撃ができた。

しかしこの高射装置は、目標が水平直線飛行をすることを前提とした計算装置であったため、急降下爆撃機に対しては有効でなかった。

そこで、砲術学校からあらたに着任した高角砲の権威といわれる左舷射撃指揮官は、砲術長の了解をえて、急降下爆撃機に対してはつぎの射法を用いることとし、私も砲術長からこの射法を実施するよう命じられた。その射法というのは、はじめから目標に命中させることはあきらめて、射距離を二〇〇〇メートルに固定してしまい、二〇〇〇メートルのところに弾幕を張るやり方である。そうすれば敵機は、おそらくその弾幕に到達するまえに投弾するであろう。

しかし、二〇〇〇メートルの距離からでは確率計算上、命中率はきわめて低い。一方われは、なるべく早く多数の弾丸を発射するため、引き金は引き放しにしておき、装弾しだいに次々に発射するというやり方であった。この射法はC法と呼称され、出撃以後に猛訓練が行なわれた。

その猛訓練により私自身も対空戦闘への自信もつき、進撃する「飛龍」艦内の士気はますます旺盛となっていった。

かくて奇襲成功なるか、と思っていたところへ、昼ごろサイパンから一二隻の輸送船団を護衛して、ミッドウェーに向かいつつあった第二水雷戦隊司令官の発する「われ敵爆撃機九機の爆撃をうけ被害なし」の電報を傍受した

やんぬるかな、ついに奇襲ならずである。だが南雲部隊はまだ敵には発見されておらず、このまま日没になれば発見されずに進撃できると期待していた。

やがて真っ赤な太陽はしずかに西の水平線の彼方に没し去った。それから一〇分もたたぬうちに、右側護衛の任にあたっていた重巡「利根」が、敵発見の緊急信号をかかげ、「二六〇度方向に敵約一〇機を認む」と報じてきた。そこで、全艦隊は戦闘配置につくとともに、ただちに反転して高角砲の砲門をひらいた。

そして「赤城」からはただちに戦闘機三機が発進してこれを追ったが、ついに発見することはできなかった。

その夜、ガンルームで夕食の卓をかこんでの話題は、今日の出来事で持ちきりであった。

このときまで、南雲部隊ではミッドウェー近海に有力な敵空母部隊がいることを知らず、ミッドウェー島には爆撃機一五、戦闘機二〇、飛行艇一五機ていどがいて、その後、多少増強されたとしても恐るるにたる兵力ではない、と判断していたようであり、われわれ下級士官はそのように聞かされていた。

しかし、どのくらいの大敵がひそんでいるかわからない。みなの思いも同じらしく、明日の戦闘の容易ならぬことを予期していた。それは皆が私に、

「明日はしっかりたのむぞ」

と激励してくれたことでもわかった。高角砲指揮官である私は責任の重さをひしひしと感

じたのだった。

白鉢巻をしめて……

私がちょうど射撃指揮官当直の順番に当たっていたため、四日の午後十一時半、引きつづき展開されるかもしれない戦闘の身仕度をととのえたうえ、艦橋上の見張指揮所に上がって行った。あたりはまだ真っ暗である。

飛行甲板にはすでに第一次攻撃に行く零戦九機、八〇〇キロ陸用爆弾を搭載した九七式艦攻一八機と、艦隊上空直衛の零戦三機がならべられていた。そして整備員たちは早くも起きだして、その整備に大わらわであった。

五日午前零時四十五分、〝総員起こし〟の令が下り、午前一時二十五分、総員戦闘配置についた。母艦は南東からの風に向かって速力をあげ、搭乗員はそれぞれ愛機に乗りこみ、整備の合図の赤と青の航空灯を点じていた。

一時二十八分、「発艦始め」の号令が艦橋からかかり、まず一番先頭の零戦がブーッとエンジンの唸りをあげながら、尻を持ちあげてするすると滑りだした。そして一機また一機と飛び立って行った。

搭乗員たちはみな飛行帽の上に白鉢巻をきりりとしめ、勇ましいなかにも覚悟の程がうかがわれた。そして左舷中央部にある艦橋後部に立って見送る艦長に向かって、挙手の礼をしながらそのまえを滑走して行った。そのなかにはニッコリ笑みをふくんでいる者もおり、余裕綽々である。見送る者はみな帽子を振ってその成功を祈り、約一〇分で発艦は完了した。

四隻の母艦から飛びたった一〇八機の艦上機はあちらに一団、こちらに一団としだいに隊形をととのえながら、ときたまピカリピカリと発光信号をしている機もあった。

それらの間を二、三機編隊の零戦が増槽をつけた精悍な姿で飛びまわっていたが、やがて一団となった大編隊は、轟々たる爆音をとどろかせながら、旗艦「赤城」の上空に集合したのち、ようやく赤く輝きはじめた東方の断雲の彼方に、点々と豆つぶのように小さくなり、果てはまったく見えなくなってしまった。

ハワイいらい何度も繰り返された攻撃発進の光景であるが、いつもわれわれの胸を打つ感動の一場面である。

このときわが南雲部隊は、ミッドウェー島の北西方四〇カイリの地点にあり、一三五度の針路で同島にむけて進撃しつつあった。その陣形はと見れば、右側に「赤城」「加賀」、左側に「飛龍」「蒼龍」が位置し、この四隻の空母をかこむようにして、第十戦隊の旗艦「長良」を先頭に、一二隻の駆逐艦および第三戦隊の戦艦「榛名」「霧島」、第八戦隊の重巡「利根」「筑摩」が大きな輪形陣をつくって、視界限度のところに占位していた。

そして敵機発見の場合は、黒い煙幕をたいてその方向を知らせることにさだめられていたのだ。

攻撃隊の発艦後、やや静まったころ、「第二次攻撃隊用意」が命令され、ふたたび飛行甲板は整備員が右往左往し、格納庫からはエレベーターに乗った飛行機がつぎつぎと運び上げられはじめた。

この攻撃隊は米艦隊の万一の出現にそなえ、対艦船用の二五〇キロ通常爆弾または魚雷を搭載して、待機させておくことにあらかじめ定められていたものである。「飛龍」は九九式艦爆一八機、零戦九機をもっていた。

「飛龍」をつつむ十数本の水柱

日の出三〇分まえの午前一時三十分、七機の索敵機が発進することになっていた。ところが、索敵線の中央を担当する「利根」「筑摩」の索敵機がなかなか発進しないのである。

艦橋では司令官以下がやきもきしながら、両艦の方を注視している。「利根」ではカタパルトが故障し、「筑摩」では索敵機のエンジン不調のため手間どっていたのであった。

やっとこの両機が発進し終わったのは三〇分ばかり遅れた日の出ころになって

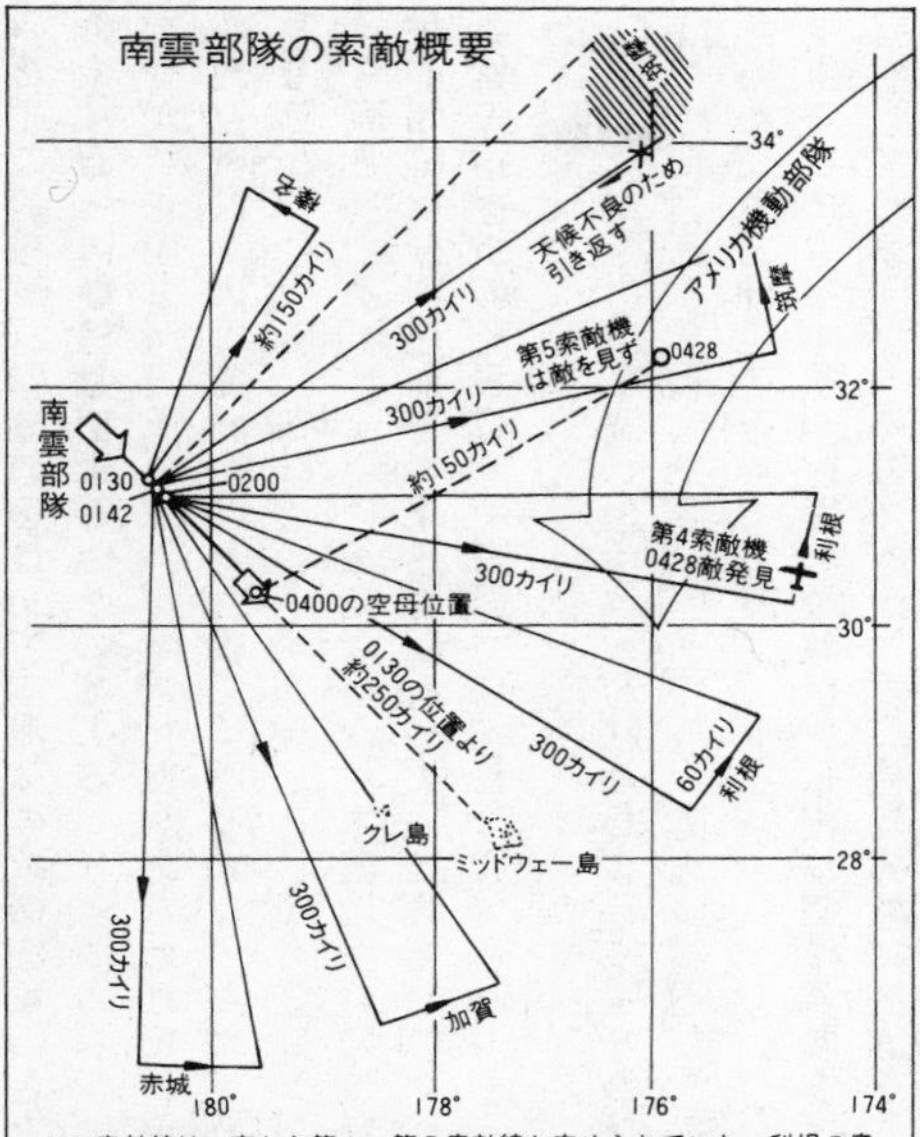

この索敵線は、南から第１～第７索敵線と定められていた。利根の索敵機は出発が約30分遅れた。これが発見遅れの原因となった。しかも同機の発見報告位置は、図のように筑摩機の索敵線上であった。実際の敵は利根索敵線上、すなわち発見位置の南方にいたのである。

いた。この発進三〇分の遅れが、本海戦の致命的敗因となったことを後日に聞いたが、両機の索敵線上に敵機動部隊がいたのである。

やがて午前二時三十分ごろ、敵飛行艇があらわれ、わが艦隊に触接を開始した。ただちに「対空戦闘」のラッパがけたたましく鳴りわたったが、「飛龍」からは射程外のため発砲できない。

午前四時ごろ、いよいよ敵ミッドウェー基地からの攻撃機がぞくぞくと殺到しはじめた。午前四時七分、左前方の駆逐艦が真っ黒い煙幕を吐いた。と、ほとんど同時に艦橋の上にある見張指揮所の見張員が、海面すれすれに突っ込んでくる敵雷撃機九機を左三〇度に発見した。

ふたたび「対空戦闘」のラッパがけたたましく鳴りわたり、左舷高角砲が一斉に火をふきはじめた。そして艦は三四ノットの最大戦速に増速し、「取舵一杯」で艦首を敵機にむけはじめた。魚雷回避のためである。

するとまもなく上空直衛の零戦が、敵雷撃機に攻撃をはじめ、見るまにそのうちの七機を撃墜してしまった。それでも残った二機は勇敢に突進をこころみ、「飛龍」めがけて魚雷二本を発射したが、いずれも命中しなかった。

この雷撃機の攻撃と時を同じくして、B17爆撃機一五機が高々度で来襲し、うち四機が艦首方向から「飛龍」に襲いかかってきた。とたんに「バサバサ、ドドドーン」というものすごい爆裂音とともに、十数本の天に沖する水柱が「飛龍」のまわりをとりかこんだ。

のちに他艦からこの光景を見ていた者から聞いた話では、このとき「飛龍」はたくさんの水柱の中にかくれて、ぜんぜん見えなくなったそうで、その水柱がおさまったあとから、無傷の「飛龍」が勇ましく走りでてきたときには、全艦隊の者は一斉にその奇蹟におどろくとともに、胸をなでおろしたそうである。

そのうちに多数の急降下爆撃機が「飛龍」に来襲しはじめた。まず午前四時五十六分に九機、午前五時八分に艦尾上空から九機、五時十二分に右二〇度から六機、五時十四分に右舷上空より二機、そして二十八分には艦首から三機がつっこみ爆弾を投下したが、いずれも熾烈なる防御砲火に恐れをなして照準が狂ったのか、あるいは技量が未熟であったのか一発も命中しなかった。だが、至近弾と敵戦闘機掃射の機銃によりいくらかの死傷者がでた。

また、五時十二分に右二〇度から突っ込んできた六機のうちの一機が、左舷側至近のところに自爆したときには、ものすごい灰色の硝煙臭い水柱が艦橋をつつみ、私もザーッとばかり頭からその洗礼をうけてしまった。

必死に雷跡をかわして

午前五時ごろ、対空戦闘の真っ最中に、はじめて「利根」索敵機から敵艦船発見の報がとどいた。そして五時三十分をすぎてようやく敵は空母一隻をともなう機動部隊であることが判明した。がぜんわが艦隊はいろめきたった。

これより先、ミッドウェー島の第一次攻撃の戦果が不徹底とみて、第二次攻撃を決意した南雲長官は、雷装して待機していた「赤城」「加賀」の艦攻に対し、八〇〇キロ陸用爆弾への取り換えを命じ、その作業があらかた終了しようとしていた。

そこへ敵空母をふくむ機動部隊発見の報がとどいたのである。それでただちに長官は、ミッドウェー攻撃よりさきに、敵機動部隊撃滅を決意されたようだ。

「飛龍」「蒼龍」の甲板上には急降下爆撃機の計三六機が対艦船の攻撃待機をしており、ただちに発進は可能であった。しかし全戦闘機は来襲中の敵機迎撃のため上空にあった。

山口司令官は南雲長官宛に信号をおくり、「ただちに攻撃隊を発進の要ありと認む」との意見具申を行なった。

しかし、この意見は採用されず、「赤城」「加賀」の艦攻隊はふたたび魚雷とつけ換えを命ぜられ、上空にあった護衛戦闘機を収容して補給作業が行なわれることになり、むだな時間が空費され、ついに戦機を失う結果となってしまった。

やがて午前六時五分、ミッドウェー第一次攻撃隊全機の収容を完了して、ものの十分もたったころ、右側方の駆逐艦がまた敵機発見の真っ黒い煙幕をはいた。

すると敵雷撃機一四機が右一〇〇度方向の水平線のあたりから、水面すれすれに来襲するのが見えた。

望遠鏡で見ていると、はやくもわが上空直衛の零戦に捕捉されたようで、零戦が上の方からグーンとダイブしてふたたび舞い上がると、敵雷撃機はたちまち水煙とかすかな黒煙を残して墜落した。

これを繰り返すうちに飛来した敵機は全機が零戦のえじきとなってしまった。まことに零戦の胸のすくような攻撃ぶりである。

六時三十四分、敵雷撃機一六機がまた一一五度方向より来襲したが、これまた零戦隊がぜんぶ撃墜してしまった。

しばらく間をおいて、ふたたび敵の大群が来襲した。こんどは雷爆協同作戦である。午前九時九分、右一〇〇度方向に敵機の大群があらわれ、そのうち雷撃機一六機が「飛龍」に向かって突進してきた。

それに対しても零戦隊が急行し、ダイブをはじめた。そして敵機はつぎつぎと海中にその姿を没していった。

私も好餌ござんなれとばかり射ちまくった。それでも生き残った敵機は三方にわかれて、「飛龍」めがけて突進し、魚雷を発射した。そのうち右前方から突っ込んできた三、四機は一〇〇〇メートル以上のところで魚雷を投下した。

その一本はどうしたはずみか、くるくると回転しながら落下した。また他の一本はいったん海中にもぐった後、すぐ海面上にとびだし、高速内火艇のように海面を航走し、イルカのようにちょっともぐって頭をだすといったありさまで、雷速も遅くその性能の悪さにはあきれるほどだった。

この間、午前七時十五分、とつじょ左舷前方より急降下爆撃機約一〇機が来襲し、投弾したが幸い命中弾はなかった。

七時十八分、雷跡三本が右舷至近を通過し、さらに五分後には、雷跡一本が左舷、二本艦尾、二本艦首、一本右舷とそれぞれ至近のところをほとんど同時に通過した。まことに危機一髪の瞬間で、手に汗にぎる光景であったが、幸いにして一発も命中しなかった。

その後も七時二十六分、右前方約一万メートルより雷撃機五機が来襲し、三十分ごろ雷跡が右舷より艦首三本、艦尾二本と通過したが命中しなかった。

この間の戦闘で、いまだに私の脳裏に焼きついて忘れることのできないのは次の光景である。

私が夢中で射撃を指揮していると、左後方からすでに魚雷を投下し終わった敵雷撃機が、右舷側中央部付近の海面すれすれのところまで降下してきて、上げ舵をとり水平の姿勢にもどった。

そのすぐ後から零戦が猛烈なスピードで追いかけてきたが、ついに零戦は勢いあまって、そのまま「ザッ」という音とわずかな波紋を残して海中に突入し、瞬間的に姿を没した。

それは「飛龍」の直衛機であった。おそらく敵機が「飛龍」に自爆しては大変と思い、自ら体当たりで母艦を救おうとしたのではなかったかと思われる。

わが三空母の悪夢の九分間

断雲にかくれた太陽を背にして、しのびよった敵急降下爆撃機は、南雲部隊の各空母にいきなり突入した。奇襲であった。

午前七時二十四分に「加賀」が、そして二十六分に「赤城」、つづいて三十三分には「蒼龍」が被弾し大火災となった。わずか九分間のあっという間の出来事であった。

しかも各艦の敵空母攻撃隊は発艦寸前で、あと五分以内に全機の発艦を終わるというときであった。〝ああ！　流星光底長蛇を逸す〟とはまさにこのことをいうのだろう。それにしても肉眼での見張りには限界がある。われにレーダーの一基でもあったなら、と残念でならない。

だが、山口司令官は味方の大損害に屈せず、敵空母攻撃のため七時五十七分、小林道雄大尉の指揮する攻撃隊の急降下爆撃機一八機、護衛戦闘機六機を発進させた。

その後、無線機故障のため直接報告に帰投した偵察機の報告により、敵空母は三隻であることがわかった。

そこで午前十時三十分、友永丈市大尉を指揮官とする第二次攻撃隊の雷撃機一〇機、護衛戦闘機六機が発進して攻撃に向かった。敵空母に対し小林隊は三発の直撃弾をあたえ、友永隊は三本の魚雷を命中させた。しかし、攻撃隊のうけた損害も大きく、半数以上を失って帰艦した。

そこで山口司令官は残存敵空母は一隻となったものと判断した。そして敵空母攻撃をもっとも効果的にするため、残存兵力の急降下爆撃機五機、雷撃機四機、護衛戦闘機六機をもって薄暮攻撃を敢行することを決意された。

この間、しばらくは敵機の来襲がとだえていた。そして第三次攻撃隊の整備補給と、艦内各部署の整備が懸命に行なわれた。

あと一時間ほどで日没である。なんと長い一日であったことか。見張員も朝からの連続見張りで、眼を真っ赤にはらしてなおも懸命に見張っている。それに乗員一同は朝から飲まず食わずで、食事をする暇もなかったのだ。

午後二時、戦闘配食の号令がかかった。私は高射指揮塔の椅子に腰をおろし、タバコに火をつけた。

そのとたん、塔のすぐ下の見張指揮所で見張員が、「敵だ、いや味方だ」とさけぶ声が聞こえた。私は瞬間的にタバコを投げすてて上空を注視した。みると艦首九〇度の直上、高度約五〇〇〇メートルに、敵急降下爆撃機一三機が灰色の翼をつらねてすでに急降下に入っていた。

私はただちに独断で「射ち方はじめ」を令し、弾丸はただちに発射された。それにつづいて二五ミリ機銃も射撃を開始した。そして左舷高角砲も射撃をはじめた。

私の射った弾丸が炸裂するまでの、三秒ばかりの時間のなんとながく感じたことか。私の弾着は敵機の真正面で、ピカリピカリと黒い弾幕を張った。だが、敵機はやがてその弾幕を突破して、さらに降下して投弾した。

黄色くずんぐりとした爆弾が、スーッと落下してくる。はじめの三弾目までは中心が横にむいているので当たらないことがわかった。だが、四弾目のはいつまでも私の方に真っ直ぐ落ちてくる。

これは当たる、と思っているとまもなく、飛行甲板前部に命中した。「ダーン」という炸裂音とともに、艦はモリをくらった大鯨のようにのたうち、ぐらぐらとゆれた。あたりは黒煙におおわれ、一時は何も見えなくなってしまった。

つづいて、さらに三弾が命中した。時に午後二時四分であった。

飛行甲板の前方、三分の一ぐらいは吹きとんで大きな口をあけ、艦橋のまえには吹きとんだ昇降機が屏風のように突き立っていた。火はメラメラと炎をあげて全艦に燃え広がってゆく。そのうちに高角砲弾の誘爆がはじまった。しかし、消火栓からは水がでない。日はすでに没し、満天の星が美しくきらめいていた。

　やがて艦内の一消火栓から何本ものホースをつないで、飛行甲板上からの消火作業がはじまった。懸命の消火作業で格納庫前部の火は消された。しかし、どうしても後部の火は消えない。決死隊が機関室との連絡を試みたが、通路が真っ赤に焼けて入口まで行くことができない。

　直衛駆逐艦「風雲」と「巻雲」が両舷に接舷して、消火に協力している。だが、ついに火は機械室にものび、機関兵はバタバタと倒れていった。

　午後十一時三十分、総員集合が令された。そして五十分に加来止男艦長が訓示され、ついで山口司令官が訓示された。「今日の教訓を生かし、捲土重来《けんどちょうらい》を期せよ」という趣旨の訓示であった。

　ついで一同は皇居を遙拝し、天皇陛下万歳を三唱した。そして、六日午前零時十分、将旗を降ろし、つづいて軍艦旗が降下された。十五分に艦長が総員に退艦を命じた。しかし、司令官と艦長は、艦と運命をともにされる決意であった。

　鹿江隆副長は、一同が艦長と行動をともにしたいと願い出たが、聞き入れられなかった。

　訣別に際し、わずかに残った水樽をかたむけて別盃とした。士官は、かわるがわる前にでて、艦長と別れの握手を交わした。私はいまでもそのときの温顔常のごとくニッコリ笑って握手してくださった艦長の顔を忘れることができない。

　夜は白じらと明けはじめてきた。総員は「風雲」と「巻雲」に移乗した。司令官と艦長は一同に手を振りつつ艦橋に上がって行かれた。私の移乗した「巻雲」は、いまだに黒煙をあげ、左舷に傾いて停止している「飛龍」の艦尾をまわり、右舷の方から司令官の命により、「飛龍」に対し魚雷一本を発射した。午前二時十分、魚雷は命中し、真っ赤な火柱は天に冲した。

（昭和四十五年一月号）

われ米空母ヨークタウンを撃沈せり！

元伊号一六八潜水艦長・海軍中佐
田辺彌八

ミッドウェー島は眠りこけていた

昭和十七年一月三十一日、潜水艦長として伊号一六八潜水艦に着任した。当時、同艦は呉《くれ》軍港に碇泊して、乗員の休養と艦体の修理を行なっていた。

四月十八日、ドーリットルが指揮する敵機が、東京を初空襲したので、わが艦は僚艦とともに、敵空母をもとめて外海に出撃したが、四国沖にさしかかったさい、機関に故障を生じたので、やむをえず単艦、呉軍港に引きかえした。

修理工事も終わり、出撃命令を待っているとき、昭和十七年五月二十三日、わが艦に対してつぎのような重大任務があたえられた。

「連合艦隊は六月六日を期し、ミッドウェー島を占領せんとす。伊号第一六八潜水艦は、準備でき次第に出撃して、隠密裡《おお》にミッドウェー島ふきんの敵情を偵察せよ」

すなわち、連合艦隊の斥候《せっこう》を仰せつかったのである。まことに任務は重大である。乗員のなかには、真夜中、ひそかに亀山神社に詣《もう》でて、任務の成功を祈願するなど、こころの準備はすでにでき上がり糧食、魚雷、弾薬、燃料の準備も完了した。

明けて五月二十九日、伊一六八潜水艦は勇躍して呉軍港をあとにした。柱島水道に錨《いかり》をおろしていた連合艦隊の各艦は、登舷礼をもって見送ってくれた。

瀬戸内海、豊後《ぶんご》水道を通って四国、九州のみどり濃い山影に名残りを惜しみながら、艦は一路、東へ東へとミッドウェーめざして進んだ。

六月三日の未明、白みかけた東の水平線に一粒のうす黒い島影を発見した。

太陽がのぼるにつれて、クッキリと姿をあらわしたミッドウェー島は、まだ眠っているようである。海も空も、すこぶるおだやかである。しかし敵に発見されては一大事と、ただちに潜航偵察にうつった。

艦はまず、この環礁の北側にせまり、そこから東側、南側へとまわり、最後に西側の港口に肉薄して、陸上施設や敵の動静を偵察した。

後を絶たぬ友軍の悲報

陸上には、飛行機格納庫や重油タンクなどが立ちならび、哨戒機が、ひっきりなしに発着している。潜望鏡がひくいため、飛行場を直接に見ることはできないが、敵は数十機の哨戒機を使用して、付近の海上を厳重に哨戒している様子である。

湾内には、数隻の小型哨戒艇らしいものが碇泊しているほか、艦船の姿は見あたらない。これらの敵情を連合艦隊に打電し、艦はなおも索敵をつづけながら、友軍の攻撃をいまかいまかと待ちわびていた。

六月五日、わが攻撃機隊は、このミッドウェー島に殺到し、爆弾の雨をふらせた。重油タンクが爆発して、全島が黒煙につつまれ、火焔は天に冲するばかりである。いままでの平和《へいわ》境《きょう》は、たちまち修羅場と化している。

艦内へ友軍機の戦果をつたえてやった。ドッと歓声があがる。司令塔にいる航海長や砲術長、伝令員に、この光景をかわるがわる見せてやり、一同、手をたたいてよろこびあっている。

そうこうしているとき、潜水戦隊司令官から、わが艦に対して、

「サンド島の敵飛行場を砲撃せよ」

との電令に接した。

太陽はすでに西に没している。わが伊一六八潜は、ただちにサンド島にもっとも近い、南側の環礁に近づきつつ、艦内へ砲戦準備を下令した。

岸から三八〇〇メートルのところで急速浮上、砲戦を開始した。あたりは、はやくも薄暗くなっている。

飛行場に十数発の砲弾を撃ちこんだ。敵もいち早く砲台から応戦して来た。艦は敵の照射の眩惑《げんわく》にあい、やむなく潜航して避退をはじめた。

まもなく敵の哨戒艇が頭上にやって来て爆雷数発を投下したが、これをうまくかわし、沖の方へ潜航をつづけ、敵の追跡をふりきって、ようやく浮上した。

そのときである。暗号長が艦橋にかけ上がって来て、

「特別緊急電報です」

とさしだした。見ると、つぎのような重要電報である。

「わが海軍航空部隊の攻撃により、エンタープライズ型大型空母一隻、ミッドウェーの北東一五〇カイリに大破漂流しつつあり。伊一六八潜は、ただちにこれを追撃、撃沈すべし」

さっそく艦内へこの新しい任務を放送させた。乗員のなかには、〝さあ戦わん〟と、大声を発する者があり、武者ぶるいをする者もいる。それもそのはず、このときのために、将兵たちは長い年月、いわゆる〝月月火水木金金〟の猛訓練をしてきたからである。きたえにきたえた腕はムズムズしている。

士官室へ先任将校や機関長など准士官以上を集め、戦闘の諸準備を命じ、すこしの手落ちもないようにと指示をあたえて、ふたたび艦橋に上がった。

艦は真っ暗な海面を、計算で出した出会《であい》針路で、全速力ですすんでいる。艦橋の椅子に腰をおろした。頭のなかでは、これから起こるであろうと思われるいろいろな戦況や、どうやったら一撃必殺が出来るだろうか、この広い海原で、はたして運よくこの敵空母を捕捉することが出来るだろうか、しかし夜明けに捕捉しなければ、昼となっては敵機の哨戒もあろうなどと、つぎつぎと浮かんでくる。

その間も〝友軍苦戦〟の電報が、あとからあとから入ってくる。そのたびに、怒りと失望と闘志のまじった感情が沸騰してくる。

望月電機長が艦橋に上がって来て、水天宮のお守り札をわたしてくれた。彼の話では、呉軍港を出発するとき、ひそかに受けて来たもので、いまから乗員全部にくばるということである。

まことにほほえましくも、頼もしいかぎりである。

見よ、ヨークタウンが

そのうち先任将校から、〝戦闘準備が完了したので休養させる〟との報告を受けたので、艦内を一巡してみると、白鉢巻をしたまま寝ている者、ヒソヒソと語りあっている者など、乗員すべてが落ちつきはらっており、そこここに冗談さえとんでいる。まことに頼もしく、〝われすでに勝てり〟の感がして来た。

時は六月六日午前一時十分、前方見張員の一二センチ双眼鏡が、ようやく白みはじめた東方海上に、一つの黒点をキャッチした。

「黒点一つ、右艦首に認む」

一番見張員の声は、黎明のもの静かさをやぶった。〝どれ見せろ！〟といいながら双眼鏡をのぞくと、どうやらめざす空母らしい。思っていた時刻に、しかも理想的な相対位置で捕捉できたうれしさで、胸がいっぱいになった。

敵の空母は、明るさをます東の空を背景にして、その存在をだんだんと明確に浮かばせつつある。

付近には、警戒艇らしい小さな黒影が数点、見えはじめた。見つけられては一大事と、ただちに潜航を開始した。

食うか食われるかの戦いがはじまったのである。海面は油を流したように、小波《さざなみ》一つ立っていない。こんなに静かだと、潜望鏡の頭を、ほんのわずか出しても敵に発見されるので、かえって苦労する。

水中速力三ノット、艦はひそかに敵に近づいている。魚雷発射管室では、魚雷の最後の調整にいよいよ急であり、主計科員は、艦内に、〝戦闘食〟の握り飯をくばっている。

無観測で敵艦へしのび足

「本日、天気晴朗《せいろう》にて、波静か、視界良好」

いままでの数回の観測で敵の針路、速度が推定できた。

ヨークタウン型空母を中心に、一〇〇〇メートルぐらいの距離で二段構えの警戒駆逐艦を配している。その数、約七隻であることもわかった。敵から見つけられることを防ぐため、しばらく聴音潜航にうつった。潜望鏡昇降台に立ったまま、攻撃計画などを考えた。

敵空母は、きのうの友軍航空隊の攻撃のため、やや左にかたむいているが、見たところでは、すでに損傷個所も修理が終わったのか、飛行甲板も異状なく、火災のようすもない。

しかし、推進機に損傷を受けたものらしく、最低速で針路をハワイにむけている。はやく戦場を離脱しようと必死にもがいているようだ。潜望鏡を上げてみた彼我の距離は、一万五〇〇〇メートルにちぢまった。哨戒駆逐艦の厳重な警戒ぶりが、手にとるように見える。

やがて敵の電探音が聞こえはじめた。艦内に「爆雷防御《かたず》」を下令した。深度計や打電の処置など、艦内準備はととのった。情況いかにと、固唾をのんで待っている全員に、ときどき敵情を放送してやった。

海面は五メートルぐらいの東の風が吹き、わずかにうねりも出てきた。襲撃には、だんだんとわが方に有利になってきた。

敵はほとんど停止しているように見えたがその後、潜望鏡で観測するたびに、航海長の作図による予想とちがっていることに気がついた。敵の前方に進出しようと努力しているにもかかわらず、方位角はむしろ大きくなっている。

敵の速力は何ノットか、敵の基準針路はいったい何度か、まったく判断がつかない。あるいは、敵は風に流されているのかもしれない。

最初は、敵の左舷側から襲撃しようと行動したのだが、今ではこれは困難なことである。右舷側からの襲撃を決意し、思いきって右に出た。敵の警戒幕を突っきるために、作図をたよりに無観測運動をとった。

海よ泣け、波よ騒げ

敵を見ないということは、じつに心配なものである。しかしこの場合、ちょっとでも潜望鏡を露出すれば、たちまち発見されるにちがいない。運を天にまかせて、盲目的な進出運動をとらざるをえなかった。

敵駆逐艦は、わが伊一六八潜の直上を、幾度も往復している。

そして敵の探信音は、あちこちからひっきりなしに聞こえてくる。

午前九時三十七分、神に念じながら上げた潜望鏡から見ると、敵空母が山のようにわれにのしかかっているのではないか。

本艦との距離約五〇〇メートル、これでは近すぎて、魚雷が敵の艦底を通過するおそれがある。この警戒厳重な敵を仕止めるには、一回で成功しなければならない。失敗してやりなおしはできない。

八〇〇メートルから一〇〇〇メートルの間隔をとろうと決心し、三六〇度旋回を始めた。するといままで騒々しく鳴りひびいていた敵の探信音が、ピタリとやんだ。ちょっと不思議に思って航海長に、

「敵は昼食をとるために探信当番が休んだな」

と話しかけた。このときこそ襲撃のチャンスだと、潜望鏡を上げて、敵情いかにと観測すると、距離一二〇〇メートル、しかもこちらの注文どおりの位置に、グッと回頭して来た。

「発射用意！」

つづいて、

「射てッ」

第一回目が二本、つづいて二秒後に第二回目の二本と、一撃必殺を期して四本の魚雷を、二本ずつ重ねて発射した。

一秒、二秒、三秒と、時計の針を見つめる。四〇秒、命中音がはげしく艦をふるわせたかと思うと、ひきつづいて重苦しい大爆発音が、海も裂けよとばかりに耳を打った。乗員の魂をこめた四本の魚雷は、全部命中してくれたのだ。艦内は、命中音を聞くと狂喜して抱きあい、バンザイの連呼である。

司令塔へかけ上がって来て、おめでとうという下士官もいるほどである。すると一人の乗員が、サイダーをコップに入れて持って来てくれた。その心づかいに対し、感謝の涙が流れ

た。それもそのはず、敵発見いらい潜望鏡昇降台に立ちつづけているので、一安心したいまは、むやみにノドがかわいて、声もろくに出ないほどで、このサイダー一杯は、本当にありがたかった。

乗員の喜びの声が落ちついたときを見て、

「戦いはこれからだ。いっそう緊張せよ！」

と艦内に号令した。

発射と同時に避退運動にうつり、沈みつつある敵空母へ近づくように針路をとった。敵の乗員は、海面に抛《ほう》り出されて泳いでいるだろうから、ここに突入すれば、敵もかんたんに爆雷は投下できないだろうと判断したからである。

魚雷命中に敵はあわてはじめ、一時は、なすすべもなく、付近を走りまわっていたが、約一時間後、わが頭上を右から左へ通過した駆逐艦が、爆雷二発を投下した。

いよいよ爆雷攻撃がはじまったのだ。敵駆逐艦は、伊一六八潜を四方からとりかこんでねらいをつけている。聴音係から〝右舷に推進機音〟〝同じく左舷〟と、しきりに報告がはいって来る。その報告をたよりに面舵、取舵と蛇行しながら、敵から遠ざかるように運動するが、まわりに敵がいるのでどうしようもない。敵は入れかわり立ちかわり、直上を通過しては爆雷を投下する。

発令所にいる先任将校が、〝いままでに六〇発も落とされました〟との報告を受けた。

その直後であった。頭上を通過した敵の推進機音が、やや遠ざかったかと思った瞬間、伊一六八潜は三〇センチほどもハネあげられ、天井の塗料がバラバラと落ちて来た。

電灯が消えて艦内は真っ暗だ。先任将校が、

「応急灯をつけろ！」

と命令している。そして、

「艦内損傷箇所を調べろ！」

と下令したと同時に、

「前部発射管室浸水、後部舵機室浸水」

を報じてくる。

機関長から「電池破損」の報告があった。そのうち、浸水箇所は乗員の適切必死の努力で防ぎとめたが、電池管の破損はまったく致命傷である。漏《も》れた硫酸液と艦底にたまっていた海水とがまじって、クローリンの毒ガスが発生したため、艦内はしだいに呼吸困難を感じはじめた。ネズミがこの毒ガスに酔って、フラフラと足もとに出て来るほどである。

がんばれ、あと二時間だ

敵の爆雷攻撃は執拗につづき、なかなか止みそうにない。電池をこわされてしまっては、電動機が動かないので、艦は停止してしまった。

こうなると潜舵も横舵も縦舵も、まったくきかない。空気で注排水を行ない、人員を移動して前後傾斜を直す以外に、潜航を持ちこたえる方法がない。

先任将校は適切な命令をくだして潜航をつづけている。十数人の下士官は、一団となって

先任将校の命ずるままに、前部へ後部へと走り、あるいはとまる。機関長と電機長はガス・マスクをつけて、部下とともに電池の応急修理作業に死物狂いである。ガスに中毒して、電池室からかかえ上げられる下士官も出て来る。

「日没まであと二時間だ！　総員がんばれッ」

と号令して、士気を鼓舞《こぶ》した。

しかし圧搾空気は、残りわずかに四〇キロ、潜航はそうながくつづけられない。艦内の空気はますますにごり、呼吸も苦しくなって来た。応急灯も消え、わずかに懐中電灯がわれわれの運命を暗示するかのように点滅するだけである。

ついに大魚を仕止める

午後一時四十分、万策つきて、艦は三〇度の仰角をもって浮上しはじめた。乗員のあらゆる努力も、いまはもう効果がない。ことここにいたっては、一艦をひっさげて肉弾突撃し、敵と刺しちがえるほかに方法はないと決心した。

「砲戦および機銃戦用意！」、つづいて「急速浮上砲戦」を下令した。

ハッチがひらかれるのを待ちかねて艦橋にとび上がった。まず近いところから周囲を見たが敵の姿がない。「しめたッ」と、思わず声がでた。

眼を遠くにうつすと、約一万メートルの彼方に、敵の駆逐艦三隻を発見した。さっき攻撃した空母やいかにとさがしたが、すでに、姿はない。撃沈は確実である。

このことを艦内につたえて喜びをわけあった。しかし、敵駆逐艦三隻は伊一六八潜を発見したのか、にわかに反転して、轡《くつわ》をならべて近寄ってくる。

浮上前の報告では、「電力なし、空気の残り三〇キロ」であったから、「急速充電補充」を命じ、敵からはなれるように全力で突っ走った。しかしいかにせん、速力においては駆逐艦にはかなわない。敵との距離はしだいにつまって来る。敵駆逐艦三隻のうち一隻は、途中で追跡をあきらめ、両側の二隻だけとなった。

忍耐がもたらした勝利

通信長に命じて連合艦隊あてに、

「われ、ヨークタウンを撃沈せり！」

と打電した。その間にも、敵はいよいよ迫って来る。艦橋にいる航海長や見張員からは、

「敵が近づきます」

と、悲壮な報告をくりかえす一方、艦内からは、

「電動機はまだ使えません」

と、潜航不能の訴えがくる。潜航か、それともこのまま水上避退をつづけるか、敵と刺しちがえるかの決断にせまられる。このときほど苦しい思いに追い込まれたことは、いまだかつてない。

空気はどのくらいとれたのかと先任将校に聞くと、すぐに「八〇キロまでとれました」との返事である。百余名の乗員と、その家族のことが脳裡《のうり》にうかぶ。

時計を見ると日没まであとわずかに三〇分である。敵はすでに砲戦を開始しており、その

弾着は、伊一六八潜をはさんで前後左右に落下している。一刻をあらそうときだ。

「よし、もう一度潜航しよう」と決心して、急速潜航を下令、ついで「深度六〇メートル」を命じた。

所定の深度についたとき、「本艦の推進機音が、かすかに聞こえます」と、伝声管に耳をあてていた伝令員から報告が来た。これほどまでに乗員の一人一人が、電動機のことにここころをくばっていたのだ。つづいて、「電動機は使えます」との機関長からの報告だ。全乗員がホッとした様子である。

忍耐こそ、真の潜水艦魂である。

敵の砲弾は、見当ちがいの方に落下している。あたりはようやく暮れかかっている。こうなると、わが雷撃におじけづいた敵艦は、威嚇的に最後の爆雷数発を投下して、頭上を去っていった。

午後三時五十分、伊一六八潜は、勝利にかがやく艦影を、暗い海面に現わした。

（昭和三十七年十一月号）

血みどろ空母「飛龍」の怒号を聞け

元空母「飛龍」航海長・海軍少佐
長 益

刀折れ矢つきるまで

ミッドウェー海戦！ それは私にとって本当にいやな思い出である。しかし、全力をあげて戦い、最後まで頑張ったという点においては、いま思い返してみても一つの悔いもない。

この海戦についてはすでに戦史として公表もされているし、また今日まで手記その他でほとんどあますところなく発表されているので、今さら私が拙文を書く必要はないと思ったのだが、私としても、あるいは一つぐらいは誰も書いていないことでもありはしないか、と、ふとそんなことを考えたのである。

もしそんなことがあるならば、それは世にでることなく、今後、永久に葬られてしまい、それが戦死者や遺族の方に対して、生き残った者が責任を果たさないことにもなりはしないかと思って拙き文をもかえりみず、記述してみようと決心した次第なのだ。

また、ここに述べるのは、戦史にあることはのぞいて、本当に私自身がみたり聞いたり、また実際に体験したことばかりを綴ってみたのである。

私は、空母「飛龍」の航海長としてミッドウェー海戦に参加したが、航海長の戦闘時に行なう任務は、信号員、見張員、操舵員を指揮し、すべての戦闘運動について艦長を補佐するにあるとされているが、実際のやり方は、特別の場合のほかは、自分の判断で思うとおりの操艦をやり、艦長には事後承認ということになる。

これはそのようにやらないと、緊急の場合に間にあわないので、そのように訓練され、艦長の意図のように行動するよう、日ごろから戦術思想を統一されているわけである。

艦長は、航空戦、砲戦から、通信、運転、応急整備その他すべてを指揮するのであるから、各科ともそのようにしなければやってゆけないわけである。

あの日(六月五日)は、日の出が午前一時半ごろ(日本時間)で、第一次攻撃隊の発進予定は午前一時であったから、総員起床は午前零時ごろであった。

それから攻撃隊の発進、敵機来襲、対空戦闘、雷爆撃回避、全力接敵、そして攻撃隊の収容、さらにまた攻撃隊の発進収容と戦闘は終日つづき、日没が間近くなったころ「飛龍」が被爆してしまったのである。

それから夜通し消火作業と、本当に少しの休む暇もなく戦いつづけたのだが、遂に総員退艦となり、「風雲」と「巻雲」の二駆逐艦に収容されたのは翌六日の午前一時すぎであったから、総員起床からじつに二五時間以上になったわけで、われながらよく戦ったという感じであった。

後から考えれば、あの時、ああすればよかったとか、なぜあんなことをしたか、と思うこともないこともないが、なにしろ戦場心理というものがあって、冷静な時とは同じように考えられなかったと思われる。

私はミッドウェー海戦の戦闘では、全力を出しきり、刀折れ矢つきるまで戦ったのだ、といった感じを全乗組員が持っていたといまでも考えている。

私は昭和十五年十二月から水上機母艦「瑞穂」航海長、十六年八月から「飛龍」航海長として各種の海戦に参加したが、ミッドウェー海戦までは、飛行機隊の発進、収容が戦闘作業で、それも付近には味方のみという情況で、実際にこの目で敵を見るということはほとんどなかったのである。

それがこの海戦では、敵機をいやというほど見せられ、またそれらの攻撃に対し、対空戦闘、雷爆撃回避運動はひっきりなしにやり、またその間隙をとらえて味方の飛行機を発進、収容するなど、まったくめまぐるしい緊張の連続であった。

とくにわが空母三隻が一度にやられて、残るは「飛龍」ただ一隻となってからは、その三艦の在空機も収容したり、第二次、第三次攻撃隊の発進、収容など、なおさらに大変なものであった。

私自身は、この戦闘中はもっぱら操艦に当たっていたから、敵機の情況とか味方戦闘機の活躍ぶりなどは、見張員からの報告や、艦橋付近にいた搭乗員などの知らせを耳できく程度で、実際に見ることはできなかったのである。

この海戦では、わが艦の見張員は対空見張り、そして信号員は対艦船（水上）見張りに重点をおいていたのであるが、わが艦の見張員は優秀だったので、艦への雷爆撃に対する回避運動に大いに役立った。

「飛龍」が最後までのこって戦いえたのは、たしかに見張員の奮闘によるものが原因の一端であったのかもしれない。もちろん神の助けがなければ、できないことであったが……。

「加賀」に爆弾が命中した瞬間

日の出約三〇分前に第一次攻撃隊を発進させ、つづいて第二次攻撃隊の発進準備をしながら敵に向かって全力進撃中、夜もしだいに明け、日が上がってくるころ、敵機がわが艦隊のはるか前方にあらわれたのである。

最初のは大型機の触接偵察機、つぎに雷撃機が四方の水平線から海面をはうように迫ってきたが、その敵機に上空直衛中の味方戦闘機が襲いかかり、次々にいとも簡単に撃ち墜として行くのが見られた。

これを見張員や艦橋付近にいた搭乗員などから、その模様がしらされたが、みなは手をたたいて喜んでいた。だが私は、とっさの運動に対処できるよう操艦に専念していたので、その方はチラリチラリと見るくらいであった。

突然、そのうちに魚雷の航跡が四方から「飛龍」めがけてやってきたのを発見し、回避運動でどうやら命中はのがれたが、一本を回避運動中につぎのが向かってくるという報告があったりして、ヒヤッとしたこともあった。

そんなことで下の方にのみ気をとられていたとき、突然、大型機編隊の高々度水平による爆撃をうけた。これには不意をうたれて胆を冷やしたものだったが、魚雷の回避運動が、偶然にもこの水平爆撃の回避運動にもなったのかもしれなかった。幸い至近弾ですんでほっとひと息ついたのである。

このような水平爆撃を、その後も二回ほどうけたが、そのときは発見がはやく爆撃回避に成功した。この大型爆弾が命中していたら、ひとたまりもなかったことだろう。

このときの情況を、空中からみていた搭乗員が、「『飛龍』が爆撃されて、水柱のなかに見えなくなり、やられたと思ったが水柱がおさまると『飛龍』に別状なく、猛進しているのを見て手をたたいて喜んだ」

と話してくれた。

やがて敵の急降下爆撃隊がわが艦隊に急襲してきて、「加賀」「蒼龍」「赤城」とまたたく間につぎつぎ被爆し、大火災を起こして再起不能となってしまった。

それは午前七時半ごろ、私がなんの気なしに、ちょっと「加賀」の方に目をやったとき、敵の急降下爆撃機が爆弾を落とし、それが「加賀」に命中して火の手が上がるのが見えたのだ。そのときは本当に夢のような気持だった。

「そんなはずはない。そんなに簡単にやられるなんて考えてもみたことがない。これが現実ならば大変なことだが、夢であってくれればよい」

と僚艦「加賀」の無事を祈ったのである。

そのうちに、こんどは見張員から、

「『蒼龍』も『赤城』も被爆大火災」

と大声で報告してきたが、その声があまり大きくてよく通るので、私は士気に影響するこ

とをおそれて、

「味方の被害は小さい声で報告するように」

と、たしなめたのだったが、それどころではなく、このありさまを見たものは、まったくあがってしまって茫然自失というか、すっかりあわてていたようだった。

私はなるべく見ないようにし、自分自身に〝落ちつけ、落ちつけ〟と心に言いきかせ、ひたすら「飛龍」の安全のため、操艦に誤りのないようにと気をつけていたが、内心ではまったくこの時はショックだった。

それから「飛龍」は急に多忙になったのである。第一次攻撃隊の収容、そして第二次攻撃隊の発進、また上空直衛機の交替、在空の「赤城」「加賀」「蒼龍」所属機の収容、それにつづいて第三次攻撃隊の編成発進と、しかもこれらの作戦はすべて敵機の攻撃する間隙をぬって行なうので、突進または収容中にも、とつぜん予告なしに大回避運動をやったことも再三あった。

これには着艦準備中の飛行機隊も大分おどろいたらしい。

また、着艦のため「飛龍」の上空を旋回しながら、順番を待っていた飛行機が、敵機の来襲により収容を中断され、待ちくたびれてとうとう燃料がなくなり、水上に着水する（これは飛行機はだめになるが、搭乗員は駆逐艦で救助される）機もでてくる始末で、搭乗員には申しわけないと思ったが、どうにも仕方のないことだった。

回避もおよばずついに被弾

第一次攻撃隊は、ミッドウェー島(軍事施設、飛行場)を攻撃したが、効果は不十分で、敵機はすでに退避してしまっており、また空中には敵戦闘機が待ちうけていて、味方攻撃隊にも被害がでた状況を指揮官からの報告で知ったときは、まだ味方の空母がぜんぶ健在のときであった。

これはそうとうな強敵だと感じ、またわが方の作戦企図はぜんぶ察知されているんじゃないか、とも思った。

そんなわけで第一次攻撃隊が帰ってくるのを遠距離に発見したときは、ちょうど敵の雷爆撃がはじまったときで、この味方機を敵攻撃隊とまちがって報告してくるなどの一こまもあった。

また敵の機動部隊が付近にいるはずという、各級指揮官の判断は正しかったのであるが、その発見がおくれたために、いろいろくいちがいがおきて、これがこの海戦の勝敗におよぼした影響は、甚大であったことなどについては、戦史の示すとおりで、ここではそれらの点に触れないことにする。

「赤城」が戦闘不能になったのちは、南雲長官は水戦旗艦の「長良」に乗りかえて全機動部隊を指揮されたが、航空戦に関しては、山口多聞第二航空戦隊司令官にまかされた。

「赤城」「加賀」「蒼龍」の三艦は、第二次攻撃隊発進直前にやられたので、第二次攻撃以後は、「飛龍」の飛行機隊のみ(ミッドウェー島派遣予定の搭乗員若干名を含む?)であったので、攻撃隊の規模が小さく、そのために被害も多かったのであるが、攻撃隊そのものも、また攻撃を命ずる司令官、艦長もじつに闘志満々でまことに立派であった。この司令官や艦長の闘志には全乗組員がふるいたち、さきほどのショックもおさまった。

とくに三次攻撃隊発進のときの、艦長の攻撃隊にたいする命令訓示は烈帛の気合いが入って、飛行甲板からはなれた操舵室で操舵している私にもよく聞こえた。

「お前たちばかり死なせはしない。自分もあとから行く……」

といったような艦長のはげしい声が、いまでも耳の奥底にのこっている。

第三次攻撃隊で帰艦したのはわずかだったので、のこり全部をあわせても、昼間攻撃では成功の望みもうすかったので、残り全部で、薄暮を期して最後の攻撃をかけるべく準備し、その間に少しでも敵に近接しておこうと、速力を二四ノットにして進撃中、敵の急降下爆撃機の急襲をうけてしまったのである。

このときは出撃していた味方機は収容をおえ、つぎの発進まで少し間があったので食事をとることとなり、戦闘配食として各戦闘配置に握り飯が配られた。ちょうど午後二時の日没時であった。

握り飯を一つ食べたとき、見張員の「急降下!」という緊急報告により、「前進全速、面舵一杯」で回避運動をはじめると同時に、対空砲火は火をふいた。

敵機は一三機ぐらいと後からの調べてわかったが、最初の三機はどうやらかわしたが、第四機目からの三弾がつづいて命中したのである。対空砲火で撃墜したのもあるので、あれこれ相まって、あとのものは命中しなかったと思われる。

最初の命中弾は前部昇降機の前部に当たったので、昇降機の大きな鉄板が爆風のためめくれて、飛行甲板と直角に持ち上がってとまった。

それがちょうど艦橋の防壁のような格好になったので、艦橋にはつぎの二弾ともまったく破片さえとんでこず、おかげで艦橋にいった幹部は、かすり傷一つおわず無事だった。

沈没した三艦の被害状況のときは、飛行甲板が全面に火の海となっていたようだったが、「飛龍」では飛行甲板に飛行機をおいてなかったので、飛行甲板以上に火災はなかったのだが、不幸にも格納庫に火災が起こり、中下甲板に燃えひろがって行ったのである。

最初のうちは消防ポンプもよく動き、消火作業も順調にいったので、これは鎮火できるかも知れぬと思ったが、火が消えそうになると、砲弾が誘爆するというありさまだった。

駆逐艦の応援消火もむなし

そのうちに、艦橋の下の無線室（暗号室？）にも火災が起こり、艦橋にのぼる階段が煙突のような役目をしたため、急速に艦橋に燃えうつり、艦橋および見張所にいた者は急いで飛行甲板に移動したが、その火勢の猛烈なことは、みなが飛行甲板にとび降りたという表現が適当のようで、艦橋はたちまち焼け落ちてしまった。

それまでは艦も主機械も別状なく、また操艦関係もなんともなかったので、敵機が飛来しても適当に回避することができたのである。

それで少しでも敵地から遠ざかるために針路を北西に向けて、火勢を煽《あお》らないように速力もおとした。

ところが火勢がだんだん中下甲板の前方（被爆箇所）から後方にうつり、機関部もあぶなくなり、そしてついに機関科幹部のいる艦橋との唯一の連絡所である前部機械室にせまってきた。

機関参謀は艦橋の伝声管について、ずっと連絡していたが、しだいに室の温度が高くなったのと、また室は閉鎖してあったので、「機関室からの脱出は困難」という連絡をつげてきたが、その一言を最後に声もと絶え、機関室の全員は戦死した。

そして主機械もとまり、消防ポンプも放水できなくなり、電灯も消えてしまった。まことに悲壮というほかはなかった。

艦隊司令部の方でも、なんとかして「飛龍」を助けたいといろいろ考えたようで、最初は戦艦「比叡」で曳航するように発令されたが、「比叡」が曳航用意をして近づいてきたが、「飛龍」の方では前甲板がやられているので、被曳航準備ができず、これはとりやめになった。

それから消火作業の応援に、最新鋭駆逐艦二隻（第十駆逐隊「風雲」「巻雲」）が横付けされ、ホースをたくさん出し、水もそうとうな高圧で「飛龍」に放水したのだが、なにしろ火災は下の方にまわって、煙がひどくてどうなっているかわからず、消火作業は難航した。

後できいたことだが、各通路という通路は戦闘閉鎖のため、しっかり閉ざされていて、思うように交通もできず、このため通路で逃げ場を失った人たちは煙にまかれて戦死したり、あるいは通路にそった公私室の舷窓からとびだしたりして助かったそうだ。

応急指揮官の杉本少佐も舷窓からでようとしたが、腰のまわりが太すぎて出られず、窓口で部下と悲壮な訣別をされたとのことだった。

そんなわけで、ホースも水も豊富に供給されたが、適当なところに注水できない情況で、そこで決死隊を募って、機械室に通ずる消防路を開く努力をしたのだったが、どうすることもできなかった。

このころになると格納庫への浸水がしだいに増してきて、艦の動揺につれて両側の隔壁に当たる水音がきこえ、また艦がしだいに傾斜して、それがだんだんひどくなってきた。

なんとか復原しようと考えてもどうにもならず、火を消すことだけに懸命の努力をしたのだが、ときたま誘爆が起こるという危険もあった。

それまで気がつかなかったが、日はとっぷりと暮れて、上空には大きな真ん丸の月が、こうこうと輝いており、ちょうど満月だったようだ。周囲を見まわすと、「飛龍」と二隻の駆逐艦のほかは何もおらず海上はまったく静かだった。

艦と運命を共にした司令官

ほどなく司令部からの指令があり、「飛龍」はついに放棄することになった。奮戦した「飛龍」も消火の見通しはたたず、また敵の夜間攻撃あるいは黎明攻撃の公算も大きく、傷ついた「飛龍」のために他の艦をも巻き添えにする、という不利を考慮されての処置と思われる。

艦内に「総員集合、飛行甲板」の号令が下り、各自は現在の作業をやめて飛行甲板にあつまるように、またこの号令がすみずみまでよく徹底するようにと命ぜられた。駆逐艦も横付けからはなれ、「飛龍」の両側から少し離れて警戒の位置につき、そしてボートをおろして待機していた。

「飛龍」乗員は分隊ごとに整列して人員点呼を行なって報告をした後、艦長から悲壮な訓示があった。それが終わると一同は故国にむかって宮城を遙拝し、司令官の発声で天皇陛下の万歳を三唱、ついで艦長の号令でラッパによる君が代吹奏のうちに軍艦旗と将旗が降下された。このときは全員が静まりかえり、中には男泣きの声をもらす者もいて沈痛な気に満たされた。

艦と運命をともにすることを決心された司令官、艦長から、それぞれ幕僚および乗員に対し、退艦の厳命があった。そのとき鹿江副長は士官室士官を代表して艦長とともに艦に残ることを願い出たのが、

「戦争はこれからだ。みなは生命を大切にして再起をはかれ、責任をとるのは艦長一人で十分」

と、副長の言葉をうけつけなかった。

総員退艦は秩序整然とまったく静かに行なわれた。艦と運命を共にする司令官、艦長に最後の訣別をし、また在艦の英霊に心を残しつつ、兵、下士官、士官の順序に、奇数分隊は右舷から、偶数分隊は左舷から綱梯子やロープをつたわって、駆逐艦のボートに乗りうつり、副長を最後に移乗を終わった。

山口司令官、加来艦長ともに心ゆくばかり勇戦奮闘され、そして最後にいさぎよく、しかも従容として艦と運命を共にされたことは、まったく武人の亀鑑として、聞く者を感服せしめずにはおかなかった。

やがて駆逐艦は乗員を収容したのち、「飛龍」を一周し、真横から約二〇〇メートルは

なれた位置で、その装備している九三式魚雷一本を発射し、「飛龍」の中央水線下に命中させた。行動不能とはいえ、むざむざと敵の手にかかるより、わが方の手で処分された方が「飛龍」も思いのこすことはなかったろう。

魚雷をうけた「飛龍」は、大水柱をあげて少し傾いたかに見えたが、いっこうに沈みそうに見えず、そこで先任参謀(伊落中佐)が、

「もう一本お願いします」

と、駆逐隊司令や、駆逐艦長に要望したが、

「一本で十分」

という自信たっぷりの返事をされていたのを聞いて、私はそのとき初めて九三式魚雷の威力を知り、少し元気をとりもどした。

このころは夜はすっかり明け、海上は静かな朝を迎えていた。やがて駆逐隊は全速力で本隊のあとを追い、そして二日後に本隊に合同し、洋上で戦艦「霧島」に移乗したのである。

最後に、ご遺族の方を少しでも慰めることができ、また「飛龍」に関係のあった人に、いくらかでも得るところがあるならば本望です。

(昭和四十五年一月号)

血染めの重巡「三隈」にあがった絶叫かなし

元重巡「三隈」通信科員・三等水兵
和田正雄

とり残された「三隈」と「最上」

私が『呉徴水四八八八三番』の兵籍を任命されたのは昭和十七年一月十日だった。当時は太平洋戦争が勃発してから一ヵ月。真珠湾攻撃やマレー沖海戦、ジャワ海海戦等、各地で破竹の勢いで進撃していた時期だけに、私も少なからず血がわきたつのをおぼえた。

広島県大竹町の「大竹海兵団」が、私の所属する部隊になった。まだ新築完成にもいたらず、部分的に工事をしていたようすで、第二期の入団組だとのことだった。

瀬戸内海に面した広大な敷地に兵舎が立ち並び、練兵場は砂浜で、その片隅には四棟の飛行機格納庫などがあり、岸壁には練習用カッターが数十のデリックにつられて並んでいた。すぐ眼前には、安芸の宮島を見ることができ、入団中にはカッター訓練もかねて、二回ほど見物に行ったことがあった。

やがて訓練約三ヵ月余にして、僚友とも別れる時がきた。各艦に配属の発表があり、私は重巡「三隈」に乗艦を命ぜられた。

当時「三隈」はジャワ・スマトラ方面に出撃して、帰途の最中であった。そのため、僚友よりは多少乗艦がおくれた。「三隈」は、四月の末頃にはまだ呉のドックに入っており、整備に一週間ぐらいかかったものと記憶している。

瀬戸内海の柱島沖泊地は、海軍の軍艦の集結しているところで、戦艦「大和」「武蔵」をはじめとする主力艦が合流するところでもあった。これに「三隈」が合流できたのは、食糧弾薬、そのほか十分な積みこみを完了してからのことで、五月十日ごろだったと思う。「熊野」「鈴谷」「三隈」「最上」の四艦を第七戦隊と呼称し、旗艦は「熊野」であった。

さて五月十五日ごろ、いよいよ出撃が開始され、目的地サイパンにむかって一路南下をはじめた。ところが上層部の計画変更によって、急きょ大宮島（現在のグアム島）に回航することになった。豊後水道をぬけ、第八駆逐隊の「荒潮」「朝潮」などと合流して、目的地にむかった。

計画変更の理由などは、われわれ一水兵の知る由もなかったが、これがミッドウェー作戦であった。

何日かの警戒航海のすえ、グアム島海域にはいった。丘の上に砲門が数台あるのが見られた。

まだ日本の制海権があったのか、ここに数日間在泊した。その間、給油や給水を輸送船よりうけ、態勢はすべてととのった。

第七戦隊の任務は、ミッドウェー島の艦砲射撃にあったらしい。五月末、たしか二十八日の夕刻、グアム島を出発した。

味方輸送船団も、左舷の水平線に進航しているのがみとめられた。

六月六日の決行日にむかって哨戒運動をしながら、徐々に速力を増していった。当時、最新鋭巡洋艦戦隊として君臨していた第七戦隊は、最大戦速三五ノットの速力と、九三式魚雷一型改二最新式魚雷を誇示しており、その航進は豪快そのものであった。

申しおくれたが、私は最初、水雷分隊に配属されたが、数日の訓練ののち、通信科伝令取次員に配置され、以後、通信科員としての任務についていた。

さて、艦砲射撃を目前にひかえた六月五日の夜十二時ごろ、通信兵員室に仮睡していたところ、突然ズシーンという衝撃音が聞こえ、艦が傾いたような気がした。

一瞬、私は敵魚雷にやられたのかと体がひきしまる思いがした。このとき同じ伝令取次員で、同期の河合君が当直だったが、やはり同じような気持だったという。

じつは、これが僚艦「最上」との触衝事件であった。後日、わかったことによると、ミッドウェー島砲撃中止の報により、進航方向を変える必要がでてきたのだが、その指令が各艦に十分に諒解されないままに起こった出来事だった。

この触衝によって、「最上」は前甲板のホールがもぎ取られたようにへし曲がり、「三隈」も横腹左舷に相当の被害をうけたようだった。伝声管を流れる緊急事態の知らせがあわただしく鳴りひびいて、惨事の大きさを物語っていた。

応急処置をほどこしながら避退した「最上」は、後進で航行しているようで、いちじるしく速力がにぶってしまったようだった。わが艦もすくなからず速力が落ちたようだった。

真相がわからないままに一夜が明けた。「三隈」の進行方向の左舷側に僚艦「最上」が大きな異様な白波を蹴《け》立てて同航している。これはホールがなく、水への抵抗が大きいためで、白波のわりには速力がなかった。

このため、「最上」は主力集合地点に到達する途中で、とり残される格好になり、「三隈」はこの「最上」を護衛することになった。

傷ついた「三隈」に群がる敵機群

したがって、速力も「最上」と合わせてゆっくり航進していた。六日の午前六時半ごろ、「全員配置につけ」の命令が伝声管を流れ、にわかに緊張の度を深くした。敵飛行艇がつけているのを発見したらしかった。敵空母に追跡されているとの情報も流れた。

いずれにせよ、もはや戦闘はさけられないときがきた、と直感した。艦内には悲壮感すらただよいはじめた。

飛行艇が姿を消してから、約一時間がたった。その間の長かったことは、いまもよく覚えている。そして安全圏であるトラック島に少しでもはやく近づきたいと念じながら、あせる気持で水平線を見つめていたが、島かげひとつ見えない。茫洋《ぼうよう》たる大海原がどこまでもひろがっているだけである。ここで私の肚《はら》はきまった。

やがて敵戦闘機数機が、急降下しつつおそいかかってきた。

機銃の音が耳をつんざき、つづいてボーイング爆撃機が、「三隈」の右舷後方の雲間より姿を見せた。その数は一〇機ぐらいはいたであろうか。みるまに頭上に達し、高空から爆弾をばらばらと投下しはじめた。

さいわいそのときは、大した被害はなく、あちこちに大きな水柱があがっただけだった。主計科兵は、食事の用意をするまもなく、いわゆる戦闘配置のため、八センチ高角砲などの弾薬補給に従事していたようであった。兵卒の間では、ミッドウェー島の基地には敵戦力は少なく、大して恐れることはないといったことがささやかれていたが、そうではなかったらしい。B17などの四発の大型爆撃機が、高々度から爆撃してきたことをみても、その予想をくつがえすのに十分であった。

数十分後に第二波が来襲したが、そのときは何人かの負傷者が出たようだった。が、やがて日暮れとともに敵の襲撃もおさまり、両艦は制海権内の基地をめざして全速で航行をつづけた。

「三隈」と「最上」の艦長の合意からか、あるいは両艦の全滅を防ぐためからか、夜、「三隈」は「最上」より離れて航走していた。

通信科室にいた私は、艦の振動による音で速力は多少おちたかも知れないが、おそらく最大戦速で夜の太平洋を突っ走っていることを肌で感じとっていた。

明けて六月七日、いぜんとして安全圏にたどりつくこともできず、夜明けとともにまた不安な空のかなたを見つめた。

午前五時半過ぎだったろうか、とつぜん対空戦闘が下命された。私は伝声管に飛びつき、「総員配置につけ！」

とさけんだ。

やがて、敵数機が「三隈」めがけて襲いかかってきた。このとき、「最上」の姿は見えなかったが、とうぜん同じように攻撃を受けているはずだった。まず高角砲が火をふき、砲煙があたりに立ちこめた。ついで二五ミリ機銃がバリバリと打ち出された。が、なかなか敵機に命中しない。

敵機はかなりの高度から爆弾を投下してくる。さらにこの大型爆撃機についで右舷側後方に戦闘機があらわれ、見るみるうちに散開してちかづき、急降下して機銃掃射を浴びせてきた。ほとんど艦橋に突き当たるほど近づいてきては機銃を射ち、さっと散ってはまた舞い降りてくるのである。

そのたびに何人かの死者が出たようであった。敵機のなかには水偵もいたようで、やはり敵空母部隊に追われていたのだろうかと思ったりもした。

これは後日、話に聞いたことだが、米軍は「最上」は放っておいても、もはや帰投することはできまいと思っていたらしい。それほど速力が落ちていたのだろう。しかも船体そのものも相当の攻撃を受けて、被害も大きかったようであった。

そのためか、敵の攻撃はこんどは「三隈」に集中してきたのである。やがて、前甲板あたり（正確には第二砲塔あたり）に爆弾が命中したらしかった。このときには多くの死者が出たようだった。さらに次つぎと爆弾は命中し、そのたびに何十人という戦友、上官が折りかさなって倒れた。

前述した同期の河合君は、水雷甲板ふきんに命中したとき爆風でやられたらしく、私がその付近にきたときには、血なまぐさい臭いとともに顔半分を真っ黒にこがして、防暑服も裂けた姿で表戸の前の扉に仁王立ちにもたれかかっていた。それでもまだ息があったようなので、思わずかけよって声をかけたが、返事はなかった。

こうして二十数発の命中弾と機銃掃射による被害とで、多数の戦死者および負傷者が続出した。「三隈」艦長崎山釈夫大佐も、最初の前甲板砲塔に命中したときの爆風か、あるいは機銃掃射によるのか、ともかく重傷であった。

どれくらいの間、死闘がつづいたのかはっきりしないが、船あしがついに止まってしまった。こうなると、こわいもの知らずのやけっぱちな気持になる。

戦友を見殺しにした非情の海

やがて敵機は去って行ったが、完全に打ちのめされた格好になってしまった。もうそのときは指揮は副長の高嶋中佐がとられていた。高嶋秀夫中佐の命令で戦闘配置がとかれて、全員甲板に集まるようにという達しがあった。

しかし、比較的、上甲板にいた者はべつとして、機関科員などのように艦底にいた者は、出られなかった者もあったのではないかと思う。それほど艦上、艦内ともに痛めつけられたのである。私は前甲板に出てあたりを見まわすと、艦橋がまだ燃えており、ときおり異様な音がしたりしていた。

何時ごろであったかはっきりしないが、私の腕時計は十二時十五分で、ガラスが破損して止まっていた。これはポケットに入れていたもので、止まってからどのていどの時間が経ったかはわからなかった。

敵機が一機まだ上空にいたが、べつに攻撃はしてこなかった。

この日の空はまっ青に澄んだ碧空で、ほとんど風もなかった。その晴天の空にむかって、燃える艦橋から火柱が立ちのぼり、時おり黒煙を吹きあげていた。後部甲板に出た者も、この光景をむなしく眺めていたことであろう。

なかには「艦船勤務」の軍歌を口ずさむ者もいた。事実、私自身も人事をつくして天命を待つの心境で、この日の天気と同じくかえってすがすがしくさえ感じたほどだった。まわりを見てもおだやかな水平線がひろがっているだけで、いままでの激戦がうそみたいに思われてくる。

話は、もとに戻るが、第八駆逐隊の「荒潮」「朝潮」は「三隈」「最上」の援護のため行動をともにしていたのだが、敵襲にさいしては、それぞれが散開していた。それがいま「荒潮」のほうが、前方の水平線上に艦影をあらわし、ぐんぐん近づいてくる。

戦友たちにのあいだに歓声があがった。「荒潮」は救助にきてくれたのであった。

われわれは角材や円材などをロープで結束していかだを作った。間もなく救助作業がはじまり、総員退避の命令とともに「三隈」からカッターが降ろされた。重傷の崎山艦長はカッターに運び込まれたようすだった。

私も海にとびこみ、「荒潮」からおろされた網ばしごに手をかけ、けんめいによじ登っていった。カッターに乗れた者、いかだに乗れた者、あるいはこれに乗りおくれた者、さまざまであった。海中には一〇〇人以上の戦友がまだ必死にもがいている。

そして、ちょうどその救助作業中、またしても敵機の来襲を受けたのである。私はそのときすでに「荒潮」の兵員室にみちびかれていたが、敵来襲の声にふたたび甲板にかけ出てみた。

敵機はまだ戦友たちが浮遊しているのを見ると、海中めがけて機銃掃射を浴びせてきた。同時に「荒潮」にも襲いかかってきた。私はすばやく砲塔横に退避した。

高嶋中佐は「三隈」と運命をともにされるらしく、艦を離れられなかったらしい。そのうち「三隈」にまたも爆弾が命中したようだった。高嶋中佐はそのときに戦死されたらしかった。やむをえず「荒潮」も交戦を開始し、やがて始動しだした。

海に浮いている戦友をそのまま見殺しにしたままである。救助されたわれわれはそれに抵抗すらできず、ただ涙をのむばかりだった。

敵機の襲撃はなおもやまず、ついに「荒潮」の後部にも爆弾が命中して、後部砲塔にいた「荒潮」乗組員の何人かが戦死された。

「三隈」の乗組員で救助された者は二〇〇人ほどだったろうか。うす暗くなった空に敵機はようやく去っていった。

僚艦「朝潮」がふたたび海戦の地点に生存者を求めて引き返したときは、日没になってからと聞いた。もはやその海面には「三隈」の艦影は見られず、海に浮かんでいた戦友の姿もなかったという。

帝国海軍が誇った最新鋭艦も、ついに海のもくずになったのかと思うと、乗艦してまだ一ヵ月ていどなのに、さまざまの思い出が胸をよぎって、涙がひとりでにほおをつたわってくる。

やがて「荒潮」は安全圏のトラック島にたどりついた。そこには「鈴谷」などの僚艦が在泊していて、はじめてほっとした気持になった。

私たちはその後、「鈴谷」に便乗して、内地に転送されることになった。便乗という気安さからか、「鈴谷」の乗組員にはずいぶん親切にされた。

穏やかな月の輝く夜などは、甲板に出て、白くあわだつ航跡を、時間の過ぎるのも忘れ、いつまでも眺めていた。「最上」は悪戦苦闘のすえよく難をのがれ、一時トラック島で応急処置をほどこしたあと、傷だらけの状態で内地に帰投したとのことを、後日、耳にした。

私たちは帰国後、しばし岩国航空隊の別棟に残務整理として隔離された。しかし、航空隊の者に話もできず、これは防諜上のことだろうが、少々あてがはずれた感じがした。

（昭和四十九年九月号）

不死身の「最上」ミッドウェー沖の雄叫び

元重巡「最上」航海長・海軍中佐
山内正規

襲う敵の波状攻撃

昭和十七年六月六日の朝、重巡「最上」は前夜の事故によって、艦首から約一〇メートルまでの艦体を大破した。

平時ならば当然、艦尾から曳航しただろうが、副長以下全乗員の必死の応急作業により、実速力一二、三ノットまで航行することができた。

前日のわが機動部隊の敗北によって、制空権はすでに敵にわたり、「最上」は敵機の攻撃をさけるべく、必死の航走をつづけている。

「最上」の前方には僚艦「三隈」が、二四ノットで「之」字運動をおこない、その北方には途中から合同した護衛の駆逐艦「朝潮」と「荒潮」がつづいていた。

第七戦隊が六月五日夜、ミッドウェー基地の砲撃を中止し、急遽、第二艦隊に合同のため針路を北々西にとり、二八ノットをもって航行中、敵潜らしきものを発見、これを回避中、三番艦「三隈」と四番艦のわが「最上」が攻撃をうけた。しかし、両艦とも被害はほとんどなかった。

しかし「最上」のわずか一二ノットの速力では、とうてい敵機の攻撃を逃れられず、編隊水平爆撃をこの朝うけた。

やがて、北方に敵の哨戒機が姿を見せ、偵察をつづけているのが見えた。

やがて見張員は、敵機動部隊の艦載機群を、左舷後方に発見したと報じて来た。

すでに昼ちかく、太陽をたくみに利用して見えかくれに近づいてくる。

突然、敵機は急降下爆撃を敢行して来た。わが「最上」もこれに応戦した。

敵の攻撃ぶりはなかなか勇敢だったが、なかには新米のパイロットもいた。「最上」の急激な回避運動にあわてた一機が、爆弾を右舷前方五〇メートルふきんに、捨てるように落として飛び去っていった。おそらく初陣であろう。

しかし、敵の波状攻撃は熾烈をきわめた。これは後日、「三隈」の乗員から聞いた話であるが、

「『最上』が爆撃されると、その水柱で艦体が見えなくなり、さてはやられたのかと錯覚する。水柱が消えると『最上』は、いぜん健在な姿で航走している。まったく『最上』は不死身だと思った」

しかし「三隈」は、はじめは勇戦していたが、やがてここに悲劇がおとずれたのである。それは「三隈」に敵の集中攻撃があびせられたのである。

まもなく「三隈」から〝艦長が重傷、指揮を乞う〟との信号をうけた。

しかし、「最上」もしだいに敵の猛攻に被害が大きくなってきた。

まず、艦橋ちかくの左舷後部にいた主計長が頭部を破片でやられ即死、水雷長も右眼を負傷、見張員一名が戦死し、そのほか直撃弾によって三、四番砲塔と発射管室ふきんが痛打された。

また、至近弾は右舷に二、三発、左舷に四、五発が命中した。

直撃弾による火災で、中部甲板は大混乱になり、乗員が必死の防火防水作業に活躍しているが、すでに修羅場のようである。

軍医長の報告によると、全乗員七〇〇名のうち二〇〇名が死傷したとのことである。

発射管室ふきんの上甲板、艦内各部は火災によって焼けただれている。

神ワザで虎口を脱出する

「三隈」を見ると、すでに航行を停止している。敵機は、ハチの大群のように、「三隈」に襲いかかっている。

「荒潮」は舵故障のため、はるか遠方にはなれていた。「朝潮」もそうとうの被害をうけたが、航行には支障がない。

「最上」はただちに、「朝潮」に対し「三隈」の乗員を移乗させるよう指令した。

ついに、僚艦「三隈」とも別れなければならないときがきたのである。

そのとき見張員から、東方海上に水上艇らしきもの発見と報じてきた。敵艦隊であれば、万事休すだ。

それに気をとられていると、突然、数十機の敵機が襲いかかってきた。急遽、回避しよう

とした が、間にあわない。

二五〇キロ爆弾が、「最上」を襲った。そのほか被害はあったが、それほどのことはなかった。

しかし「最上」は、最後の力をふりしぼってこのキケンから脱することができた。それは神ワザとしか思えないものだった。

やがて六月六日の夜に入り、火災も鎮火し、被害個所も補強され、キケンはなくなった。

「最上」の勇戦を物語る一幕である。

(昭和三十九年七月号)

ミッドウェー沖 落涙の急回頭

元戦艦「長門」乗組・海軍上等兵曹
小野寺 徳

出撃の徴候すらなし

開戦と同時に、ハワイに向かう機動部隊の支援として柱島を出撃したものの、めざましい空母群のはたらきに支援の必要なしということで、根拠地にもどった戦艦「長門」は、いらい瀬戸内海にすごしたのであったが、まてどくらせど一向にわれわれの出撃の徴候はなかった。

こうなると乗員のなかには、そろそろ不満の声が出てきた。前線に出撃するものはいつもきまって、巡洋艦や駆逐艦、それと小艦艇のみで、血の気の多い兵たちだけに、しぜんと不平不満が飛び出してくる。

いつになったら作戦があるのだろう、現代の戦争には戦艦が必要がないんだ、退艦だ、転勤する、などと口ぐちにさけび、なかに気のはやい連中は直接に、分隊士のところへ依頼に行く、といったしまつ。これには分隊士、分隊長などは説得するのに大骨折りであった。

いわく、本艦の最大の使命は、敵の主力と戦火を交え、敵を撃沈するにある。時機の到来するまでいっそう技量の修練に精進することが肝要である――ときまり文句でさとすほかなかった。

そのような日々をすごしていたある日、見なれない姿をした大型艦が本艦のはるか遠くに姿を現わした。

これが、のちのちまで話題をよんだ超ド級戦艦「大和」であった。

この巨大艦は就役そうそうにわれわれ第一戦隊に編入され、旗艦も「大和」に変更、司令官山本五十六提督ここに在りというなじみぶかい長官旗も、「大和」の後檣たかくへんぽんとして翻ることになった。それにしても威風堂々たるさまは、実にほれぼれとするほど勇ましく、まさに羨望の的であった。

それにくらべると、これまでのわが乗艦「長門」は、まるで巡洋艦ほどにしかみえない。くやしいけれど、まことにおそまつという感がしてくるのもいたしかたない。

雄大な連合艦隊の出撃

そうこうするうち、「長門」にもついに時機が到来した。昭和十七年五月末日、出撃準備の号令がくだされ、まちにまった出撃の日がきた。

各艦はいっせいに運用科の下士官の号笛に合わせて、短艇の揚収、移動物の固定など、あわただしく作業がすすめられ、艦首では受持分隊員で揚錨作業が続き、錨鎖が大蛇のうごくように錨鎖庫におさめられ、巨大な十山字形をした錨が艦首にピッタリと張りつけられた。

やがて、艦橋の艦長に「作業終わり」を報告するころには、各艦ともに出港準備が終わった模様である。

出港用意のラッパの音がいっせいに各艦からひびきわたり、泊地の島々にこだまする。連合艦隊旗艦「大和」の巨体が静かに動き出した。つづいて「長門」「陸奥」の巨体がそれにつづく。

まさに、柱島の島々が移動する感じである。雄大というか、豪壮といおうか、思わず「よーしやるぞ」とさけびたくなる。だれしもこの豪勢な姿を目前にすれば、さあ俺はこれから行くんだ、とばかり武者ぶるいを起こすことだろう。

戦艦「大和」の四六センチ砲、われわれ「長門」の四〇センチ巨砲がいっせいに右左に旋回したかと思うと、砲口は空高々と仰角いっぱいまで上げられ、これを見よといわんばかりに更に動きまわる。つづいて副砲、高角砲、機銃といずれもが戦闘準備に大わらわである。

時をうつさず、

「艦内警戒第一配備、防水扉、防水蓋閉め!」「哨戒員配置につけ!」

の号令で警戒態勢に入った。こうして山本提督のひきいる連合艦隊は豊後水道を一気に通過し、対潜警戒の号令が発せられて見張員が配置につく。すでに戦闘はこのときに開始されていたのである。

われわれはすでに戦闘配置について、電源電圧の監視(もし電圧が降下すると砲術科、航海科の通信装置に誤差を生じてすべてに支障を生ずる)、各通信回路の検視に当たる。

一般電路員は砲戦用および一般電話の交換に当たるとともに、艦内に命令と号令を伝達するための心臓部に匹敵する、令達器のスピーカーに絶えず耳をかたむけ、少しでも感度に異状があれば、ただちに補修に飛び出すかまえである。

やがて艦隊は、しだいに速力をまし、一路ミッドウェーに進撃する。

艦内の気温はだんだん上昇して、たのみとする給排気がおそまつで蒸されるように暑い。といって裸になるわけにはゆかない。なかでもいそがしくたち働く兵たちは発汗作用がはげしいので、もう体にできたタムシになやまされている者もある。そこで私も小憩をとらせる時はファンの前に集めて、多少でも涼をとらせるようにする。

発信はかたく禁じられて

洋上の波も、敵の潜水艦の出没もたいしたこともなくすぎ、四日ないし五日が経過したころ、平時の航海ならめずらしいと表現もできるだろうが、危険千万なはげしい濃霧の襲来に遭遇した。一寸先がみえなくなり、これは真っ暗な夜間航海よりしまつがわるい。明るいのに、先が見えないのだ。もちろん見張りにも、視界ゼロである。そこで霧中航行の号令があって、浮標を後続艦の艦首まで延ばして、進撃した、ということを後になって知った。

われわれが第一に心配したことは、目的もはたさないうちに敵潜水艦の魚雷攻撃をうけた場合のことである。それから考えると、この瞬間こそ、敵の攻撃には千載一遇の好機ではなかったろうか。

そのとき令達器のスピーカーに電動機の起動音が入ってきた。とたんに、

「対空関係員配置につけ!」

の号令がくだって、全艦はいよいよ非常態勢に入った。

いま航行中の海面は、小笠原諸島の父島航空隊の哨戒範囲内であるが、もしもその友軍機がわれわれの艦隊をキャッチして敵艦隊と誤認し、攻撃してきた場合には、友軍機でも撃墜してよろしい、という命令も出されていた。もちろん電波の発信はかたく禁じられていることなので、どうにも仕方がないといった状況であった。

さいわい味方航空機にも、敵の潜水艦の出現にもあわずにすぎ去って、はげしい濃霧も晴れ、いよいよミッドウェー攻撃予定日の二日前になった。

私は各射撃指揮所を巡回し、艦橋の伝令室を見たあと、艦橋の配線室の電源装置を調整し、さらに測的所に上がって通信装置の状態を聞き、異状のないことを確認した。

そこでやれ一安心と小休止をとっていると、だれかが、敵の哨戒機が上空を通過した、というようなことを叫んでいる。とっさに四周の海面に目をはしらすと本艦左舷一〇〇〇メートルくらいと思われるところに空母「鳳翔」が、その後方に潜水母艦「千代田」が設営資材と見られる物を積みこんで続いているのが望見された。もちろん、航空艦隊司令長官南雲忠一中将のひきいる機動部隊は、すでに攻撃準備態勢をととのえているにちがいない。

だがそれにしても、「索敵機が出ているだろうに、敵の機動部隊を見つけられないのか」とか「哨戒機を撃墜すればいいのになあ」――などと兵たちはさかんに注文をつけている。

そうかと思うと、

「南雲長官は何を考えているのかな、明後日に攻撃するからだまっているのだろうが、もし俺が航空艦隊の長官だったら、遠くから索敵のようすを徹底的にたしかめたうえで安心して攻撃するね」

「しかしおかしいなあ、哨戒機が上空にいるなら、対空警戒が発令されるんだがなあ」

「おい、お前はどこでそんなことを聞いてデマを飛ばすんだ」

と私が詰問すると、

「いま上がってくるとき、下でだれかが言っているのを聞いてきたんです」

「早耳だな、よしよし後一日、二日だ、がまんしてやろう」

それぞれに勝手に想像して冗談を飛ばしている連中をたしなめたりした。

やはり機動部隊はいたか

洋上は、今日も静かだ。艦の動揺もない。いよいよ明朝はミッドウェーへの攻撃隊が出るという報らせが、拡声器によって通報された。

われわれも覚悟をきめてたがいに、しっかりやるぞ、とはげまし合う。

「しかし飛行機はいやだね。戦艦が出てこないのかな。ハワイでやられたからまだダメかも知れないなあ」

「もし敵が空母だと友軍機が受け持つから、こっちにはまわってこないかも知れんな」

ふたたびかってな放言が飛び出してくる。

時計は本土出撃のときに照合したまま（本来なれば緯度や経度で照合する）である。とにかく戦争中は日本時間だけが使用される。この辺りでは、日の出が日本時間の午前一時半ごろであった。

そのうちに攻撃開始の朝がきた。私はいまにも攻撃隊発艦の報があるにちがいないと、令達器のスピーカーに耳を傾けていた。

　刻々と時はきざむ、しかし、予定時刻になっても通報はでない。拡声器のフタが開かれたと思うと、また音が止まる。どうしたことだろうとしきりに気をもんでいると、今度は令達器の蓋が開かれたまま閉まらない（この装置は蓋を開くと同時に電動機の回転音が入ってくる。そしてスイッチを入れると艦内全部に通報できる仕組みになっている）。

　つぎの瞬間、カン高い声が私の耳をつんざいた。

「ミッドウェー第一攻撃隊発進！」

ついに伝達されてきた。出たな、思わず私はこうつぶやいて心の底で成功を祈ったが、はじめの通報がもたもたしていたのが実のところいささか気になっていた。

　第二次攻撃隊はそれより三、四時間後ではなかったかと記憶しているが、おなじく発進していった。それを「長門」艦内に令達したのは副直将校で、当時われわれの電話長伊勢山少尉の声であった。

　それから待つことしばし、もうそろそろ戦果情報の通報があるものと胸をおどらせていたが伝達がない。われわれは暑い暑いといっていたことも忘れて、ただ一心に戦果の情報を待って、令達器に耳をかたむけていた。

　それから大分しばらくして、わが航空部隊はミッドウェーに爆撃を敢行し、敵に多大の損害をあたえ帰艦せり、と報道された。しかし、あまりにも時間がたちすぎていた。航空機の持つ爆弾には制限があるのに、ずいぶん時間がかかるものだと不思議にさえ感じたのであった。

ところが、しばらくして巡洋艦「利根」の偵察機が、敵の機動部隊を発見したという通報が耳に入った。

やはり機動部隊が出てきていたのだ。そこで前々日の情報が気になってきはじめた。そのうえ、その後、ばったり情報は絶えてしまった。

あとで思いついたことであるが、その間に前進したわが機動部隊と、敵の航空隊との激戦が展開されていたのであった。

司令長官一大決心

そのとき、時ならぬ総員集合が後甲板で行なわれ、副長の報告がなされた。戦況の内容発表であった。

わが機動部隊の空母「赤城」「加賀」「蒼龍」は、敵の航空機の攻撃により、目下、炎上中である。現在、「飛龍」一隻のみが健在で奮戦中である。山本司令長官は先ほど一大決心をされ、作戦行動中の全連合艦隊に集合の電報を発せられた。航空艦隊司令長官は軽巡洋艦「長良」にうつられ、目下、指揮を執られている、ということであった。

この報道には、天地が逆になり、どぎもを抜かれてしまった。われわれは一挙に奈落につきおとされ、悲憤に変わったのであった。二日前のデマはデマでなかったのだ。今だからいえることだが、当時は指揮者に対して憤りの声がそこ、ここに発散したのであった。

そのうち「飛龍」もミッドウェーの洋上で最期をとげた、という報道も、しばらくあとになって入った。そして残余の艦隊は目下、「赤城」「加賀」「蒼龍」「飛龍」の生存者を収容して、わが艦隊と合同すべく帰還中である、ということだ。本艦が「加賀」の生存者を収容するよう、そして、できる限り親切にするようにとのことであった。

そして、翌日、戦艦「金剛」を先頭に残存の艦隊は全速力で突っ込んできた。「長門」も停止して、「加賀」の生存者の収容をはじめた。横付けした駆逐艦からは、ひどく火傷をうけた者、被弾で重傷を負った者など、つぎつぎと病室や、士官室に運ばれ、軍医はじめ看護兵の手厚い手当をうけた。

無傷で収容された操縦兵、その他の兵はまったく放心状態で、歩く姿も見るにしのびないありさまであった。山本長官は一大決心されたといわれたが、それがどんな決心かは、われわれにはわからない。とにかく命令で一応、艦隊は引き揚げることに決定されたらしく、本土に向かって航行をはじめた。

その間にも、本艦に収容された重傷者の中には、つぎつぎと英霊となられた勇士が何人となく出ていた。収容された兵たちには、本艦では戦闘配置もなく、彼らはあっちこっちで茫然としている。

ある日のこと、たまたま短艇甲板を通ったとき、一人の収容兵が立って洋上はるか彼方を見つめていた。私が、

「戦争はまだ長い、元気を出して、内地に帰ったら気を取りなおしてこの仇を討つことだね」

と話しかけたら、頭を下げて、涙をボロボロ流して、「くやしい、くやしい」の連発であった。

かり着の事業服で官、姓名は胸につけてないので不明だったが、航空兵ということは話の中でわかった。

勝つ戦争をみすみす負けたのは、こちらの作戦が悪いんだ。なぜもっと早くから索敵をやらせなかった。こんなことでこの戦争に勝てるもんか、そんな兵たちの声は、まるで馬鹿野郎呼ばわりだった。

一昨日、沈没艦から「長門」にうつってきた機関科の飲み友達の下士官が、

「母艦の甲板は爆弾、誘爆でメチャメチャで見られなかったよ。機械長が部下総員を舷窓から泳がして、さて自分が出ようとしたが、肩幅が広いのでどうしても出られない、上甲板にも出られないのだ。俺も後から行くから、皆はまとまって泳いで行け、と手を振っておられた。おそらく艦とともに沈んで行かれたのではないか」

と言っていた。

帰途についたわれわれ「長門」をはじめ艦隊は、警戒態勢の中を全艦ぶじに瀬戸内海にたどりつき、ふたたび柱島に投錨したのであった。


（昭和四十四年二月号）

栄光燦たり空母「加賀」の奮戦

元空母「加賀」工作長・海軍大尉
国定義男

敵の第一波を粉砕

二十七日の日は暮れて、故国の山々はしだいに夕闇の中に消えて行った。……私どもはしばらくの別れと名残り惜しく、これを眺めていた。

南雲忠一中将の指揮する第一航空艦隊は、昭和十七年五月、海軍記念日を卜《ぼく》して瀬戸内海を出撃した。

行方はミッドウェー水域である。

主力は空母「赤城」「加賀」「飛龍」「蒼龍」で岩山のようなその艦容は、まことに威風堂々、あたりを圧し、旬日を経ずして、全滅の悲運にいたろうとは、誰一人、思いもせぬことだった。

私は飛行長天谷孝久中佐、飛行隊長楠美正少佐、および砲術士石原少尉とともに、空母「飛龍」より、五月早々「加賀」に転勤したものであり、したがって、乗員ともなじみは浅く、また艦内にも精通していなかった。

それで航海中を利用し、担当の諸装置および配管などをしさいに調査していた。

明けて六月五日未明。

発艦する飛行機を見送って、私は指揮所へ入った。

今日の第一次攻撃隊指揮官は、「飛龍」の友永丈市大尉で、私と同年卒業の親しい飲み仲間である。彼の成功をねがっているうちに、拡声器は「警戒」の令を伝え、同時に高角砲機銃のはげしい対空射撃が開始された。

敵機は陸続と来襲し、射撃は間断なくつづけられている。

そのうち、拡声器が、

「来襲の敵機全部撃攘」

と知らせたので、私は「飛龍」時代からの習慣で、のこのこと飛行甲板へ上がった。なんとなく殺気がみなぎっている。

しばらくして、拡声器は、

「敵雷撃機来襲」を令達し、またも高角砲機銃の射撃がはげしく開始された。

対空射撃指揮官は副砲長の平塚大尉で、やはり私と同年卒業である。

開戦いらい、対空戦闘らしいものはほとんどなく、肩身のせまい思いをしている様子だったが、今日は休む間もない忙しさである。

「一つ戦闘が終わったら、からかってやろうか」などとよからぬことを考えていた。

なにせ私の配置は、被害か、故障かがない限り、いたって暇である。

間もなく射撃はやみ、拡声器は、

「ただいまの雷撃機は、全部撃墜した」

と、高らかにつたえた。

そして、

私が伝令たちと喜び、話し合っていると、突然、また機銃射撃がはじまった。

爆弾命中、火災

「ズスーン、ズスーン」

とにぶい振動を三回ほど感じた。私は、

「二〇サンチの主砲を射ったな」と思ったところが、ややあって拡声器は、「後部に爆弾二発命中、火災」

実際は、前部にも二発命中していた。

バネのようにたち上がった私は、「各部へ応急員発進、消防ポンプ全力」を命じ、伝令が手ぎわよく各応急群へ伝達する声を耳にして、室外に出た。

「待機応急員集まれ」

と叫び、指揮所前にサッと整列した応急員二〇名に、被害状況と消火要領を指示し、

「かかれ」――と令した。

応急員が一せいにかけ出したそのとき、ものすごい大爆発！　私たちは無残にはね飛ばされてしまった。艦内はまったく暗黒と化した。

私はすぐ立ち上がり、ポケットから手廻し発電の懐中電灯をとり出して、周囲を照らした。

すると、

「工作長やられました」

と、叫んで私の足にすがりついた者がある。見ると、工作兵曹であった。脚が折れて両踵が反対向きになっている。

抱き上げると、二度目のすごい大爆発に二人はまたもはね飛ばされた。

私はふたたび、立ち上がった。

このころ、「加賀」の被害を望見していた「榛名」副長堤中佐は、

「大爆発は七回あった。あまりのすさまじさに一名の生存者もあるまいと思った」という。

事実、搭載機をふくんで格納庫内には、魚雷約二〇本、八〇〇キロ爆弾約二〇個、二五〇キロ爆弾四〇個があったといわれ、これが七回に分けて誘爆したのである。

逆に考えれば、これだけ命中したような結果になったのである。したがって、乗員たちは悲惨のきわみであった。ふと、私はあお向けに倒れていた。

起き上がってみると、上甲板への昇降口ふきんである。位置がわかったので、指揮所へ行こうと一歩ふみ出すと靴にぐにゃっと触感があった。

死体である。応急員の主計兵らしく、首がちぎれてなかった。

私は指揮所と思われる部屋に入ったが、まちがえて、隣りの准士官寝室だったのがあとでわかった。

室内には工作兵が二名伏せていた。舷窓の盲蓋を開かすと、室内と通路は急に明るくなった。

「工作長はここにいるぞ、みんな集まれ」

と、どなるとこれに応じて、光を見当に集まって来た。計八名、半数は負傷していた。

すこし、おくれて第三応急群指揮官の掌工作長（名前失念）特務少尉が、虎口をくぐり抜けたようなかっこうで復帰して来た。すすと血で、全員がまっくろに汚れている。

「工作長、部下は全部やられました。私一人になりました」

と興奮して報告し、一同をかえりみて、

「おいみんな、工作長といっしょに死ぬんだぞ」

とくりかえし、激励した。

と、今度は入口ふきんが燃え上がった。

私どもはびっくり仰天、あわてて舷窓を閉めるやら、火をたたき消すやら、大騒動したが、消しても消しても、火は燃えるばかり、そのうえ、呼吸はますます苦しくなってしまった。

私はもはやこれまで、と決心して、舷窓より外舷バルジの上に脱出を命じた。

バルジのうえは、すでに五、六名避難していたが、しかし、ここも安全な場所ではなかった。

頭上二〇メートルふきんに高角砲および、機銃がずらりとならんでおり、これらは、すでに火焰につつまれており、機銃弾は間断なく誘爆し、その発射弾は四方八方にとび散り、また、高角砲弾は砲側で、それから揚弾筒の上部、次に中部というぐあいに誘爆し、このため、負傷する者もあった。

はなはだ、危険なところであったが、しかし、呼吸が苦しくないだけまだましである。

哨煙の中の退避命令

これほどの大被害をうけても、さすがに「加賀」はがっしりと浮いている。

海上には飛行甲板からはねられた乗員が三々五々と漂流しており、これを駆逐艦「萩風」がしきりに収容していた。

一万メートルほどの距離に、「赤城」が前部から黒煙一条を高くなびかせて、ゆっくり動いており、また水平線ちかくには「蒼龍」が停止してかたむき、全艦紅蓮の炎につつまれている。

突然、一人の負傷兵がずるずると、バルジの上から海中にすべり落ちた。

周囲の者が、急いでロープを投げてやった。しばらくはこれを握っていたが、ついに、力つきて手を離した。私どもは、

「がんばれ、しっかりしろ」

と激励したが、直立のまま、静かに、静かに沈んで行った。水がきれいで、その白い作業服がいつまでも見えた。

私ども一群のいる右舷中央部のバルジは、艦首方向は煙突支柱に、艦尾方向は高角砲、揚弾筒にさえぎられていて、視界はきかず、また通行も出来ず、まったく孤立している。

こんな危険な場所はなんとか早く脱出して、前部応急員に合流し、防火任務に従事しなければとしきりに焦慮思案しているとき、ふいに、

「工作長、魚雷、魚雷――」

ただならぬ声がする。反射的にふり向くと、艦尾方向に雷跡一本……。わずかにそらした。右舷後方に敵潜水艦がいるらしい。しかも「加賀」にとどめを刺そうとしている。

また、一本――。

白い雷跡は、息をひそめて見つめる私たちの眼前をやや平行に走り、艦首方向にそれた。

つづいて、また一本――。

ななめの後方より白い雷跡がどんどん延びて近づいて来る。一直線に右舷中部へむかってぐんぐん迫って来る。

「魚雷があたるぞ、みな海へ逃げろ」と、どなった。

魚雷は見るみる近づく。いら立って、

「工作長は飛び込むぞ、みんな飛び込め」

と、どなって隣りの負傷兵の手をすばやくバンドの下へつっ込み、抱えるようにして飛び込むと一七、八名つづいてさっと飛び込んだ。

ありがたいことには、伝令の織田工作兵が、私のあとにしたがっていた。

しかも、用意よく板をもっており、私につかませた。やっと安堵して、私は靴をぬぎ、足にからまる服の破れをちぎりとった。服はずたずたになっている。

織田工作兵は、誘爆弾の破片を右臀部にうけ、肉がそっくりえぐられて、血がまわりを赤くしていた。

また、異様なその鉢巻には、練習生卒業時にいただいた下賜の銀時計が入れてあった。

見ると、手に書類を持っている。「何か」とたずねると、

「工作長、伝令簿です」

と答える。指揮官が口達する伝達記録で、伝令としては、もっとも重要な書類である。私は、

「もう捨ててもいいんだ」

と教えると、

「捨ててもいいんですか」

とたしかめて惜しそうに捨てた。

退去を肯んぜぬ乗員

海に入って、はじめて「加賀」被害の全貌を知った。

上部はすべて、やけただれ、薄褐色の炎に包まれており、空はかげろうのようにきらきらしている。黒煙はもうなかった。

艦橋はおしつぶされ、左舷前部と右舷後部は、大きく縦に裂け、とくに左舷は甚大で、水線に達している。誘爆はまだ継続していた。

異状のないのは、艦首と艦尾部だけで、ここにはおのおの五、六〇人の乗員がたちこもっていて、空罐やら、帽子まで持ち出して、海水をくみ上げ、消火に尽力している。

私と織田工作兵は、艦尾部へ行こうとつとめた。しかし、潮に流されて、しだいに「加賀」より遠ざかった。

「赤城」はすでに停止し、黒煙は以前よりなお大きく高く上っている。

「蒼龍」はもう視界内にはなかった。

「萩風」は高速で旋回しつつ、さかんに爆雷を投射し、敵潜水艦に攻撃をくわえている。

いつの間にやら、同じ漂流者が三々五々、私の周囲にあつまって総勢九人となり、なんとなく、元気になり、にぎやかになった。

ときどき、軍歌を歌い雑談もはじめた。整備兵がこんなことをいって一同を笑わせた。

「妙な人が泳いでいると思ったら、米飛行士だった。海の中じゃどうにもならんし、しゃくだから水をかけてやった」

幾時間後かわからぬが、午後四時ちかく、「萩風」のカッターに救助された。私の時計は十二時十分でとまっていた。

「萩風」の舷梯をのぼると、飛行長が立っていた。私の顔をみると、

「工作長……無念ですね」

とぽつんといった。

艦内には、すでに七〇〇名ほど収容され、重傷者もすくなくなかった。

ここではじめて科長以上一四名のうち生存者は飛行長、軍医長と私だけであるのを知った。

艦長は羅針盤に佇立したまま、副長、航海長、通信長、砲術長、整備長、飛行隊長は艦橋またはその付近で、運用長は火災の格納庫へ急行の途中、それぞれ、戦死された。

主計長は泳いでいたが、

「おれは水泳が下手だから駄目なんだ。もうめんどうくさいから死んじまう」

といいすて、ズボッと水の中へくぐってしまったという。

機関科はもっとも悲惨で、上部火災のため脱出し得ず、機関長以下大部の人が、戦死。わずかに佃中尉以下、補機、電機の者約四〇名が生存しているのみだった。

日支事変に南昌の敵飛行場に着陸して、敵飛行機に放火して帰投し、勇名を轟かせた小川大尉は、下半身に重傷をうけ、ハンドレールによりかかって泳いでいる兵員たちに、ニコニコと別れの手を振っていたという。

「加賀」はしずかに傾き、しずかに沈下している。

そして、上部一帯は、赤い炎におおわれている。

飛行長の退去指令で、艦首の第一応急群を主とする一隊がひきあげて来た。

しかし、艦尾にたてこもる一隊、すなわち、第四応急群、指揮官の工業長(名前失念)、工作兵曹長は、これをがえんぜず、収容の「萩風」内火艇をおいかえして、

「手動ポンプを送られたし、消火ちゃくちゃく進捗中、手あき『加賀』乗員の加勢たのむ」

と連絡して来た。

その心情を察して飛行長は、私に意見をもとめた。

私は自ら説得に行こうと思ったが、面目ないような気がして、

「工作長の命令、ただちに退去せよ」

と強い指示をした。

やがて、「加賀」最後の乗員五十余名は、内火艇とカッターに収容されて引あげて来た。

内火艇のなかで、はじめて「加賀」被害の全貌を知り、その命数のもはやつきたのをさとったのか、工業長は舷門にむかえに出た私を見るや、

「工作長……」

といったきり、声をあげて泣きくずれた。

涙がひげをつたわってポトリ、ポトリと甲板に落ちた。

「加賀」の最後

収容人員は八百余名となり、せまい駆逐艦は足の踏み場もないほどになった。

疲れはてた私は、士官室の床にしゃがみ、壁によりかかってまどろんだ。

どれほど眠ったか知らないが、

「工作長、工作長」

とゆり起こされた。目を覚ますと、織田工作兵が立っている。

「飛行長が工作長に、間もなく『加賀』が沈むとつたえろといわれました」

伝令にささえられて、前甲板に出た。もう日は暮れてほの暗い。砲塔の横に飛行長がひとりぽっそりと、立っていた。

私をチラッと見たきり、無言で前方を凝視している。

うす闇の海上に、「加賀」は黒く見えた。

わずかに左舷に傾いたまま、ほぼ水平に沈み、飛行甲板の前部はすでに波にかくれ、中部、後部はすこし水面上にあった。

波は前部より、しだいしだいに進み、黒い部分はおもむろに消えて行く。

最後に白い波がチラチラと立って、「加賀」はまったく没してしまった。

飛行長は、

「アー、いっしょに死ぬんだったぁー」

と苦しげにつぶやいて、祈るように頭を下げた。おなじ思いの私も、しずかにこれにならった。ドドンという爆音を残して、「加賀」はとこしえに姿を消した。とこしえに——。


（昭和三十四年二月号）

私はミッドウェー海戦に反対した！

元大本営海軍航空作戦主務参謀・海軍大佐
三代一就

敗因は企画のスタートにあった

開戦以来、輝かしい戦勝街道をつき進んでいたわが連合艦隊が、攻守そのところを逆転するにいたったのはミッドウェーの敗戦である。

兵力においても、はたまた術力においても、はるかに米軍にまさっていたわが艦隊が、なぜあのような惨めな負け方をしたのであろうか。

戦いは水もの――過誤の少ない方が勝つ。ミッドウェーもその例外ではなかったのだ。

勝ち味のある間に、米艦隊との決戦を求めて早期終戦の機をつかみたい――これが海軍のはじめからの念願であった。

米機動部隊に帝都空襲などさせてはならぬ――これも海軍の願望であったが、とくに山本連合艦隊長官は、その立場上から最もこれを強く考えていたようである。

この両者をおり込んだのが、連合艦隊司令部のミッドウェー作戦構想となって、昭和十七年四月二日、渡辺参謀によって大本営に具申されてきたのである。

当時、私は大本営の海軍航空作戦主務参謀として、この作戦案には最も強く反対した急先鋒であった。反対理由には、戦略的に戦術的に、はたまた補給をどうするかなど数々あったのであるが、ここでは本稿にとくに直接関係ある二点だけをあげておこう。

一、作戦の主役たるべき航空母艦部隊（以下機動部隊とよぶ）の作戦は、足の長い基地飛行機などで広く索敵し、自らはそのかげにひそんでいて、敵情を得しだい、横なぐり空襲をかけてこそ真価を発揮するものである。ミッドウェーでは米側は完全にこの利を有しうるに反し、わが方はぜんぜん基地飛行機の協力は期待できない。

二、敵は、このような利点を活かし、奇襲的反撃にでることは予期してかからねばならないが、ミッドウェーが占領されたりして不利な対勢になっても、なおかつ艦隊の全滅を賭《と》してまで優勢なわが方の挑戦に応ずるとは思えない。艦隊戦闘がおこるのは、米側に有利な対勢のときだけと考えねばならない。

しかし、連勝の勢いに乗った艦隊司令部は、まったく米軍を呑んでかかっていた。ミッドウェーで米艦隊が決戦に応じなければ、さらにハワイ攻略によって決戦を求め、それでもだめなら米西岸をもおびやかすんだと気焔万丈。かくて、富岡課長以下われわれの猛反対にもかかわらず、山本長官の強気におしきられて、軍令部の首脳部は、長官の所信にまかせようという裁断をくだしてしまった。

当時われわれが計画準備中だった米、豪遮断による米艦隊誘出決戦案は、ミッドウェー作戦後に行なうことで妥協された。四月十八日の米機動部隊によるわが本土空襲は、いくらか本作戦促進の役をなしたようだし、五月八日のサンゴ海海戦による損傷艦ヨークタウンの修理ならぬうちにという考えもあった。

そのうえ、上陸作戦上連合艦隊司令部は、月明の利用をきわめて重要視した。このような事情から、連合艦隊司令部は五月七日上陸の予定を固執《こしつ》し、作戦準備上、麾下司令部などより延期の要請がしばしばなされたけれども、断固として予定を変えなかった。かくて、作戦準備、手順その他において万全を期しえなかった点が多かった。

これが決戦を求めようと連合艦隊司令部が期待したミッドウェー作戦の発端であった。緒戦の戦勝におごって、敵を見くだしていたのは、ひとり連合艦隊司令部だけではなかったのだが……。

情報戦で後手をとる

戦争中なので、艦隊は各方面に散在し、作戦行動もしている。各部隊首脳が会合して十分な研究打ち合わせもできない。戦況に応じ計画などの変更の必要も出てくる。前述したように期日の余裕もない。こんなわけで、ミッドウェー作戦に関する重要な電報が前線においてさかんに打たれた。

もちろん暗号電報ではあったが、これらはすべて米国側に傍受され、しかも解読されていたのである。電報は断片的なものではあり、地名などは略号を使っていたのだが、これらを総合し、かつその他の前線や部隊の動き、彼我作戦情況などとつきあわせて考えれば、わが方の作戦企図を察知することは、さして困難ではなかったであろう。

かくてわが方の企図を知った米艦隊は、ミッドウェーにおける有利な態勢を全幅活用して、わが方に奇襲的反撃を試みようとして準備をととのえた。サンゴ海で傷ついた空母ヨークタウンは、修理に約九〇日を要する見込みだったが、二昼夜あまりで作戦できる程度に復旧した。

かくて米太平洋艦隊長官ニミッツ大将は、使用可能の機動部隊と潜水部隊をもって、日本艦隊のウラをかき、一大打撃を与えようとした。その命令には、「敵艦隊に対し、より大きな損害を与える十分な見込みなしに優勢な敵艦隊に自艦隊をさらさぬように」との特別訓令だった。

これにひきかえ、わが方は、にわかに増強した特務班をもって、米軍暗号の傍受につとめたのであるが、ごく簡単な暗号以外は解読できなかった。したがって、米軍の作戦内容をうかがえるような暗号を読むことはできなかった。呼出符号、電報の種別、無線方位測定などによって、わずかに敵側の動きを推定したにすぎなかった。

索敵計画の粗漏

ミッドウェー基地の米軍飛行艇は、夜明けころのわが機動部隊が飛行機を発進するであろうと予期される地域に達するように、夜間から日の出一時間前までの間に基地を発進し、七〇〇カイリまでの索敵哨戒を行なっていた。一部にはレーダーを装備していたようである。さらに情勢の逼迫にともなって、B17爆撃機による日中の索敵攻撃飛行が追加された。

潜水艦一一隻は、わが機動部隊の飛行機発進予想地点付近に二線にわたって配備された。

米機動部隊は、ミッドウェーから北ないし北東方三〇〇カイリ付近を警戒行動し、毎日半径一〇〇ないし一五〇カイリの半円に、約一〇機もの索敵機を出して側方の警戒を怠らず、満を持してわが機動部隊の近接を待っていたのである。

ひるがえって、わが方の索敵はどうであったか。ウェーキやマーシャルからの飛行哨戒はやったが、ミッドウェーには遠く及ばず、わが機動部隊の作戦の助けにはほとんどならなかった。大型飛行艇をもって、ハワイを偵察する計画も燃料補給潜水艦を配備すべきフレンチ・フリゲート礁が、米軍の警戒するところとなったため実施できなかった。

ミッドウェー付近海面の事前索敵は、潜水艦による散開掃艦によるほかなかった。しかし、この方面の作戦にあてられた潜水艦は、最も旧式なもの約一〇隻で、作戦延期の要請も認められず、出動準備も早々に配備点に馳せつけたのが、命令期日に遅れること二日であった。散開掃艦どころか、警戒厳重を予想されるミッドウェー付近海面は避けて、ハワイとの中間の散開線についたのである。それは、ちょうど米機動部隊が通過したあとであった。

かくて、わが機動部隊はミッドウェー付近の敵情不明のままミッドウェーに向かって進撃したのである。幸い霧のために、前日にミッドウェー基地の哨戒機に発見されることをまぬがれて、六月四日の日出三〇分前にミッドウェー北西約二五〇カイリよりミッドウェー基地攻撃隊と、付近海上索敵隊とを発進させることができた。

この索敵機の捜索は進出距離三〇〇カイリ、ほぼ直角に右折して、六〇カイリ飛ぶ扇形捜索であった。

隣接飛行機との先端付近における間隔は約一二〇カイリ。飛行機から艦隊発見距離は三〇カイリが標準とされていたので、右の計画では復艦まで入れなければ、完全な捜索はできない。それまでには発艦後四時間以上かかる。重要な戦機における四時間である。しかも、敵も高速機動するときである。索敵機の往復航行間に敵が移動する距離と方向、さらに航法誤差や視界、視認状況などと考えれば、索敵圏内にある敵を見落とすおそれさえもあった。粗《そ》漏《ろう》のそしりはまぬかれない。

また航空戦実施上も、第二次攻撃隊はなるべく早く発進させる必要がある。敵機の来襲にそなえ、また第一次攻撃隊の収容や直衛戦闘機の発着補給などを考えて、これがためには、第一次攻撃隊が帰途につくころまでには、ほぼ所定海面の捜索がおわるように、索敵機の発進時刻はずっと早めるべきだった。月夜でもあり、天候不良でないかぎりそれは可能だった。そうすると夜間航過する近距離の敵を見落とすおそれがあるから、それを補うためにもう一回、索敵機を出す必要がある。いわゆる二段索敵だ。

米軍は、情報でわが企図を知り、万全の索敵配備をもってわが軍を迎えようとしたのに対し、わが方は敵情を知らず、八方破れの索敵をもって、やみくもにミッドウェーにむかって突進したところに、すでに敗色おおいがたいものを見るのである。

不手際な航空戦指揮

米軍側のミッドウェー基地哨戒機は六月三日、ミッドウェー北西方には霧があったために、日本機動部隊を発見しえなかったが、天気のよい西方に攻撃部隊の来進するのを発見した。これによって米艦隊は、日本機動部隊が四日の早朝ミッドウェーに対し、その北西方より迫って空襲を行なうものと判断した。それは当然のことであった。

四日早朝、ミッドウェー基地飛行艇によって日本機動部隊の所在行動は確認された。ついでわが第一次攻撃隊のミッドウェー空襲も知った。そこで米機動部隊は、時間をはかり十分に日本艦隊に接近し、その第一次攻撃隊を収容して第二次発進準備中のスキを狙おうとした。そのためその攻撃隊が、発艦を終わったのは八時すぎであったが、日本軍の先制攻撃をうけることもなく、その作戦はまんまと図にあたったのである。

わが方の粗漏でしかも遅きに失した索敵計画の報いは、敵機動部隊の発見を遅らせ、空戦指揮を混乱させることになった。

第一次攻撃隊がミッドウェー攻撃を終わった頃は、索敵機はまだ予定捜索海面の半分しか探していなかった。まだ敵機動部隊がいないと断定するには早すぎる。しかるに南雲長官は、ミッドウェー攻撃隊指揮官よりの「再度攻撃の要あり」の電にひかれてか、敵機動部隊攻撃にそなえていた第二次攻撃隊を、基地攻撃に対する兵装にかえるように発令してしまった。

早朝から敵飛行艇に触接されている。そのうち基地飛行機および、もしいるならば敵機動部隊飛行機の来襲も予期される。否すでにB24爆撃機四機が来襲した。第一次攻撃隊の収容もしなければならない。これらを考え指揮官としては、ただ敵情が判明するまで甲板に待機させておけない気持だったかもしれない。しかし、索敵中の情況においては、早すぎる兵装転換発令であった。一体いつまでには索敵が完了する、というハッキリした考えを持っていたのであろうかを疑いたくなる。

まもなく索敵機から、敵部隊発見の報が飛び込んできた。さあ大変、ふたたび軍艦攻撃用の爆撃魚雷への転換下令となった。これは時間のかかる仕事なのだ。

最初の索敵機からの電報には、空母は含まれていなかったが、敵機動部隊の予想海域であり、空母なしに巡洋艦や駆逐艦だけで昼間、わが機動部隊の方に突進してくるはずはない。空母の露払いと判断すべきものであった。まもなく敵空母機の来襲も予期しなければならない。基地からの飛行機も来襲しつつある。

この情況においては、いたずらに巧遅を望まず、とりあえず敵空母を発着艦不能にさせるべくすみやかに第二次攻撃隊を発進させるべきではなかったろうか。当時すくなくも急降下爆撃隊はただちに発進可能の状態にあり、山口第二航空戦隊司令官も「ただちに攻撃隊発進の要ありと認む」との意見具申をしている。

水平爆撃隊の八〇〇キロ陸用爆弾でも空母の甲板や艦橋に対しては相当の効果はあり、準備中の飛行機でもあれば大きい損害をあたえ得よう。戦闘機は敵機の迎撃に出払っていたようだが、少数機でも集めて出せなかったか。戦闘機の掩護がなくとも、急降下爆撃機は水平爆撃機や雷撃機よりは抵抗力が大きいし、命中精度もよい。急降下爆撃機だけでも出すべきではなかったか。

敵基地飛行機の来襲をぶじきりぬけて、第一次攻撃隊の収容にかかったときは、索敵機から敵母艦機隊が西にむかう旨の警報がしきりに打電されてきた。しかし収容を中止して、攻撃隊を準備し発艦させることもしなかった。

かくして、全攻撃隊を甲板および格納庫に積んだ状態で、敵母艦機の攻撃を受けることになってしまったのである。

戦局を決した幸運と悲運

米機動部隊側も巧遅を望んだために、来襲時機が遅れ、基地飛行機隊の攻撃に策応することもできなかった。そしてその来襲もバラバラだったために、わが戦闘機や防空砲火の奮戦と巧妙な操艦とによって、雷撃隊の多くは撃墜され、発射された少数の魚雷をすべてムダにした。

かくして、遅れに遅れたわが第二次攻撃隊も、敵艦攻撃のためにようやく飛び立とうとしていた。このとき、遅ればせの敵急降下爆撃隊が殺到して、みごと奇襲に成功したのである。

わが方は、敵雷撃隊との交戦に注意をうばわれていた。戦闘機もみな雷撃隊攻撃のため、低空に降りていた。高空はお留守になっていた。そのスキに忍びよったのだ。米空母のようにわれわれにレーダーの備えがあれば、高空の爆撃隊はそうとうの距離から探知しえたのであろうに。

その上わが方は、攻撃隊発艦のために母艦は風に立って直進しだした。全飛行機は発動機のうなりを立てて何も聞こえなくした。勇ましい発艦を見送ろうと甲板上の注意はその方に奪われる。平時の演習においても、発艦時の母艦のスキとなる危機であったのだ。

遅ればせの米降爆隊は、たまたまこの好機に乗ずることができたのだ。反撃は受けない、母艦は直進している、爆弾の命中率がよいのは当然である。

急降下爆撃では母艦も致命傷を受けることは滅多にないが、甲板には爆弾、魚雷、燃料を満載した飛行機が充満していた。格納庫には兵装転換を終わったばかりで、おろされた爆弾がそのままころがっていた。これらに点火、誘爆をおこしたのだから小損害ですむはずはなかった。

敗戦の運命はこのようにして決定づけられたのである。

大小いくたの敗因は、これをもって語りつくされたわけではないが、すでに与えられた紙数を越えているので割愛せざるを得ない。

本稿では、課題にもかんがみ、主としてわが方の敗因のいくつかを描写したのであるが、敵の方には過誤がなかったというのではない。ただ比較してみて重大な過誤が少なかったがために、そして戦運の手伝いもあって勝ったのである。

（昭和三十六年七月号）

暗雲ミッドウェー沖「飛龍」昇天秘録

元第二航空戦隊参謀・海軍中佐
久馬武夫

仁王のごとき奮闘

歳月は流れ、軍艦「飛龍」がミッドウェーの海域に壮烈な最後をとげたのも、はや二一年のむかし。いまは澎湃《ほうはい》たる太平洋の波濤のなかに、すべてが消えさった。

しかし、母国を遠くはなれた深海に、山口多聞司令官、加来止男艦長をはじめ、いくたの勇士とともに眠る軍艦「飛龍」は、惜別の熱涙にむせんだ当時の乗組員の心に、いまもよみがえり、「この屍を越えて前進せよ」の訣別の辞は、いまも脳裡《のうり》に深くきざまれている。

もちろん、残酷きわまりない、熾烈ないくさのことを、いまさら語る気持は起こらないが、最後まで全力をあげて戦いぬいた軍艦「飛龍」への愛惜の情から、思いを二〇年の昔にはせてみる。

昭和十七年六月五日の払暁、第一航空戦隊「赤城」「加賀」、第二航空戦隊「飛龍」「蒼龍」を勇躍発進したミッドウェー第一次攻撃隊は、これを予知して、満を持《じ》して待ちうけた敵に阻止され、滑走路撃破の目的を達しえなかったばかりか、敵機動部隊の発見がおくれたため、紙一重の差で味方空母陣は、敵機動部隊からの先制空襲をうけ、「赤城」「加賀」「蒼龍」とが相ついで被弾、一瞬、猛火におおわれて、戦列をはなれるにいたった。

かくして「飛龍」一艦で大敵を相手に獅子奮迅《ししふんじん》の戦いをすることになった。不沈の陸上基地をバックに、敵機動部隊の艦載機をまじえての集中波状攻撃をぬいながら、「飛龍」は海上ところせましと、うなるように全力疾走をつづけた。

おりからミッドウェー攻撃から帰還した、四母艦の飛行機の収容にくわえて、さらに敵機動部隊への攻撃隊発進と、めまぐるしい熾烈な戦闘がくりひろげられた。

基地攻撃から、着艦したばかりの友永丈市飛行隊長は、燃料タンク被弾のため、片道ぶんの燃料しか搭載できぬ愛機をかって、生きてかえらぬ敵機動部隊の攻撃に飛び出した。

「飛龍」の上空は、交戦する彼我飛行機でいっぱいにおおわれ、秘術をつくしての攻防に、しのぎをけずる激戦が展開された。

かくして味方飛行機も、わずかに数機をのこすのみとなったが、敵空母一隻を撃沈し、一隻を大破する戦果をあげた。

執拗にくいさがる敵機の七十数発の爆弾と、二十数本の魚雷を、「飛龍」は神通力をえた生きもののように、たくみに回避した。

敵機動部隊針路九〇度の報をえて、友軍部隊をあげて薄暮決戦をいどみ、これを撃滅すべく、集結地点に陣容をととのえつつあったおりも折、敵急降下爆撃機が、翼をひるがえして「飛龍」に襲いかかるのを発見した。

ふたたび一せいに防空砲火は火をはき、機械は、急いで全力に回転を上げ、回避運動にはいったが、天命ついにつきたか、一弾また一弾と命中、至近弾も飛沫《しぶき》をあげ、「飛龍」は船体が折れて、全速力のまま、海中に突入するかと思われる大激震とともに、一瞬に全艦火の海と化した。

「第八罐室浸水、使用不可能。その他機関異状なし。速力三〇ノット発揮可能」

と機関科指揮所から、平素訓練のとおり、沈着機敏に報告がもたらされた。至近弾による被害らしい。

三〇ノットの高速で走りながら、「飛龍」はなおも襲いくる敵機と戦闘をつづける。風にあおられて、火勢はますますつのる。

火災のため、砲側の高角砲弾が豆を煎《い》るように間断なく炸裂する。薄暮決戦にそなえて、飛行機格納庫に準備中の魚雷が、つぎからつぎへと、大音響をあげて誘爆する。

そのたびに全艦が猛火につつまれる。甲板の猛煙と、火焔は機関室へと流れこむ。

「甲板の被害はどうか」

と機関科指揮所からきいてくる。

「甲板の被害はたいしたことはない。全力消火につとめている。機関科は職場にがんばれ」

私はわざと、甲板のものすごい火災を秘《かく》して機関科を元気づける。甲板員は、それぞれ、部署にしたがって、必死の防火にかけめぐっている。

その間も敵機は、艦内機銃掃射に襲いかかってくる。そのうち、艦橋下部の操舵室火災のため、操舵不能におちいった。艦はぐるぐる旋回をはじめる。

ことここにいたっては、機械を停止して、艦内消火に全力をあげるほかはない。消防管が破損したか、甲板にそそがれるホースの水は、数本にすぎない。血みどろの防火作業も、いっこうに効果なく、暗い夜空に「飛龍」は炎々と燃えあがる。

機械室にがんばれ

「機械室は、熱気でひじょうに苦しくなってきた。上の状況はどうか。機関員を上にあげて、消火作業に協力する必要はないか」

と上を気づかって聞いてくる。

なんとしても「飛龍」を、艦載機の攻撃圏外、ミッドウェーから、三〇〇キロ以上はなれた海域まで、脱出させねばならない。陸上機は、回避が容易だからである。

この土壇場《どたんば》にあって、機関員の責任はじつに大きい。機関室の上部鉄板と、周囲の隔壁は数時間におよぶ猛火で、灼熱しているにちがいない。いま機関員が一度上にあがれば、ふたたび内にはいって艦を動かすことができるだろうか。「飛龍」を護るためには、最後まで機関を死守するほかに道はない。

「機械室にがんばれ」

と、私はまたも機関科指揮所に連絡する。

機械の被害はないし、艦内の火災も燃えつくせば致命的でない。「飛龍」はかならずこの戦場を脱出できる、と私は確信し、司令官にもそのように報告した。

そのうち、ちょうど、酸素切断器で鉄板を切るような格好で、艦橋の床の鋲《びょう》がとれ、下から火をふきはじめた。

たちまち艦橋も火災となり、司令官、艦長をはじめ、艦橋にいた全員は飛行甲板に降りた。それまで、猛煙でよく見えなかったが、飛行甲板に出てはじめて、惨たんたる被害の状況を知った。

中部の、飛行機昇降甲板は吹き飛ばされ、これが艦橋の前方に逆立ちに突きささっている。前部飛行甲板はあとかたもなく、艦底の肋骨《ろっこつ》が、火焔のあい間に見える。

いまにして思えば、凄惨そのものだが、そんな気持はすこしも起こらない。ただ猛火との戦いに全力を傾倒するだけだった。

一時できなかった機械室との連絡も、後部操舵室からとれた。

「機械室は猛熱でとても苦しい」

と訴えてくる。

「上に連絡員をあげよ」

と後部操舵室の伝令に連絡させる。

防火もさることながら、いまは航走力の維持が絶対に必要だ。機関員の安否が気づかわれる。数班の決死隊が編成され、機械室との連絡がとられることになった。防煙具を身につけた決死隊は、猛火をおかして、機械室へと潜入を開始した。

しかし、どの班も通路火災のため、たどりつけないと報告してくる。

「通路の隔壁が真っ赤に灼熱《しゃくねつ》しており、防火ホースで水をかけながら進むと、たちまち蒸気と熱湯になってふりかかってくる。とても立っては前進できない。床《ゆか》をはいながら、通路にたまっている水で、全身をひたしては進むが、どうしても機械室までたどりつけない」という。

救助の方法すでになし

この状況がつづけば、機関員は全部斃《たお》れてしまうのではなかろうかと、焦燥にかられてくる。

艦内の火勢は、すこしもおとろえず、誘爆もつづいて、艦は、そのたびに激動する。

艦は、すでに十数度かたむいてきている。

私はまた後部操舵室の入口にかけて行き、機械室の状況をきかせた。

「つぎつぎ斃れだした」

との悲報がくる。ああ持ち場を死守して、ついに最悪の状態にたちいたったか。

「なんとかして機械室から上がれないか」

いまとなっては、それもかなわぬだろう。

「何かいい残すことはないか」

と思わず断腸の思いで連絡させた。

「なにもない」

とすぐ返事がもたらされた。

従容《しょうよう》として、持ち場を死守するものの声である。しかもこれを最後に、何回よび出しても、応答がないとの伝令の報告に、私はさらに数回連絡をくりかえしたがムダだった。

万策つきて、この顚末《てんまつ》を司令官と、艦長に報告した。

司令官と艦長は協議をされ、ここではじめて、総員甲板に集合するよう、号令が発せられた。

徹夜の、死力をつくしての防火作業も、大敵に素手で向かうにひとしく、ついに、そのかいなく、最後の望みのツナである機関科員は、持ち場にたおれつつあって、決死隊による救出もできず、ここで「飛龍」の活動は、終止符をうたざるをえなくなった。

すでに夜明けも近く、「飛龍」一艦のために、友軍部隊をこれ以上、この近海に釘づけにしておくことは、司令官としてもできなかった。ぎりぎりの線まで全力をつくし、ことここにいたっては、やむなく、総員を退去させる決意をされたのである。

総員が甲板に集合してからも、機関員の救出を、あきらめることはできなかった。

さらにいま一度、作業が続行されたが、やはりどうすることもできない。

ここで山口司令官と艦長は、最後の訣別の辞を述べられ、しばし月下の別れを惜しんだのである。幕僚も司令官のお供をするよう申し出たが、退艦するよう命令され、肺腑《はいふ》をえぐる思いで司令官、艦長をはじめ、たおれた戦友、とりわけ機関室を死守した戦友に、心をひかれながら、「飛龍」に別れをつげ、駆逐艦に移乗したのであった。

鬼神も哭け機関員の死闘

艦にふみとどまられた司令官、艦長の冥福を祈り、「飛龍」と最後の別れを惜しみながら、駆逐艦はしずかに「飛龍」のまわりを一巡し、内地にむけ友軍のあとを追った。

地平線のかなたに「飛龍」の姿が涙にかすみ消え去った後も、万感胸にせまり、なすところを知らなかった。

書きつくせぬところは数限りないが、かくてミッドウェー攻略戦は挫折した。敵にあたえた損害も大きかったが、わが方も主力航空母艦四隻と精鋭無比の搭乗員も数多く失い、太平洋戦争の関ヶ原ともなった。

まことに痛恨きわまりないが、戦闘に直接参加したものはみな、それぞれの部署に全力を出し切って本分をまっとうしたことに、せめてもの誇りをもちたいと思う。

私が、第一航空戦隊の参謀に任命されたのは、昭和十五年の十二月、さいわいにも、知勇兼備の名将、山口司令官につかえ、それから、実戦さながらの猛訓練をかさね、開戦劈頭《へきとう》のハワイ作戦をはじめとして、南太平洋に、またインド洋へと転戦し、「飛龍」「蒼龍」と苦楽をともにした。

とくに、史上最大の作戦であったハワイ遠征と、壮烈鬼神も哭かしめるミッドウェーの激戦は、山口司令官への追慕とともに、いまもなお、なまなましく思い出される。

ここに「飛龍」最後の思い出のうち、機関主務参謀であった関係上、あまり人口に膾炙《かいしゃ》されていない、機関科員の奮戦のもようを紹介し、いまは亡き戦友に、敬意を表したしだいである。

（昭和三十八年八月号）

焦熱の海にわが空母「蒼龍」消えたれど

元空母「蒼龍」掌運用長・海軍大尉
佐々木寿男

大先輩の勇姿に憧れ海軍に志願

明治三十七、八年、日本が国運をかけて大国ロシアを相手に国民のすべてが参加した大戦争に、連戦連勝の大戦果をあげ、海軍軍人とともに大勝利に酔いしれて、しだいにその夢からさめるころの二年のちに、私は片いなかの農家の二男坊として生まれた。一八歳まで父母の膝下ですごし、小学校をでると青年訓練所をおえて農業をてつだっていた。

そのような片いなかにも、たまたま水兵さんが休暇で帰ってくることがあった。ある年の海軍記念日に、大先輩が胸に勲章をズラリとくっつけて、母校にきて子供たちに海軍のはなばなしさ、楽しさ、そして日露の大海戦に大勝利をおさめた体験を話してくれた。それから私は海軍にあこがれるようになり、海軍志願をきめたのであった。

ある日、役場の掲示板に海軍兵志願募集のポスターがはってあるのを見た。そこでさっそく父のゆるしをねがった。父は、陸軍上等兵で日露戦争に参戦し、戦功により金鵄勲章を授与されたこともあり、ときおり戦争のはなしなどをしてくれた。また、「兄貴も除隊してくるんだからよかろう」と、こころよく判をおしてくれた。

こうして学科試験と体格検査がぶじにすんだ。それから幾日かたったある日、顔なじみの郵便配達さんが一枚のハガキをとどけてくれた。見ると採用通知書である。そのとき、私はこおどりしてよろこんだ。やっと希望がかなったのであった。

そのハガキには、『大正十五年六月一日、横須賀海兵団舞鶴練習部に入団すべし』と書いてある。そののち、村役場から出発の日時が通知されたが、それによると五月二十七日に出発し、いったん県庁に集合してから入団ときまった。そのときは村から四名が合格した。いよいよ出発だ。その日は母校の校庭で、四人がお世話になった先生方や児童の前で、校長先生からお祝いと送別のことばをいただき、

「りっぱな軍人になり、お国のためにつくします」

と答えた。

そのあと、役場職員に引率され、父母や兄弟、そして児童や友人たちに駅まで送られた。いよいよ汽車が発車すると、万歳、万歳と児童たちはさかんに手をふってくれた。それにこたえるために窓から体をのり出して、自分たちも手をふっていた。「皆さんお元気で……」と、心でさけんでいた。

仙台に着いて県庁に集合し、人員点呼がすんだあと、知事から、

「先輩たちがさる日露大海戦に大勝利をおさめ、いまや世界の大海軍強国となった。みんなはおおくの志願兵からえらばれた青年である。先輩におとらない海軍軍人になるよう努力されたい」

と訓示があり、割り当ての宿に案内された。夕食まで自由行動が許され、市内で兄に時計を買ってもらった。はじめてはめる腕時計の、カチカチとしずかに動く歯車の回転音が、腕から胸につたわってくる。

立錨一つの帝国海軍水兵誕生

翌朝、県庁の職員に引率され、仙台を出発し、京都に着いて市内の見学をした。そしていよいよ六月一日、舞鶴練習部に入団である。

団門をはいると二階建ての大きな兵舎がならんでいる。また、身体検査であるが、このまえに分隊に配属された班ごとに編成された。班長は、浅黒い色をしたこわそうな人である。分隊長は佐々木丙二中尉、分隊士は箕輪茂三郎兵曹長と各班長が紹介されたのち、分隊長から、

「お前たちは本日から海軍四等水兵を命ぜられ、天皇陛下の股肱《ここう》である。これから分隊長は一人前の軍人にそだてる責任をもって、分隊士や班長とともに海軍魂を教練をとおして教育していく。きびしい訓練に耐える覚悟をいまからもたねばならない」

と訓示した。

それからの六ヵ月は、精神教育、銃隊教練、短艇橈漕、水泳訓練、銃剣術と予想だにしなかったきびしい訓練の毎日である。

そのうちでも短艇橈漕は、海軍の花形とばかり徹底的にしぼられ、手に豆ができ、シリが猿のように赤くなって皮が破れることもあった。伝馬船の櫓《ろ》漕ぎ櫓がヘソからはずれて、う

っかりするとそのはずみで海に転落してしまう。暑い夏だからかえってよい気持だった。そうした教練や訓練が毎日つづき、しだいに水兵の玉子がそだつのである。

そんな苦しみのなかにもたのしい外出がある。引率外出や単独外出のとき、集会所にいってただ阿倍川モチや大福モチを腹いっぱい食うだけのことだが、それが唯一のたのしみでもあった。あしたからまた訓練である。

しだいに訓練にもなれ、海兵団生活もあと二ヵ月をのこすのみとなったころから、分隊内で銃剣術の各班対抗試合がおこなわれるようになった。私は銃剣術はすきだったから上達もして、ときには班長の相手をすることもあった。

それから数日して、剣道の試合があった。私はいなかで稽古をしていたが、海兵団ではほとんど竹刀を手にしたことはなかった。それでも参加することになって、たしか付け出しが一級くらいだったと思う。

その試合は勝ち残り戦で、私は一二名もたおしたので班長からごほうびだといって、卒業まで吊床当番と食卓当番を免除されたのは、忘れられない思い出である。

卒業は大正十五年十月二十九日ときまり、その前に乗艦したい希望の艦を書くことになり、私はいちばん大きい大砲を積んでいる軍艦「長門」を一つ書いた。

いよいよ二十九日がきた。あしたからは海軍三等水兵だ。その二、三日前から軍服にマークを付けたが、それまで針をもったことのないものもいて、班長は手をとっておしえていた。付け終わった服を着てみるとマークがまがっているのもある。それでも着てみたいのである。ただうれしいのだ。立錨一つの大日本帝国の海軍三等水兵である。

「ナメクジさん、ありがとう」

卒業式は終わった。私は、希望どおり「長門」に乗ることができた。お赤飯のごちそうをいただいて、お世話になったかたがた、そして訓練に明け暮れた舞鶴をあとにして横須賀に向かった。

波止場には、各艦から艦名を書いたボートが、立て札を立ててむかえにきていた。ボートに乗って元気にオールを動かしたが、すこしも苦痛ではない。やがてボートは「長門」の舷梯に着き、衣のうをかついで舷梯を登り、番兵に敬礼をして艦内にはいった。最上甲板で全員の点呼があり、私は第六分隊に配属され、教育係に身柄をわたされた。

第六分隊は、主砲幹部分隊だと知ったが、そこでの任務は、いちばんデッカイ大砲の砲塔伝令だという。二番砲塔に配置された黒田安太郎二等水兵が戦友である。後日になって知ったのだが、この分隊は特技章をもつ優秀な下士官兵ぞろいであって、一五、六名の小分隊である。

翌日からさっそく毎日、伝令の練習である。大砲を発射するまでのいろいろな命令や号令を発令所から砲側に、また、砲塔から発令所に明瞭かつ迅速に、そして確実に伝令するのである。その年、大正から昭和と元号があらためられた。

「長門」は旗艦で戦闘訓練のために佐伯湾に出動し、佐伯湾から青島、芝罘《チーフー》、旅順と猛烈な戦闘訓練がおこなわれた。しかし、八月のある日、私は体の調子が悪いので、先任下士官に話して診察をうけた。ところがその結果、

「左乾性胸膜炎だから入院しなければならない。近く『長門』は佐世保に入港するから、それまで休養しておれ」

といわれた。

やがて、戦艦「長門」は佐世保に入港した。八月十七日、佐世保海軍病院に入院である。この日は、砲術長草鹿任一中佐分隊長をはじめ、分隊のみんなに送られて病院にむかった。

病院では毎日、検痰がおこなわれた。

ある日、同じ病室にはいっている戦友が、箸と食器をもって庭の桜の木からなにかをつんでいた。それを見て私も庭へでて食器のなかをのぞくと、ナメクジがうようよしていた。それを「どうするのか」と聞くと、彼は、「食うんだ」という。さらに「これは胸膜によくきくんだ」といいながら、洗ってオブラートにつつんでペロリ、ペロリとのみこんでしまった。それを見た私も、〝おぼれるものはナメクジをも食う〟とばかりに食べた。まさに、ナメクジさん、ありがとうである。

明暗わけた「春日」への転勤

入院をして約二〇日ほどたった九月七日、横須賀海軍病院に転院になった。

病院生活も日はたち、昭和二年十一月一日、おもいもかけない二等水兵に進級した。

これと同時に海兵団に転籍になったと、先任下士官がきて知らせてくれた。

それに「長門」から戦技の賞品がとどいた。軍艦「長門」賞と大きな判がおしてあり、そのよろこびが自分をたちなおらせた。運動もゆるされ、日ごとに体調がよくなって、翌年三月一日、やっと全治退院となった。

海兵団の門をくぐり、事務室にいくと、前にきてくれた先任下士官が、「おめでとう、体はすっかりよいのか」とききながら名簿をめくってくれた。そして、「新兵分隊の助手が欠員になってる。病後でもあるから助手になれ」と新兵分隊につれていかれた。

そこには先輩が三人いた。それからは、野外演習には分隊長、分隊士の弁当持ち、行軍にもと、いつも新兵のあとをおって歩いた。体の状態はすっかりよくなり、翌年も助手に残った。

退院してまる二年になるが、いまだに既往症がわざわいしてか、砲術学校には合格できなかった。その年、斎藤分隊長が「艦に乗れるようにたのんでやる」とすぐ人事部へいったその結果、五月七日、駆逐艦「峯風」に転勤することになった。

こうしてふたたび海上にでることができた。分隊長も海軍大学の受験準備中であり、ときおりノートにあるぬき書のお手伝いをした。

昭和四年十一月一日、私は一等水兵になった。「峯風」も第二駆逐隊に編入され、母艦の護衛隊となった。出港前に横鎮で、剣道の昇段試合があり、私も参加して初段になって、これでいよいよ体に自信がもてた。

翌年の五月、分隊長から運用術見習兵をすすめられ、このとき、砲術学校をきっぱりとあきらめた。このとき、分隊長は、「海防艦（のち運用術練習艦）『春日』にいって勉強しろ、運がむくかもしれん。この一年が海軍生活最後になる」といわれ、私は、「分隊長、いきます」と返事した。

そしていよいよ学科試験がすみ、五月十五日、第二期運用術見習兵として「春日」に転勤した。身体検査があって不安である。問診になり、軍医官に「胸膜の既往症があるんだなあ」ときかれた。「どうだ、体に自信があるなら検査は合格にしてやる」といわれ、おもわず私は、「ハイ、最後までどんな訓練にも耐える覚悟できました」と答えてやっと合格した。この機をのがしてはならない。真剣であった。

先任教員河野円次郎一曹が自分の班長である。その一年、第四七期運用術練習生に採用になるまで自分の海軍生活をつなぎとめてくれた恩人でもある。再現役も許可され、はりきって教務に従事できた。すべての実科教練は見習中に習得をし、体も試験がすんでからますます元気でがんばれた。

六月には海上訓練となり、救助教練、測深実習、操舵応急教練と最後の教務仕上げになり、試験が毎日つづいたが、十一月四日に卒業ときまった。そして昭和七年十一月一日、海軍三等兵曹に進級したが、じつにこの六年半は長かった。しかし、これでいままでのすべての服装から脱皮して、卒業式は下士官の服装で出席するのである。

こうして卒業式もおわり、各艦艇部隊に配属され、わたしは「榛名」に配属になった。そののち、「陸奥」「八雲」へと転勤となったが、この間の昭和九年五月一日、二曹に進級した。

「八雲」はすっかり整備され、「浅間」と合流して各科の候補生を乗せ、内地巡航にでた。これは主として候補生の教育訓練である。

十二月になると、佐世保に帰港して遠洋航海の準備をととのえて、三月、馬公にまわり、いよいよ遠洋航海に出発した。まず、フィリピン諸島、豪州と巡航し、ハワイにたちより各地で邦人、外人の区別なく歓迎をうけた。

やがてたのしかったハワイをあとに大洋にでると、合戦準備の命がくだった。フラダンスの感傷にひたっているひまなどなかった。しかし、その当時、極楽境ハワイを、そして真珠湾を、わが国の海軍航空部隊が爆弾をせおって奇襲すると、だれも夢想だにしなかったであろう。いま四五年前をおもい、感無量である。

こうして母校に帰港したあと、十一年十一月一日、私は一曹に進級するとともに、十一月六日、江田島兵学校の運用術教員を命ぜられて転勤した。兵学校での実科教務はいそがしく、このとき、父死亡、の電報をうけとったが、それは公電ではなく、私電であったために休暇は許可されなかった。このようにたとえ下士官でも軍規の壁はあつく、いまでも残念に思われてならない。

兵学校では四号生徒をうけもち、そののち、選修学生のうけもちとかわり、剣道助手も命ぜられた。三年間の教員生活は、よい経験と思い出を残してくれた。

〝寝耳に水〟のハワイ奇襲作戦

昭和十三年十二月十八日、巡洋艦「那珂」勤務を命ぜられ、翌年、艦隊は北シナ方面に出動し、昭和十五年三月二十六日まで南シナ方面にも出動していそがしい毎日がつづいた。その年の五月一日、兵曹長に進級し、即日、准士官講習員に指定され、それからの六ヵ月間にわたっては准士官として各種の実務講習を修了した。

そして十月五日、空母「蒼龍」乗り組みを命ぜられた。そして即日、意気ようようと赴任した。艦長は柳本柳作大佐、副長は現「蒼龍」会会長小原中佐、運用長は自見少佐であった。掌運用長の職務は運用長の指揮下にあって、艦内全般にわたる運用作業の補佐役である。

昭和十六年二月、南シナ方面に出動し、八月七日まで洋上訓練が昼夜兼行でおこなわれた。とくに飛行訓練は猛烈をきわめた。母艦に収容された飛行機の訓練は、爆撃、雷撃と実戦さながらのものであった。やがて母艦群は、柱島に仮泊したが六隻であり、ものすごい陣容であった。

十一月十八日、なんとなく臨戦準備と思われるような用意がととのい、「蒼龍」と「飛龍」は柱島を抜錨して太平洋を北進した。やがて防寒服が貸与されたことによって、寒いところにいくことはたしかであると思った。

そのうちに総員集合があって、艦長以下は飛行甲板に整列し、当直将校の号令によって伊勢神宮の遙拝があった。さらに夕刻には宮城の遙拝があるときかされ、いったい何事がおこるのかと不安なときをすごした。それでも艦は、そのような心配をよそに島づたいに北上していき、夕刻に予定されていた皇居遙拝は、雨のため居住区でそれぞれ遙拝した。また、私は金華山沖を通過するさいは、郷土の方向に遙拝した。

十一月二十三日、艦隊は千島列島の最北端にある択捉島単冠《ヒトカツプ》湾に入港した。山には雪が積もっていて、すでに冬のよそおいである。そのような単冠湾になおも艦隊がぞくぞく入港してきた。

十一月二十六日、艦隊はひそかに抜錨して日本国土からはなれていった。まもなく「准士官以上は士官室に集合」と伝令がはしりまわり、私も士官室へいそいだ。やがて艦長がきて、おもむろに、

「機動部隊は十二月八日、真珠湾奇襲の任務をおびて行動するが、十二月五日までに日米交渉がまとまれば部隊は本国にひきかえす。しかし、もし決裂すれば十二月八日に奇襲を決行する。各位は任務遂行に遺憾なきよう努力されたい」

と訓示があった。

十二月五日はすぎたが、本国からはなんの命令もないまま奇襲は決定した。油槽船は最後の給油をおえて、さっさと姿を消してしまった。これで艦は満腹で、いつでも全速力が可能である。

十二月八日の午前一時半に「総員起こし」が艦内にひびきわたった。

私も急いでみじたくをととのえて飛行甲板にでてみると、太平洋の空に残月が雲から出たり入ったりしている。出撃する飛行機は、飛行甲板にギッシリせいぞろいして、発進の合図をまっている。

旗艦「赤城」からついに発進命令がくだり、ごうごうたる爆音をのこして飛行機は発進していったが、じつにみごとな発艦である。「元気で帰艦してこいよ」と心にいのった。

真珠湾ではいまどのようなことが起きているか、私にはわからない。しかし、みんなぶじに帰ってきてくれという気持だけが、私の心のなかをおおっているのがわかった。

やがて昇降機が動きだしたのが気配でわかった。これでやっと攻撃隊がもどってきたので

あろう。

昇降機の動いている音が聞こえなくなったため、全機の収容がおわったのかどうかようすを見に飛行甲板にあがった。このときは三時をすこしまわっていた。

しかし、未帰還機がいるらしく、見張員がさかんに空をあおいでみていた。まもなく一機の機影を見つけて、「飛行機一機、『蒼龍』に向かってきます」とつげたので、上空を見ていると一機の味方機が飛んできた。しかし、右の脚がでていない。そのうち、艦橋からは「着艦せよ」の信号がおくられたが、その飛行機は、何回か上空を旋回して必死になって脚をだそうとしていたが、いっこうにでるようすがなかった。

ついに艦橋からは、「着水せよ」との信号がおくられたため、でていた左脚をひっこめると着水した。ただちに駆逐艦から海上にうかぶ飛行機をめがけて救助艇がだされた。飛行機はほとんど着水とどうじに機首を海中に没していたが、尾翼に一人がつかまり、二人は泳いでいたところを救助されたのであった。

こうして奇襲作戦はみごとに成功し、大戦果をあげた部隊は、全速で戦線から退避した。帰途はウェーキ島攻略作戦に参戦してかがやかしい戦果をおさめ、祖国にむかい平安な航海をつづけていた。やがて呉軍港に帰港、翌年一月、豪州、インド洋方面の作戦に従事していたが、この間にハワイ作戦に対し、連合艦隊司令長官より感状を授与された。

そして、四月二十二日、横須賀に帰投した飛行機隊は航空基地に移動し、母艦は次期作戦のためにドック入りをして、艦体の修理および武器の整備と補給を昼夜兼行でおこなった。やっと整備もおわり飛行機隊を収容のために出動し、これもぶじに終わって柱島に仮泊したが、このころから、こんどの作戦は大作戦だとウワサがひろがった。

夕陽をあびて「蒼龍」は海底深く

そのウワサどおり、機動部隊は五月二十七日、出撃し、六月五日、ミッドウェー島を攻撃、占領する任務をうけた。これは山本長官が連合艦隊の大半をひきいてのぞむ大決戦であり、この決戦は日本の生死を賭ける戦争になるであろうということであった。また、真珠湾奇襲とはその規模がちがっており、戦いはすでに開始されていた。そこで厳重な警戒管制でなおも敵地にすすんだ。

六月五日の未明、飛行甲板から攻撃隊発進の爆音がする。それに合わせるかのように総員は戦闘配置についた。応急総指揮官は副長小原中佐、応急指揮官甫立少佐、応急班第一班は水野少尉、第二班は仁平兵曹長、第三班が私で、後部第二次室付近が部署一組二組にわけて、それぞれ艦内の警戒にあたることになった。

戦況は指揮所から刻々しらされてくるだけで、外界はまったく見えない。二時四十分ごろ、敵機が来襲して対空戦闘が開始され、四時五分、つづいて敵の雷撃機一二機が来襲したが、わが艦隊はものすごい防御砲火をあびせ、全機を撃墜したとの通報があった。つづいて敵爆撃機が「蒼龍」の上空にあらわれたが、高角砲にて撃退したため、艦内に異状はなかった。五時半ごろ、戦闘給食のおにぎりをほおばった。六時半にまたもや敵機が来襲したが、射撃を開始して撃退したため、艦内にはまだ異状がみられなかった。やがて攻撃隊の収容のために昇降機が動きはじめた。

七時二十五分、急降下爆撃機が来襲して、すごい爆発と激動を感じた。さらに一弾、また一弾と、ものすごい振動である。ここでついに「蒼龍」も炎につつまれはじめたため、消火に全力をつくした。二組班長に後方艦内の警戒を命じ、烹炊室付近の火災および被害状況を報告させて、消火につとめた。そのうち格納庫内に誘爆がおこり、電線や寝台が落下してきた。発電機が停止したらしく電灯も消えたが、まだ指揮所からはなんの応答もなかった。

このころまで知らずにいたのだが、右膝下と左足がいたむので、ヘッドライトを点じて見ると血が流れていた。しかし、たいした負傷でないようだった。

このころになると「蒼龍」の全機能は停止して、すでに手のほどこしようがない状態であった。それでも二組の中村兵曹をよんだが、返事がない。ガスがますます充満してきたため、応急員を上甲板に退避させた。そして私は病室にいく舷室をひらき、明るくして傷の手当をした。

いままでいた兵員は、すでにほとんどが室外にでたらしく、応急員もちりぢりになってしまった。中村兵曹はどうなったのかもわからない。

そのあと私は、防御扉をひらいてネットラックにでてみた。すると「赤城」であろう、猛烈な火炎につつまれた空母が全速力で航行していた。

さらにネットラックをわたって後方に行くと、六番砲塔の砲長が部下を抱いて泣いているのが目にはいった。きっと艦長から総員退避の命令がでたのをだれも知らずにいるのだろう。

それでも私は元気をだしてなおも後甲板にでて、人恋しさとこころぼそさを忘れるために叫んでみた。すると、ようやくの思いで後甲板にでた兵員が一二、三名そこにあつまっていた。

このころになると発動機調整場にも火がはいり、さかんに燃えていた。それを見た私は、後部軽油庫にドラム缶がはいってるので、もしそれに引火でもしたらたいへんだと、カギをこわしてなかにはいり、ドラム缶を海中にすてた。さらに応急材や工作材料などの燃えるのは海中になげすてた。

やがて兵員たちは、後部から海中に救助をもとめて板に身をたくして泳いでいった。するとなぜか、一人になった私の目から涙がとめどもなくながれた。

艦長や副長、そして運用長などはぶじに退避されただろうか、中村兵曹はどうなったか、などとかんがえ、一人ぼっちでとり残され、ただ茫然と後甲板に立っていた。

こうしてどのくらいの時間がたったかわからなかったが、突然はるか海のかなたに駆逐艦が見えた。そのため後部錨から海に飛びこもうと思ってふとそばを見ると、一人の兵が錨につかまっているので、「どうした」ときくと、「私は泳げない」と彼はいった。このままおいていくわけにもいかないので、

「よし、待っていろ。いま泳げるようにしてやる」

とあたりを見るとぶあつい板が二枚あった。そこで、

「この板につかまって、足をバタバタやれば泳げる、そのうちに救助艇に救われるからそれまでがんばるんだ」

とはげまし、板につかまらせておろしてやった。すると、その兵隊は板にしがみついて足をバタバタやっているのが、甲板のうえからみえた。

これで一安心だと思い、私も板をだいて泳ぎだした。するとさっきまで上から見えていた

兵隊の姿が波で見えない。そのため大きな声でどなってみたが、答えもなかった。そのうち海水が傷にしみて痛みだした。それからどのくらい泳いだろう、時計を見ると三時半でとまっていたが、まもなく救助艇に見つけてもらい、ひきあげてもらった。

そこでさっそく、「『蒼龍』の近くで板につかまって泳いでいた兵隊がいたはずですが、いなかったでしょうか」とたずねたが、「いなかった」というので、いま一度さがしてもらったが、ついに見つからなかった。

「ほかの救助艇に救助されたかもしれないから……」

と、ひとまず私は駆逐艦に移された。ただちに看護兵に傷の手当をしてもらい、被服を借りて居住区で休んだ。

戦友から聞いた艦長の最期

やがて海にも日没が近づき、夕陽が西に沈むころ、「蒼龍」は、柳本艦長のほか七百余の戦友をだいて海底深く沈んだ。その後、艦橋近くにいた第一応急班の阿部忠二兵曹から、艦長の壮烈な戦死のもようをきかされた。

それによると、艦長は艦橋のまえで炸裂した一弾の火炎をまともにうけ、顔や手に大火傷をおわれた。だが、艦長は一歩も艦橋をはなれず、艦がまったく機能を停止するまで指揮をとりつづけ、総員退避の命令をされ、副長に後事を託されたとのことである。

艦長は乗員の退避するようすをじっと見まもっていたが、

「全員退避しましたから艦長もどうぞ」

と阿部兵曹はうしろから艦長をだきあげ、艦橋からおりようとした。阿部兵曹は、横鎮でも強い相撲部員である。

艦長をかるがるとだきあげたそのとき、

「私はおおくの部下を殺し、お国のだいじな艦をこのありさまにした。この艦にはおおくの部下が艦長を待っている。阿部兵曹、副長とともに早くいってくれ」

と力強く阿部兵曹の腕をときほぐしたという。そしてあっというまもないほどのみじかい時間に、「天皇陛下万歳」と絶叫し、ピストルの音とともに艦長は羅針盤にうつぶせにたおれた。これはまったく瞬時のできごとだったという。

壮烈な最期のもようを語ってくれた阿部兵曹も、そののち、どこかの戦線で戦死したときいた。「蒼龍」は、艦長をはじめ多数の将兵をだいて四時十分ごろ、火炎につつまれたまま大爆発をおこし、まっさかさまになって海底深く沈んだ。私はおもわず挙手の礼をし、永遠の別れをつげた。しばらくたってやっとわれにかえった。

まもなく駆逐艦は動きだした。夕食のすんだころ、潜水艦の襲撃があるかもしれないので、灯火管制を厳重にせよと伝令が走ったが、さいわいにも襲撃はなかった。

翌日、潜水母艦「千代田」に移されたが、この「千代田」は、ハワイ奇襲の特殊潜航艇を輸送したという。しかも私がつかっている部屋が、奇しくもかつて真珠湾奇襲の特殊潜航艇の指揮官であった岩佐直治中佐（とうじ大尉）が起居した部屋だと従兵にきかされ、万感胸のせまるおもいがした。

それにしても、「千代田」はいったい艦首をどこにむけて航行しているのだろう。それも知らされないまま、私は毎日、傷の手当をしてはあれこれときびしい戦闘に思いをはせていた。

そのうち、われわれは病院船「氷川丸」にうつされ、六月二十日の夜、なつかしの母港に入港し、ただちに小海岸壁からバスで病院にはこばれた。海軍がミッドウェーで敗れた秘密がもれるのをおそれ、一人で便所にさえいかせてもらえなかった。

また、元気な将兵は、すぐ激戦地に転勤になったときいたが、たぶん生きて帰った人はすくないだろう。こうして海軍は秘密がもれるのをふせいだが、私たちは、拘置所にはいったような一ヵ月余をすごし、七月二十六日、全治して退院したのであった。

このの ち私は、海軍の航空練習生教育にあたっていたが、昭和十八年六月一日少尉に任官し、同時に内務長兼教官を命ぜられた。そして翌十九年十一月一日、中尉に任官して横須賀海軍港務部に転勤した。

こうしている間にも山本司令長官が戦死、サイパンが玉砕などという悲報がつづいた。さらに毎日、B29の本土空襲がくりかえされ、硫黄島や沖縄まで玉砕し、戦況はますます不利になり、この戦局を挽回するため毎日のような特別攻撃隊が発進していった。

しかし、戦局はもはやどうすることができないまま、昭和二十年八月十五日を迎えたのであった。

（昭和五十五年七月号）

生き残ったミッドウェーの主役たち

亀井　宏　作家

軽蔑と憐愍

もう、一〇年ほども以前の話になる。

私は大阪梅田駅の近くにあるビルの一室に、ある人物を訪ねた。

駆逐艦「舞風」の元艦長で、名前を中杉清治という。奈良県の生まれで、開戦劈《へき》頭の真珠湾奇襲攻撃のさい、飛行隊総指揮官として直接オアフ島の上空まで飛んだ淵田美津雄氏とは、畝《うね》傍《び》中学の同窓生だということである。

弟さんが経営している会社で、重役をつとめているとか。こちらが尋《たず》ねもしないのに、そう説明して、

「……体《てい》のいい飼い殺しですわ」と呵々《かか》大笑した。豪気さ、率直さが顔つきにそのまま出ていて、いかにも駆逐艦の元艦長といったおもむきがあった。

感情がそのまま顔に出て、匿《かく》しておけぬ性質《たち》らしい。最初電話でコンタクトをとったさいは、二つ返事で取材をOKしてくれたのであるが、当日私をひと目見るなり、ひどくガッカ

りしたような表情をした。ひらったくいえば、「こんなアホみたいな奴が書くのか……」といいた気な顔つきをされたのである。

私はいつか、野坂昭如氏からつくづくと、

「タテから見てもヨコから見ても、土木作業員にしか見えない」

と言われたことがある。風采《ふうさい》があがらぬ上に、年齢よりも若く見えるらしい。いまでも、初対面の人からそのような軽蔑《けいべつ》、憐愍《れんびん》、当惑が複雑にいれまじった落胆の表情で迎えられる宿命から逃れてはいない。もうすっかり、馴れっこになってしまった。

話の途中で、中杉氏はふと思いつめたような顔つきとなり、

「失礼だが、あんたにはムリじゃないですか」

と宣《のたま》った。

当時私は大阪に住んでいたのであるが、ミッドウェーにおける戦闘を書こうとしていて、そのため中杉氏に取材をお願いしたのであった。おそらく氏は、どう見ても頼りないなと思いつつ、私の愚問に答えていたのであったが、ついに堪《たま》りかねたらしい。

しかし、私にしたところが、ビックリした。過去に、落胆のいろを浮かべる人には何度も出会ったが、さすがに、面とむかって「あんたにはムリだろう」と言われたのははじめての体験だった。

そうかも知れぬが、道楽でなく職業としてやっている以上、私としても簡単に自己限定するわけにはゆかない、一応お話だけはうかがわせて戴きたいと言うと、中杉氏は、

「それもそうだな」

と即座に翻意されて、話を続けた。

その後私は、ミッドウェー海戦を原稿用紙一〇〇〇枚ほどにまとめあげ、それは『あ、軍艦旗』と題されて光人社から出版して貰うことができた。その一冊を中杉清治氏に送ったところ、一週間とたたぬうちに氏から電話があった。例の率直さで、開口一番、

「いやあ、見直しましたよ。こんなに書ける人だとは思わなかった。失礼な言を弄したことお詫びします」

と、私にたいする認識が一八〇度変わったことを告《つ》げられた。そして、どうしても電話で直接謝りたかったもので、とつけくわえられた。いやいやと、私は恐縮したのであったが、手紙でなくて口頭で詫びるあたり、いかにも氏の面目躍如としていると思ったものである。それから二、三日たって、デパートからウイスキイ一本が届いた。

これは、船乗り稼業の率直さといったら、我田引水に過ぎるだろうか。同じ海軍でも、将官クラスになると、韜晦《とうかい》の煙幕を張っていて、例の落胆のいろなどオクビにも出さぬかわりに、この種の無邪気とも思える素直さもまたあらわさぬ。

惜しいことに、中杉清治氏は、私に電話口で詫びられてほぼ二年後に亡くなられた。葬儀がおわったあと、ご家族から通知を受けたのであったが、あんなに矍鑠《かくしゃく》としていた人がと、私はしばし茫然となった。

「赤城」の最期

私が中杉清治氏から取材したのは、おもにミッドウェー海戦のことであった。ミッドウェ

ー海戦の勝敗というのは、出撃していた四隻の空母のすべてが沈没して決したといっていいのであるが、中杉氏が艦長をつとめた駆逐艦「舞風」は、同じ第四駆逐隊にぞくする三隻の僚艦「萩風」「野分」「嵐」と共に空母「赤城」の近くにあり、「赤城」と同じく空母「加賀」が沈むさまを直接見届けている。

そのときの印象を、生前中杉氏は私にむかい、つぎのように語っている。

「巨大な軍艦が沈むようすというのは、ちょっと実際に見た者でなければわからんでしょうな。凄絶といおうか凄惨というべきか、ちょっと形容の仕様がない。『加賀』はね、平衡を保ちながら、徐々に沈んでいった。『赤城』は、艦尾から巨《おお》きな神の手かなにかに、一気にひきずり込まれるようにして沈んでいった。

『加賀』は一日燃えとったですよ。大変な火災だった。それに私の艦はずっとついておった。鉄の巨大なかたまりが、あんなにも燃えるんですなあ。なかでも、艦橋のあたりが凄《すご》かった。火山の熔岩みたいに、どろどろに溶けて崩れ落ちていった。

ずっと後方を走っていた戦艦『大和』艦上の山本五十六連合艦隊長官から、〈『加賀』は曳航できざるや〉ときいてきましたね。そこでこっちは〈曳航不能〉と打ち返しましたよ。太陽が沈んでしばらく経った頃、文字通り天に沖《ちゅう》する大爆発が起こった。そのとき、私の艦は『加賀』から一〇〇〇メートルくらいしか離れていなかった。ものすごい震動ですわな。『舞風』の方位盤が壊れたですよ。それでも『加賀』は、すぐには沈まんかった。先刻も言ったとおり、ジリジリと、緩慢にですな、水平を保って沈んでいった。

『赤城』の沈没の状態は、『加賀』の場合とまったくちがっていた。先刻言ったように、グイと艦首を持ちあげてですね、艦尾から沈んでいった。ビルディングのような大きさですからね。ありとあらゆる搭載物の転がり落ちる物音なんでしょうな、キーンというかカーンというか、とにかく何ともいえない音がきこえてきたですよ。私の耳にはそれが、たんに物体がたてる音響のようにはきこえなかった。なにか生きているものの悲鳴のように思えた」

四隻の空母のうち、「赤城」「加賀」「蒼龍」がほとんど瞬時にして沈み、あとの一隻「飛龍」が孤軍奮闘したまま、先の各空母と同様、被爆沈没する。

この「飛龍」のあとを、第一〇駆逐隊にぞくする駆逐艦「風雲」「巻雲」「夕雲」「秋雲」の四隻が追っていた。

山本長官の誤算

先の中杉清治氏に会ったと同じ時期に、私は当時「風雲」艦長だった吉田正義氏にも取材を申し込んでいた。山口県に俵山《たわらやま》という温泉郷がある。吉田正義氏は、そこの観光協会の会長をしておられた。現地に着いてからはじめてそのことを知ったとき、私は何か戸惑《とまど》いに似た感情を覚えたのを記憶している。だが、往時を想い出して語るときの態度、訥々《とつとつ》としたその口調は、やはり元職業軍人のそれであった。

やはり、中杉清治氏と同じように、沈みゆく空母にできるだけ接近して、海中に飛び込んだ乗組員の救助作業にあたったらしい。ちなみに「風雲」には、第一〇駆逐隊司令阿部俊雄大佐が乗っていた。

「……夜になってしばらくすると、『飛龍』は燃えながら微速四ノット位で走っていた。私

（『風雲』）は五〇〇メートルから一〇〇〇メートルの近距離で並行して走っていた。そう、五〇〇メートルの並行ですよ。こんなことは、あの戦争を通じても、最初にして最後の体験だったですねえ。相手を見上げるような距離でしょう。まるで子供の三輪車でダンプカーに近づいたようなもんだ。潰されそうでこわかったですよ。ホースで水かけながら走ったんだが、ラチがあかない。しかしそのうち、『飛龍』自身の消火作業が効を奏したか、火災がおさまってきた。〈もう大丈夫〉と『飛龍』の加来《かく》艦長から言ってきたので、離れた。しかしですね、かれこれ一時間ほどたったときだったろうか、突然大爆発が起こった。たぶん火薬庫かなにかが爆発したのではないかと思うんだが、そして、『飛龍』は完全に動きをとめた。

総員退去ですね。私（『風雲』）は、再度傍に寄っていった。ぴったり寄りそうと潰されるおそれがあったので、艦尾を放し、艦首と艦首をつけるようにもっていった。艦首から移乗させようとした。

そしたら、艦尾の方からロープを投げた者がいて、そいつを『飛龍』の艦尾の方で力まかせにひっぱった一団があった。それで、しだいに接近して、並行にくっついてしまった。そのとき、ミシミシと音たてて測距儀が潰れましたよ」

山本連合艦隊司令長官は、当時、海軍の持てるほとんどすべての艦艇を、併行して企図したアリューシャン方面の攻撃と合わせ、ミッドウェー海戦に投入した。そしてみずからも――いささかデモンストレーションの気味がなくもないが――、開戦以来外洋に出たことのなかった「大和」に坐乗し、残る艦艇を率いて、機動部隊のはるか後方からミッドウェー方面に向かおうとした。機動部隊の中核たる空母四隻が沈められた時点で敗北をみとめ、追撃を主張する幕僚を制してただちに全軍の引き揚げを命じた。

悲しき末路

駆逐艦の艦長の階級は、少佐、中佐のいずれかであった。年齢はだいたいにおいて、三四、五歳といったところ。

また、一隻の駆逐艦は一三〇〇トンほどであり、乗組員の数は、戦時において二二〇～三〇〇人であった。

四隻をもって一駆逐隊を形成し、四駆逐隊をもって一水雷戦隊が編成された。

艦が小さくかつ乗組員の数も少ないから、あらゆる階層、年齢、経歴などを超《こ》えて、家族的《ファミリィ》雰囲気が生まれる。また、そうでなければやってゆけなかった。ぞくに、「板子一枚下は地獄」といわれるが、戦艦や巡洋艦など大きな艦と較べてそういった実感が強い。どうしても、死ぬときは諸共という思いに常時捉《とら》われているから、連帯感が隅ずみまでゆきわたるのである。艦長といっても、先に触れたように、年齢が若い上に、しょっちゅう顔を合わせることになるので、巡洋艦、戦艦の場合のような〝雲上人〟というほどの感じはなかったらしい。

試みに、手許の辞書をみると、駆逐艦の項には、「魚雷を主要兵器として、敵の主力艦、巡洋艦、潜水艦を撃破するを任務とする小型の快速艦」とある。いったん緩急あれば、真っ先に危険な最前線にやられる可能性が大きいから、〝消耗品〟と呼ばれ、平時から三分の二生き残ればいいとされていた。

駆逐艦の本来の任務は、一六隻ほどの艦を連ねて水雷戦隊を形成して、魚雷による夜戦を本領とするとされ、開戦まではその訓練に余念がなかった。しかし、いざ戦争がはじまってみると、十分その本領を発揮する機会になかなかめぐまれなかった。戦争がはじまってみると、その規模といい展開といい、当初の戦争指導層の思惑をはるかに超えたものだったからである。

原子爆弾の出現をはじめとして、政府および陸海軍統帥部が、あのような大戦争に発展するとは思っていなかった証拠はいくらもある。開戦前、天皇から艦艇の損失に関する質問を受けた永野修身軍令部総長が、せいぜい駆逐艦の数隻、巡洋艦の二、三隻であろうと答えた記録が残っている。この損害の予想は、終戦までのそれであるから念のため。

海軍の場合、とくに目立つのは、広大な太平洋を主戦場とする場合、必然的に生起する海上護衛の思想に欠けていたことである。

脚力もあり、いわゆる小廻りのきく駆逐艦は、さまざまな作戦、任務に従事させられることとなり、本来得意とする夜陰に乗じて敵艦めがけ魚雷を発射する夜戦の機会を得ないまま、馴れぬ任務に東奔西走しなければならなかった。

ミッドウェー海戦の場合は、機動部隊をはじめとする各艦隊の最前衛の役目をあたえられ、先に書いたように、海上に漂流する空母の乗組員の救助に大童《おおわらわ》になるといった思いがけない作業に従事することになった。

また、このミッドウェー攻略作戦には、同島を占領するという企図がふくまれていたため、グアム、サイパンから出発した鈍足の輸送船団を護衛するという任務を負った駆逐艦群もあった。結果、空母四隻喪失の報を受けた山本長官の引き揚げ命令により、他の艦隊同様、避退したことはいうまでもない。

ミッドウェー敗北後、それまでの彼我の攻守は所を変え、戦局はにわかに複雑な様相をおびる。ほどもなく生起したガダルカナル島争奪戦において、駆逐艦は開戦前は思ってもいなかった使われ方をする。

一時は夜戦の機会に遭遇したこともあったが、ほとんど、輸送船の護衛どころか直接人員、武器弾薬などを搭載してガ島に輸送しなければならなくなった。米軍側はこれを「東京《トーキョー》急行《エキスプレス》」と呼び、海軍は「鼠《ねずみ》輸送」と自嘲まじりに名づけた。

そして、おしまいには、制空制海権を完全に奪われた洋上を、飢死寸前にあった陸軍の待つガ島めざし夜通し疾駆して、食糧のみを輸送することになった。

ガダルカナル島の争奪戦に敗れたあとは、各戦線において日本軍の一方的な敗北が続き、一度たりとも盛り返すことはなかったのであるが、その戦局の経過とともに艦艇の損耗も加速度的に増えていった。

敗戦もまぢかになって、残存艦艇がほとんどなくなると、駆逐艦は従来の編成の形体をうしない、ほとんど単艦で輸送船の護衛任務を命ぜられることが多くなった。

そして、多くは、沈没現場も確認されない最期をむかえた。これは、当初より単独行動を余儀なくされた潜水艦の運命と同様で、ほとんど行方不明と処理され、沈没位置もわかっていない。

「ありやりや、まるで兵器転換競争だ」

＊

ごく最近のことであるが、二年ほど前に亡くなられた元空母「赤城」飛行長増田正吾氏の遺族の方から手紙をいただいた。書状の内容は、故人の遺品を整理していたら相当量の原稿やノート類が出てきたので遺稿集をつくりたいと思う。ついては私の著作『あゝ軍艦旗』のなかから一部文章を引用したいがという篤実な問い合わせであった。もちろん承諾したしだいであるが、ミッドウェー海戦を主題にした拙作『あゝ軍艦旗』では、増田氏にしばしば登場していただいているのである。

遺族の方から「本人の性格をよくとらえている」とお褒《ほ》めを頂戴して恐縮したが、たとえば私はつぎのように書いている。

「……発着艦指揮所は混乱のしどおしであった。淵田美津雄氏の記憶によれば、『赤城』飛行長の増田正吾中佐は、『再度艦船用兵器につけ換え』の命令を聞き、『ありやりや、これではまるで兵器転換競争だ』といったそうである。

ありやりや、というところが何とも面白く（といっては不謹慎になるかも知れないが）、現在三重県津市の郊外で『正風』と名のり、詩吟を教えて生計をたてているこのひとは、いかなる緊迫した戦場に臨んでも悲愴ぶった物腰をとることがなかった、とされている。そういった証言をいくたりかの人からきいた。軍人としての威厳とかいったものをあたまから持ちあわせることをしなかった。が、顔面蒼白、悲痛な表情をとるばかりが勇壮であるとはいえず、存外こういう型の人物のほうが本当に胆力がすわっているのかも知れない。
人間の深奥や生死というものは、あるいは、ごく日常的な顔つきのうちに擦過し、明滅してゆくものかも知れず、怒号や号泣などのおおげさな感情の表現は、誇張を必要とする小説や芝居などのみにあらわれるものかもわからない」

右は、昭和十七年六月五日午前八時ごろ（日本時間）、ミッドウェー島の近くまで進出し、艦載機による第二次の島上爆撃を計画していたとき、「敵空母発見」の報をきいて混乱する「赤城」の情景の点綴《てんてい》のひとつである。文中、淵田とあるのは、飛行隊長淵田美津雄中佐のことである。彼はその職務上、本来なら第一次の攻撃隊を指揮して空中にいるはずであったが、内地を出発してまもなく盲腸をわずらい、手術をするというアクシデントにみまわれ、やむなく母艦上にとどまっていたのである。ミッドウェー島攻撃実施を知って、艦底で寝そべっているのをいさぎよしとせず、抜糸もすまぬ体をかばいながら艦上に這い出してきて、艦橋近くで発着艦の指揮をとる増田飛行長の一挙手一投足を、偶然目撃することになったのである。

あまねく知られているように、ミッドウェー海戦の結果は、日本側のほとんど完敗におわった。米軍はあらかじめ暗号解読によって、日本側の作戦を察知し、洋上におなじく機動部隊を進出させ、わが機動部隊の接近をいわば手ぐすねひいて待ちうけていたのである。こののち、増田および淵田両中佐は、戦・爆の編成による敵機の何波にもおよぶ来襲をうけることになる。このとき日本軍は、あたうかぎりの善戦をしたのであるが、一瞬の隙をつかれて、「赤城」以下「加賀」「蒼龍」「飛龍」の四隻、つまりは作戦に参加した航空母艦のすべてを喪失するにいたるのである。

見るべきものを見た者の沈黙

淵田美津雄氏は筆が立ち、生前いくつかの記録が出版されたが、その代表作に『ミッドウエー』(奥宮正武氏共著)がある。そのなかで彼は、開戦へき頭の真珠湾攻撃以来、飛行隊長として攻撃隊の指揮官をつとめてきた「赤城」が被弾した瞬間を、つぎのように書きとめている。すこし長くなるが引用したい。

南雲部隊における第二次攻撃隊の準備は、敵艦載雷撃機の来襲の間にも、着々と進められた。やがて格納庫から揚げられて、飛行甲板の出発位置に、つぎつぎとならべられて行く。一刻も早く発艦させなければならない。

私は傍らの増田飛行長に訊ねた。

「今、何時ですか?」

飛行長は一寸腕時計を眺めて、

「七時十五分です。ヤア、全く今日は一日が長いですなア――」

と言って、フーッと息を吐いた。

手に汗を握りながら、ハラハラして眺めるシーンの連続である。私も今日の一日の長いのを、身にしみて感じていた。

午前七時二十分、「赤城」の司令部から、

「第二次攻撃隊、準備出来次第発艦せよ」

との信号命令が下達された。

「赤城」では、全機出発位置に竝《なら》んで、発動機はすでに起動している。母艦は風に立ち始めた。あと五分で攻撃隊全機の発進は了《おわ》るのである。

噫、運命のこの五分間！

当時、視界は良好であった。しかし雲は次第に増して来ている。雲の高さは三〇〇〇米、雲曇は七位で、ところどころに、雲の切れ目はあるが、上空の見張りは充分きかなかった。見張りに従事する人々は、電波探信儀が欲しいなァと、痛感したであろう。

午前七時二十四分。

艦橋から「発艦始め」の号令が、伝声管で伝えられた。飛行長は、白旗を振った。飛行甲板の先頭に竝べてあった戦闘機の第一機が、ブーッと飛び上がった。

その瞬間であった。突如！

「急降下！」

と見張員が叫んだ。

私は振り仰いだ。真黒な急降下爆撃機が三機、「赤城」に向かって逆落としに、突っ込んできた。

「しまった！　これはいかん！」

と直感した。全くの奇襲であった。それでも、
ダダダタッ！

と、兎《と》も角、機銃は応戦発砲した。しかし、もう遅い。この黒い、ずんぐり太ったSBDの機体は、見る見る大きくなったと見る中に、黒いものがフワリと離れた。

爆弾！

アッ、私のへそに向かってくる。これは中ると、感じると同時に、私は発着艦指揮所のマントレットの蔭に、咄嗟に身を伏せた。ブーン、ガーッ！という爆音と敵機の過ぎ去る響き。

つづいて、

ガン！

と音がした。中りやがったな、と思っていると、つづいてまた、ブーン、ガーッという敵機の響きがして、もう一つ、

ガン！

と響いた。こんどは前より大きかった。伏さっている眼の前が、パッと明るく感じた。そして爆風の生《なま》暖かい感じがして、体をガサガサと揺さぶられた。三度目は小さい。海中だ、中っていない、と判断した。あとはシーンと静かになった。銃声も止んだ。

起き上がって、先ず空を仰いで見る。敵機はもういない。やれやれ、三機だけだったのかと思いながら、飛行甲板に目をやった。

一五米ほど後方にある中部エレベーターの後方に、破孔が出来ている。エレベーターは飴《あめ》のように曲がって、格納庫に垂れ下がっている。その後方の甲板も、めくれ上がっていた。その横の飛行機は、逆立ちして、まっ赤な焔を吹いている。穴の中からも、ドス黒い煙が

濛々《もうもう》と吹き出している。折々、メラメラと炎が交って立ち上がった。

　誘爆！

　私はひやりとした。そして炎を眺める両眼にジーンと熱いものが込み上げてくる。私はすでに万事は去ったと思った。（中略）

　艦橋から前方を見渡すと、「加賀」からもひどく黒煙が立ち昇っている。「加賀」もやられたのかと思って、左舷側後方に目を転じると、「蒼龍」も三ヶ所から黒煙を吐いて燃えている。ヤッ、「蒼龍」もか、と一瞬またジーンと眼がしらが熱くなって、うるんで来た。

　またしても、ガン！　ガン！　と誘爆が起きて、艦橋がゆすぶられる。スプリンターが飛び散る。私は「赤城」の後甲板に目をやった。まだまだ飛行機で埋まっている。火勢はいよいよ旺んで、つぎつぎに燃え拡がってゆく。抱いている魚雷が、今に爆発するぞ、と眺めていると、ピカッと赤黒い火薬特有のいやあな光がして、バッと吹き飛んだ。そしてガン！ぐらぐらと音響と震動が伝わる。……


　前述『あゝ軍艦旗』を書くにあたって、私は、生前の増田正吾氏を二度、淵田美津雄氏を一度それぞれ訪ねて取材している。昭和四十六年のことだったと記憶している。

　先に書いたように、増田氏は当時三重県津市の郊外に住んでいた。実際に会って私がうけた印象は、先の淵田氏の語る昭和十七年六月五日の「赤城」艦上の増田中佐像とほぼ合致するものであった。一種気負いこんで面会した私にたいして、氏は多くを語らなかった。当時すでに七十歳の老齢に達していた氏は、なぜか羞恥を全身にあらわして、背中をまるめて私のまえにすわっていた。そして、私のあまりに的確とはいえない質問にたいしてただ訥々《とつとつ》と返事をするだけであった。永野修身、山本五十六といった上層部の人物評をもとめても、鑚《さん》仰もせず、かといって批判もせず、ただただ微笑をもってこたえるのみであった。しかし氏はその寡黙さによって、多くのことを語ってくれたのだといまになって私は思う。

すこし注意ぶかく氏の態度を観察すれば、語るべきことがなくて黙っているのではなくて、むしろいったん口をひらけば際限なく喋りつづける自分がこわくて、耐えているといったおもむきが感じられたであろう。

氏の沈黙は、いわば「見るべきものを見た」あるいは〝地獄〟をこの眼で見てしまった者のそれだったような気がしてならない。文字通りうかべる鉄の城と信頼していた空母の巨体が、ほとんど瞬時にして業火のような火焔に包まれたのを目のあたりにしたとき、氏といえども、自分の負わされた飛行長という任務はおろか、自分が軍人であるという自覚を忘れた瞬間があったのではないだろうか。そういう弱さをもたない人間を、私はかえって信用しない。氏はおそらく、作戦の失敗とかそういった現実の皮相を超えた、もっと奥深い自然の不条理を眼の前に起こった惨事に見たのにちがいない。私には、氏のつとめて語るまいとしたあの姿勢は、そうした人智を超えた力にたいするおそれを知ったひとの謙虚さのためであったように思われてならないのである。

取材のために、増田氏のほかに大勢の旧軍人に会ったが、氏同様前線の激戦を身をもって体験した人はおおかれすくなかれおなじような苦汁にみちた表情をした。たとえ、まれに上層部を批判する人がいても、大言壮語する者はひとりもいなかったといってよい。あの戦争を肯定したり、米ソ何するものぞといったような勇ましいことを口にする者は、例外なく、激戦地にいくことをまぬがれた者か、もしくは内地勤務にとどまった人間達であった。

　そのことは、海軍軍人だけにかぎらない。陸軍でもおなじことである。たとえば、かのガダルカナル戦とインパール作戦に一上等兵として従軍し、文字通り九死に一生を得て生還して『最悪の戦場に奇蹟はなかった』（光人社刊）という著作を世に問うた高崎伝氏は、一夜いっしょに酒をのむ機会をもったとき、ふと、

「よく考えてみると、南方からビルマ、インド大陸と、あちこち野グソをたれてまわっただけのことだったな」

　と述懐した。本人は何のてらいも気取りもなく、ポツリともらしただけのようであったが、私の耳には痛烈きわまるジョークにひびいた。広大な他民族の領土を銃火によって征服しようとたくらんだわけだが、憑《つ》き物が落ちてみると所詮はウンコと小便をたれながしてきたにすぎなかったんじゃないかという自覚と発想には、本当の庶民のもつ骨太なユーモアがある。明治以来の日本の歴史を吹きとばしてしまうような、かわいておおらかなニヒリズムが感じられる。他人の書く物に毒され、毎日ひねもす机にむかってよしなしごとを書きつづってメシのタネにしている私のような貧血気味の人間は、かなわないなという気持にさせられてしまう。そういえば、その著、『最悪の戦場に奇蹟はなかった』の文章は、職業作家には書けない。明快、率直、無飾、無垢で首尾一貫統一されていて、本来の文章がもつべき法則がつらぬかれている。

「山本五十六は、凡将なんだよ」

先の淵田美津雄氏は、復員後生まれ故郷の奈良県橿原《かしわばら》市に帰り、死ぬまでそこに住んだ。また戦後まもなく洗礼をうけ、伝導師に身をやつしてかつての敵国アメリカに渡り、各地をまわったりもした。旧軍人のなかには、命ごいをしてまわったと嘲笑する者もいたが（実際に私はこの耳できいた）、しかしそうではないだろう。きわめて形而下的にいえば、戦犯に問われたわけではなく、別に命ごいなどする必要はなかったからである。

淵田氏もまた孤独だったにちがいない。戦争の悲惨さが人びとから忘れさられる頃になると、心ない者たちが集まってきて、氏を氏自身の思わくと別の目的のために利用しようとしたこともたびたびであったと察せられる。氏もまた複雑なおもいを胸中に抱いて余生を生きた一人だと想像されるのである。

淵田氏の場合は、先の増田氏とちがい、積もりつもった忿懣《ふんまん》を、上層を批判することで発散した。性格なのだろうが、カラリと直言することに長じていた。きいていてイヤ味がなかった。が、その率直な物のいい方は相当なものであった。とくに、連合艦隊司令長官山本五十六にたいする評価はきびしく、

「山本五十六なんてのは、凡将なんだよ」

そんなあからさまないい方で、一刀両断に斬って捨てた。あの戦争中、山本五十六が計画した作戦のすべてはまちがっていたというのである。とくに、最大の失敗はあのミッドウェー作戦であると断定する。淵田氏は、先述の『ミッドウェー』においても、公然と山本五十六批判をやってのけている。いわゆる南雲機動部隊は、真珠湾攻撃後休むひまもなく、長駆

インド洋出撃を連合艦隊司令部から命じられている。セイロン島（現スリランカ）空襲などをやり、その途次英艦を撃沈したりの戦果を一応あげているが、そのために人員も艦もおびただしく疲弊《ひへい》し、あとのミッドウェーの戦争に大きくひびいたとし、「だいたいインド洋進出などと、あの時点でそんな大ダンビラをふりかざす必要が、どこにあったろう」と書いている。

ミッドウェー海戦については、これまでに多くの人達によって書かれ論じられてきたし、私自身も何度か書いたので、ここではその詳細を述べることははぶかせてもらう。当時機動部隊・航空艦隊の参謀長だった草鹿龍之介は、「机上において、作戦の細部まであまりにも緻密にできあがっていたので、現場のわれわれとしたらやりにくくて仕方がなかった」という意味のことを戦後もらしているが、その通りで、ミッドウェー作戦は、昔から繊細、巧緻微小を尊《たっと》ぶわれわれ日本民族特有の発想であるといえる。

山本五十六という人物の正確な評価は、これまでにも書いたことだが、私の手にあまる。ただ、この人の器量は、実際に接した人間でないとわかりにくいところがあったのではないかと思われるフシがある。さらにいえば、山本五十六の限界はそのまま当時の日本人全体の限界ではなかったかということである。

ミッドウェーの敗戦のあと、機動部隊・司令部の参謀達は全員入れかわったが、長官の南雲忠一と参謀長の草鹿龍之介の二人は、そのまますわった。山本五十六の情実人事ともいわれるが、こののちいくばくもなく、機動部隊は南太平洋に進出する。熾烈なガダルカナル争奪戦がはじまり、坐視《ざし》しているわけにはゆかなかったからである。

島上における総攻撃を実施せんとする陸軍に要請された連合艦隊司令部から、しばしば「思いきってガ島に接近しろ」という命令がくだる。が、機動部隊はミッドウェーの轍《てつ》をふむまいとして、なかなかこの山本五十六の命令をきかなかった。長官の南雲より草鹿参謀長の性格が表に出た戦法といわれているが、執拗に洋上をゆきつもどりつして、米機動部隊と雌雄を決しようとした。その中核たる新鋭空母「翔鶴」「瑞鶴」には、機銃が増やされ、椅子など可燃性のものはすべて投棄されていた。

その結果、敵空母一隻を沈めて「連合艦隊最後の勝利」といわれるが、全体の作戦をあえて無視したこの艦隊行動は、やはり「微小」であり、「小手先の巧緻」である。

それが証拠に、山本五十六が戦死してからも、日本海軍はさしたる作戦の変化もみせぬまま、戦艦「大和」以下による最後の沖縄特攻にむかってなだれこんでゆく。「繊細」と「巧緻」に堕すのは、あながち山本五十六の専売特許ではなかったのである。しだいに艦船の数が減っていったことを考慮にいれても、それはいえるのである。つまりは、オール・オア・ナッシングなのである。

要するに、国力に見合った戦闘しかできなかったのであるという、平凡かつ退屈きわまる意見を、ここでもくり返さなければならないのである。即戦即決か、艦船を温存するかの二者択一しか戦うすべが残されていなかったのは、山本五十六一人ではなかったのである。

いまでは、そのことは自明の理とされている。国土狭小、資源貧困、しかも米倉を背負って戦闘を続行しなければならないわが日本民族が、あの広大な太平洋をへだてた大国アメリカと戦争するなどそもそも無茶だったのだということを、われわれはあの八月十五日の静止した時間以降、いやというほど思い知ったはずだった。しかしながら、その〝教訓〟をいまに生かせるかと自問自答してみるとハタと当惑してしまうのである。

あれだけの大戦争を経験しながら、骨髄にしみこむほどの悔恨もおぼえていないようだし、意識の革命や狐の狡智を身につけたけはいもない。ときどき、日本人というのは、地球上でもよほど変わった人種ではないのかと考えることがある。あいもかわらず、オール・オア・ナッシングの精神だけがしぶとく生きているようなのである。

体験を語ることを恥じ、背中をまるめて隠遁生活をおくっていたひとも、あべこべに高々に当時の指導層をボロクソにいうひともすでにこの世にはいない。所詮は他国へいって大小便をたれてまわっただけだったという戦争観も、いつか消滅してしまうだろう。

やがては、戦後に生まれ、いわゆる〝繁栄〟の時代に育った世代が社会の屋台骨を背負うのだろう。私たちは戦前派と彼らの仲介をしなければならないのかも知れない。しかしながら、過去の〝失敗〟を彼ら戦無派に伝えるなどということはとうてい不可能なのではないかと、私はこのごろ絶望的になってきている。


（第一部／昭和五十九年一月号　第二部／昭和五十七年九月号）

ミッドウェー海戦の六分間

リポーター・元海軍一飛曹
吉田次郎

なぜ今ミッドウェー海戦か

たったの〝六分間〟が世界の歴史をかえた——今から四六年前の一九四二(昭和十七年)年六月五日午前七時二十三分から、〝六分間〟の日米両海軍の攻防が、太平洋の向背を決し、ひいては第二次大戦の命運を左右することとなったのは、よく知られている事実である。

当時、日本海軍は常勝の勢いにあり、ミッドウェー島を占領して、遠くハワイ諸島をも制圧して、米本土攻勢への足がかりにしようと企図した。それがミッドウェー海戦を生起させ、運命の六分間で連合艦隊は正規空母三隻が被弾した。しかし、大本営は損失は一隻のみと、偽りの発表をしたばかりでなく、海軍部内にもこの事実を隠ぺいするために、参戦した生き残り将兵を病院に隔離収容するという暴挙をもってしたことは名状しがたいほどのツメ跡の深さをうかがい知ることができる。

しかしながら時うつり人変わって今やボタン戦争の時代に、一九八七年の『ベトナム・シンポジウム』についで、アメリカ海軍の伝統と力を結集してまで、なんでいまさら『ミッドウェー海戦』をとりあげる必要があるだろうか——と思われるのも、もっともなことである。

しかし、作戦面のことはさておいて、大事なことは、海軍が洋上と大空の下で果たす役わりがいかに重要なものであり、しかもそれが過去、現在、未来永劫をとわず不変であるという事実を、あらたに認識するということであった。

そのため、『ミッドウェー・シンポジウム』が開かれた当日、かつてミッドウェー海戦に参戦した将兵はもとより、実施部隊の各地海軍飛行将校をふくむ現役軍人ならびに歴史家等約三〇〇〇人が一堂に会したのであった。

そして、実際に砲火を交えた日本将兵の歴史の生き証人の目を通して戦争を浮き彫りにすることであった。すなわち、歴史を考察し同じ誤謬をふたたびくりかえさないことが肝要であり、人種を超越した人類の英知で戦争を避けなければならない。

ところで、このシンポジウムに、日本から参戦者がどのようにして参加したのか——話はそこからはじめなければならない。

一九八七年五月七日のことであった。今回のプロジェクト・オフィサーであるチャック・ポーター海軍少佐は、かねて親交のあるヘンリー・境田氏（ロサンゼルス在住の二世で、空戦ことに零戦の探究家として内外に知られる）と第一回の接触をおこない、『ミッドウェー・シンポジウム』の運営の円滑化について協議した。

ついで九月、私がUCLAとの提携の件で渡米したさい、ポーター少佐がフロリダから飛来し、ヘンリー氏を交えて三者で顔合わせをおこなった。

C・ポーター少佐が力説するところでは、ペンサコラ（一五五九年のスペイン王朝の植民地時代に開発され、当時は木造艦の建造で有名なところであった。一八二六年にはアメリカ海軍のホームベースとして構築され、一九一四年から飛行訓練をはじめた。一九七一年以降は海軍教育訓練のメッカとしてひろく門扉を開放し、世界各国の海軍機搭乗員の実戦訓練の場となっている。軍人・軍属あわせて二万五〇〇〇人が同基地で就労しており、年間の給料だけでも五億四七〇〇万ドルと巨額なものだ。また、伝統と格式の象宝として、大きな行事や式典にはかかせないところで、現に後述の六氏の殿堂入りもシンポジウムに先立って、ペンサコラ基地でおごそかにおこなわれた）のシンポジウムは、発足して日も浅いが、いまや海軍年中行事の最たるものの一つとして定着しつつあり、広く内外から注目されている。

今回の『ミッドウェー・シンポジウム』については、ことの性質上、その成否は一にかかって、旧日本帝国海軍からの権威者、そして参戦した士官が出席してくれることが、条件であった。

とくに、ミッドウェー海戦の局地的な戦術の話だけでなく、歴史の流れにサオさすものとしてとらえられる人（つまり将校クラス）の出席を、関係者一同は望んでいる。

と同時に源田実元参謀のご臨席を得られれば大変ありがたいのだが……。ただ、源田元参謀はご高齢であることも当方としては熟知している。

いずれにしても源田元大佐↓志賀元少佐の線から話をおすすめ願いたい。志賀淑雄氏のお名前はかねてから、特攻についてのご見識、第三四三空当時の飛行長として今にいたる公正なお立場を存じあげているので、氏のご尽力をいただければ幸いこれに過ぐるものはない。無条件でかさねてお願いする。また、年余のプロジェクトなので、書簡の往復・翻訳等々の渉外事項については、吉田氏（私）にこの労をとっていただきたい、というものであった。

そのとき私は、

「軍歴も浅く、零戦搭乗員会でも末端の存在であるのでご返事する立場でもないので、志賀淑雄氏に復命し、指示をあおいで、後日あらためて回答する」

と約束をした。

そして九月下旬、志賀氏から返事があった。「日本海軍のために私で役立つなら」の一言で決まった。

それ以後、日米間で二十数回にわたって書簡のやりとりがあった。また、米海軍当局も前記の申し合わせを尊重し、この間、プロジェクト・オフィサーの更迭ないし日本側の人選の変更など若干の曲折があったものの、白紙委任のかたちで、日本側の要求をのんでくれた。

日米パネリストの横顔

こうして、一九八八年四月上旬に日米双方のメンバーが選ばれた。

まず、日本側から角田求士元中佐（一九〇六年生まれ。一九四〇年海軍大学校卒。海兵五十五期。第一一航空艦隊参謀）、千早正隆元中佐（一九一〇年生まれ。一九四四年海軍大学校卒。海兵五八期。戦艦「武蔵」の砲術将校。第一一戦隊参謀。ガダルカナル作戦において重傷。のち連合艦隊作戦参謀）、藤田怡与蔵元少佐（一九一七年生まれ。海兵六六期。ハワイ作戦、ミッドウェー海戦、ラバウル、ガダルカナルの各空戦に参加。零戦搭乗員としてその名が著名）、そして渉外係として私、吉田次郎元一飛曹（甲種予科練第一三期。日米文化交流協会日本代表）。

これにたいしてアメリカ側のメンバーは、つぎの人たちであった。ウォルター・ロード（一九四六年米エール大学法学部卒。アメリカではもっとも著名な戦史家の一人。著書に『パールハーバー』『信じられない勝利』などがある）、リチャード・ディック・ベスト元中佐（一九三二年海軍士官学校卒。空母エンタープライズ第六爆撃隊長。ミッドウェー海戦、マーシャル諸島における功績により、ネービー・クロス章を授与）、ウイリアム・ビル・エスダース元中佐（一九三四年、海軍入隊。一九三七〜三八年の間にペンサコラ基地で飛行訓練に参加。空母ヨークタウンに配属となって、ミッドウェー海戦に参加した。魚雷攻撃隊所属であった。ミッドウェー、ガダルカナル作戦における功績により、ネービー・クロス章を授与。ミッドウェー海戦を体験した数少ない生き残りの一人）。

一九八八年五月六日、この日のペンサコラ市は、フロリダの抜けるような青空がひろがっていた。ミッドウェー海戦シンポジウムの会場となったシビック・センターには、各地からぞくぞくと人びとが参集した。広大な駐車場をはじめ、受付その他それぞれの持ち場には、当直の水兵が整然と配置され、正面入口の飾りつけとあいまって、いやがうえにも荘重な雰囲気がただよっていた。

いっぽうではスカート姿の女性将校が大股で会場をカッポしている。また、会場につめかけた人のほとんどが婦人同伴だったので、いっそうはなやいだ空気が流れていた。

そんな中、ネービーの白い制服に身をかためた飛行将校約八〇〇名の一団が入場してきた。

そのころ、角田、千早、藤田の各氏はインタビューをうけ、名刺の交換、握手、サインぜめ等々で、長蛇の列がつづいていた。腱鞘炎になるのではないかと心配するほどであった。
それでもセレモニーへの気運はしだいに高まっていく。やがてシンポジウムの開かれる時間が刻一刻とせまってきた。

コマンダー・ゲンダの書簡

シンポジウムに先立って、ファーロング少将（退役）が口火をきった。
「パールハーバーをはじめ、ミッドウェー海戦、日本本土作戦における第三四三航空隊の精鋭の結集など源田司令の存在なくして太平洋作戦を語ることはできない。やむを得ずご欠席になられた司令の、参加者の皆さま方へのメッセージを開会前にご紹介申しあげる。
『ミッドウェー海戦に関する
　米シンポジウムへのメッセージ
切実な体験と教訓を残して、太平洋戦争の大いなる転機をもたらしたミッドウェー海戦のシンポジウムにお招き頂いたことについては、心より光栄に存じ、深謝致しております。
戦後、私は航空自衛隊の育成に努め、続いて参議院において国防部会長を歴任しましたが、その間、貴国から大変なご協力を頂いたことについては、今もなお深く心に銘じております。
思えば、太平洋上で死力を尽くして戦い、互いに多くの犠牲者を出したことは誠に不幸なことであります。その間、互いに勇猛をたたえ、術力を評価しあった両国が、今や良き友情と深い信頼のうえに立って、太平洋の安泰と栄光ある世界平和を共通の目的として協力することこそ、最も大切なことの一つであると考えます。

その意味において、このたび皆様と胸襟を開いて語り合えることを期待していましたが、老齢による健康上の理由から三月上旬に至り、終に出席を断念するのやむなきに至りましたこと、誠に残念であり、皆様の厚いご期待に背く結果となったことに対して、ご寛容をお願いする次第であります。

最後に、この海戦で亡くなられた方々、並びに太平洋戦争にかかわる御英霊のご冥福を心からお祈り致しますとともに本シンポジウムのご成功と、出席された方々のご健康をお祈りして謝辞といたします』――」

会場内は水を打ったように静かだったが、やがて大きな拍手がいつまでもなりやまなかった。さらにファーロング少将の挨拶が続いた。

「昨年第一回のベトナム戦争、本年はミッドウェー海戦、来年はスペースシャトルと、いまや当館（合衆国海軍航空博物館）の恒例となったシンポジウムは、ペサンコラの顔であるばかりでなく、アメリカ海軍の伝統と未来を象望するものといっても過言ではない。きのうの敵は今日の友、本日は盟邦日本国より遠路はるばる私情をすて、高いご理念のもとにお出で下された旧帝国日本海軍ご出身の方々に、満腔の敬意を表するとともに、源田司令その他の方々のご支援に感謝する」

といって壇上から去った。

その後につづいて総合司会者である前NBC特派員ホワイトハウス担当のピーター・ハックス氏（予備役海軍大佐）が挨拶に立った。

「本日は余人をもって代え難い日米両国の権威ある生き証人のご出席をえて、アメリカに栄光と繁栄をもたらしめた直接の要因ともいうべきミッドウェー海戦を多面的に討議し、誤れる先入観あればこれを払拭し、あるいはまた新しい事実の発見があれば、これを謙虚に受け入れて、つぎの世代に正しい歴史を継承させたいと願うものである。と同時にこの一大決戦ならびに一連の海戦は疑いもなくわれわれアメリカ人ひとりひとりのたどってきた道すなわち、文化構成のよすがにほかならない。

過去は現在を孕《はら》み現在は未来を孕んで滾々《こんこん》ふじんとしてつきるところがない。この意味において、日本帝国海軍出身のパネリスト諸氏が透徹した哲学をもってあえてご参画いただいたことにたいし、感激の念をもって遇しうるのは、ひとり私だけではないと思う」

シンポジウムでの証言

パネリストの一人であり、高名な歴史家でもあるウォルター・ロード氏はつぎのように述べた。

「航法、砲術、空戦等々における技量は疑いもなく、日本海軍がアメリカを一歩先んじていたが、六月五日の朝七時の哨戒報告では、周辺海域にアメリカ艦艇は見当たらずとあり、これが南雲忠一長官の判断を誤らしめ、蹉跌《さてつ》につぐ蹉跌をかさねる結果となった。

さらにもう一つの見えざる要因としては、山本五十六連合艦隊司令長官はアメリカの社会体制と戦備への潜在能力を熟知するがゆえに、なんとしても、一九四三年までにアメリカの艦艇を太平洋上から一掃しようとした。

というのは、それによってアメリカ人の間に厭戦《えんせん》気分が盛りあがり、早期に講和へ持ちこもうという一種の焦りと、いくばくかの驕《おご》りがあったことも否定できないのではないかと思う。

また、地スベリ的な大勝利の直接要因としては、日本海軍の索敵の失敗と同時に、二つの空軍部隊が日本艦隊に接近しつつある事実を見逃したこと、暗号を解読されたことなどであり、たぶんに幸運がつきまとったことによるものである」

と歴史家らしい冷徹な分析をしてみせた。

ついで藤田怡与蔵氏はつぎのように証言した。

「アメリカ海軍の魚雷攻撃隊は、ほとんど戦闘機の護衛なくして来襲してきた。わが日本海軍の戦闘機が間断なく銃撃をくわえ、追っても追っても最後まで、編隊をくずすことなく終始一貫して雷撃の手をゆるめなかったのは、正直いってびっくりした。と同時に、アメリカ海軍の敢闘精神の権化となって戦ったことは称賛にあたいする。

アメリカ軍の攻撃はつぎからつぎへと休みなくつづき、われわれは休みをとる暇はもとより、食事をする時間もなく、疲労困憊《こんぱい》であった。私は人間が生きるギリギリの極限状況にあったと思う。

あげくの果てに友軍空母の対空火器の弾着にあって、前後七、八時間ライフジャケットだけで洋上を漂っていた。ここでかろうじて、駆逐艦『野分』に救助されたが、その間、空腹と疲労で数時間は確実に眠ったものと思われる。

零戦と母艦との間は当然無線で通信をおこなうわけであるが、どういうわけか通信が機能しなかった。したがって絶えず騒音に悩まされながらモールス信号に頼らざるをえなかった。

そのため、ミッドウェー海戦に重大な支障をきたした。

サンゴ海海戦でのせっかくの教訓も生かされず、開戦いらい連戦連勝であったために、驕りの気分が一部にあったことも事実であった。零戦は防御の面が軽視されていたきらいはあったが、当時としては性能が卓越しており、自分自身の手足のように機能し、十二分に満足のいくものであった。

日米は遠く太平洋をへだてて国のあり方はそれぞれ異なるとはいえ、ネービーという共通の認識のうえで、戦中・戦後を通じて、そこはかとなき友情があることを痛感してやまない。ハワイ空襲のさい、撃墜された数名の日本海軍パイロットたちが、アメリカ海軍の好意と友情によって現地に墓碑が建立されているのを知り感謝感激のいたりで、子々孫々にまで伝えたい。また、太平洋上に咲いた美談として高く評価したい」

藤田氏の話は、聴衆にもっとも感銘と共感をあたえた。鳴りひびく拍手はいつまでもつづいた。

また、千早正隆氏はつぎのように証言した。

「一九四二年のミッドウェーの敗退を日本海軍は隠ぺいしようとして、空母四隻が実際撃沈されているのに一隻が撃沈と虚偽の戦果報告をした。さらに海軍部内にも極秘事項とするため、ミッドウェー海戦の生き残り将兵全員を病院に隔離して、あくまで敗戦をおし隠そうとした」

この時、場内は一瞬しずまり返ったが、その後ホーッというどよめきが起こりいつまでもやまなかった。おそらく民主主義国家アメリカでは考えられなかったことだったろう。

また、日本の暗号電文が解読されていたのではなかったのか、という質問にたいして、角田求士氏はつぎのように述べた。

「日本の軍部でも、一部に暗号は解読された点が濃厚にみとめられているので、ミッドウェー海戦の一ヵ月前に変更すべきであるとの意見具申があったが、結局のところその儀におよばずと、日の目をみるにはいたらなかった。これを要するに、日本軍は防御面で、鉄壁を誇示するあまりに広い面での情報収集を軽視していたからにほかならない」

こうして、長かったシンポジウムも終わった。

「偉大なることとは方向をあたえることである」とニーチェは道破したが、一連のシンポジウムの底流はここにあると考えられる。

アメリカは建国いらい二〇〇年余という若い国であり、人種のるつぼともいえるが、ヒストリアンと称する人びとの多いことにおどろく。

議論好きで、なかには一知半解の知識を得々と語られるのには恐れ入ったが、総じてみな熱心によく勉強していると感じさせられた。

会場で隣りあわせた青年（イリノイ州立大学で法律を専攻し、政治家志望）に、

「あなたは、なぜこのイベントに関心を寄せたのか」

とたずねてみた。すると彼は、

「およそ大きな出来事に関するもので、換言すれば過去によって現在を説明し、現在によって未来を察知するものであるから、時代を問わず歴史の勉強は必須不可欠なものである。地球上に繁栄した国は数多くあるけれども、繁栄を持続した国はきわめて稀れだから」

といった。

米提督からの感謝状

シンポジウムが終わって二〇日後の五月二十五日、志賀淑雄氏のところへ海軍航空博物館館長から次のような書簡がアメリカから届いた。

「親愛なる志賀淑雄様へ

今般、ミッドウェー海戦のシンポジウムの開催にあたり、貴殿におかれましては、藤田、千早、角田の各コマンダーならびに吉田氏の参列に深甚なるご配慮を賜わり厚く御礼を申し上げます。

昨日の敵は今日の友で、かつての歴史上の大きな出来事を一堂に会して友情と理解の旗印のもとで虚心坦懐に話しあうことは、日米両国民にとり裨益《ひえき》するところ大なるものがあると存ぜられます。

全米五〇州のうち実に三四州から人びとがシンポジウムに参集し、この数は三〇〇〇人を超えました。ミッドウェーの戦役は未だにアメリカ人の間に深い関心があり、今回のシンポジウムの波及効果は予測以上のものがありました。

日本を代表するパネリストの方々は立派にお役目を果たして下さいました。誰もが海戦のあらゆる様相について深い知識と権威に裏づけられたお話を率直にして下さいました。

私ども関係者一同は、貴殿の全面的なご支援によってはじめて目的が達成されました。吉田次郎氏は諸事円滑にとりはからってくだされ、私どもは同氏のすぐれた企画力と洞察力に深い感銘を受けたしだいです。

ふたたび貴殿のご助力に満腔の敬意を表するとともに、貴殿はわれわれアメリカ海軍にとって心強い味方であり、ここペンサコラの最も歓迎するゲストであります。　敬具

海軍大将　M.S.Weisner」

最後にアメリカ合衆国海軍航空博物館の殿堂入りした六名の軍人の名前をあげておこう。いずれもアメリカ海軍航空界の草分けないし傑出したリーダーとして貢献度絶大なものがあった。

チャムバース大佐（死亡）

海軍航空界最初の隊長であり、一九一一年五月八日にアメリカ海軍ではじめて、三機の飛行機をチャムバース大佐認証のもとに購入した草創期の物語はあまりにも有名。

ハンセーカー博士（死亡）

一九一三年アメリカ海軍において飛行技術を開発した先駆者として有名である。その後も航空技術の開発・研究にあずかって力あった。

マッカチェオン将軍（死亡）

第二次大戦と朝鮮戦争で空戦に参加。多大なる戦果をおさめた。後に海兵隊のヘリコプターの普及につとめ、この功績にはきわめて大なるものがあった。

ムーラー将軍（退役）

第二次大戦に参加、第七艦隊第六空母機動部隊をつくった。のちに太平洋、大西洋、NATO連合軍の各司令官、統合参謀本部幕僚長として二期勤務した。

プライド将軍（退役）

アメリカ海軍でもっとも著名かつ傑出したパイロットである。また比類なきテスト・パイロットであった。航空技術廠の長官としても命名をはせ、今日でも使われている空母のギア・ランディング・システムの開発者でもある。

（昭和六十三年八月号）

ミッドウェー海戦の暗号を盗んだ男

元朝日新聞記者・戦史研究家
中野五郎

大本営発表の表とウラ

太平洋戦争の劈頭《へきとう》、日本海軍は真珠湾奇襲によって、たちまちアメリカ太平洋艦隊の主力艦群を全滅させ空前の大勝利をおさめた。

しかも、それから二日後に、またもやマレー半島のクアンタン海岸東方四〇カイリの沖合で、英国東洋艦隊主力の各三万五〇〇〇トンの新鋭戦艦「プリンス・オヴ・ウェールズ」と巡洋戦艦「レパルス」の二隻を一きょに撃沈して、みごとな大戦果を上げた。当時、日本全国では、軍、官、民ともこぞってこの大勝利の祝杯に酔い、狂喜したことは当然だった。

しかし、軍国日本の勝運は、けっして長くはつづかなかった。ひにくな結果論ではあるが、真珠湾奇襲からシンガポール陥落（昭和十七年二月十五日）、フィリピン攻略完了（同年五月七日）まで、六ヵ月間にわたる日本陸、海軍のめざましい連戦連勝の栄光と誇りは、開戦第二年目の昭和十七年六月五日から六日にわたる、ミッドウェー大海戦の意外な大敗北によって、徹底的に粉砕されてしまった。

それは、日本国内では絶対に極秘として、終戦まで国民大衆にはまったく知らされなかったのみならず、当時の大本営発表は、かえって、堂々と「ミッドウェー海戦の勝利」をうたい、相変わらず景気のよい軍艦マーチで、国民大衆の「勝利病」を、あおり立てたものだ。

まったく「知らぬが仏《ほとけ》」のたとえのとおり、日本国民はただ「航空母艦一隻と飛行機三五機を失ったほか、航空母艦一隻と巡洋艦一隻を大破したのみで、日本軍はアメリカ航空母艦二隻、巡洋艦一隻、潜水艦一隻を撃沈した」という、りっぱな戦果発表を信じこんでいた。

だが、実際の、日米両艦隊の大海上航空決戦の結果は、日本側の惨敗に終わり、わが連合艦隊の強力な空母機動部隊（南雲忠一中将指揮）は、大型の正規空母「加賀」「赤城」「蒼龍」「飛龍」四隻を一きょに失ったばかりではなくて、飛行機二五〇機と、もっとも熟練した真珠湾奇襲いらいのパイロット五〇名を、すべて犠牲にした。

さらに不運にも、敗北の混戦のなかで、夜間の洋上衝突によって、精鋭の重巡「三隈」をうしない、重巡「最上」を大破するという、みじめなありさまであった。

かくて日本軍は、真珠湾奇襲の大勝利でえたかがやかしいプラスを、たちまち暗いマイナスに逆転させ、太平洋戦争における主導権を、はかなくも敵側にうばわれてしまった。

それは無敵を誇った日本海軍にとっては、泣くにも、泣けないくらいの、おどろくべきショックであり、また、とうてい信じられないような大敗北であった。

参謀長の悲嘆をよそに

なぜ、日本側のミッドウェー作戦は、かくもとり返しのつかない大失敗をしたのであろうか？

戦後に明らかにされた、米軍側の記録によると、この大敗北の原因として、つぎのような諸点があげられて、われわれ日本人を大いにガッカリさせたものだ。

①米海軍は、連合艦隊司令長官山本五十六大将（当時）発信暗号電報を自由に傍受解読して、日本機動部隊のミッドウェー攻撃、占領の作戦計画を事前に予知して、手ぐすね引いて待ちかまえていた。

②連合艦隊は米海軍側をだますために、アリューシャン作戦を同時に決行したため、その強大な兵力を二分して、自ら大きな不利をまねいた。

③作戦準備不足と、出撃後の索敵不十分と、各艦隊間の無電の打ちすぎなど、上下にひとしく油断があった。

④米海軍の実力と戦意を軽視して、連合艦隊全員が「米英おそるるにたらず」とする、いわゆる勝利病にとりつかれていた。

⑤当時の連合艦隊参謀長草鹿龍之介中将が戦後に告白しているように、洋上で日本空母機隊が爆装取り替え（航空魚雷から陸用爆弾へ）の作業中に突然、米空母機群に急襲されたわずか「五分間の遅速」が、大敗北の運命をけっした。

しかし、このミッドウェー大海戦の敗北という、歴史的なミステリィーを完全に解くカギは、なんといっても第一の原因としてあげられた「日本海軍の暗号解読」という点であろう。

だがいったい、米海軍側ではいかにして、この暗号諜報戦に成功したのであろうか？

戦後、七年たった昭和二十七年四月に出版された、連合艦隊参謀長草鹿中将の回想録『連合艦隊』のなかには、つぎのような一節がある。彼もまたこのミステリィーに、大いに疑惑をそそられていたのだ。

「ミッドウェー計画がどんな経路で米軍に知れたか、くわしいことは私にはわからない。しかし四月十日ごろから米海軍情報部がいろいろと、ことなった出所から入手した、各種の情報の断片によってえた日本軍の作戦計画と、その準備にかんする、かなりの正確な情報をニミッツ太平洋艦隊司令長官に提供したことは、終戦後に知った。

とにかく、機密保持にたいする関心が、真珠湾攻撃のときとは雲泥《うんでい》の差があったことも事実であった。これも、自惚《うぬぼ》れにもとづく粗漏《そろう》であった」

「さらにおどろくことは、六月六日れい明の、日本軍の空襲を四、五日まえから予期していたのであった。このような状態のなかへ『知らぬはおのればかり』なりで、ノコノコ飛びこんで行ったのであるから、勝敗はすでに戦わずしてきまっていたのである。敗戦の原因がいろいろあげられているが、すべて枝葉末節であるといえよう」

退職した一人の老暗号官

ではいったい、このミッドウェー海戦にかんする日本海軍側の重大な機密暗号電報を、傍受解読して米軍の大勝利をもたらした天才はだれであろうか？

ミッドウェー海戦から二四年後の三月はじめになって、この天才男の正体がはじめてわかった。それはジョンソン大統領から、米国の世界一と誇る暗号諜報機関「国家安全保障局」（NSA）を定年で退職引退した、中老の一人の主任暗号官に、文官として最高名誉である

「国家安全保障勲章」（NSM）が授与されたことから新聞記者団にわかったのである。

この主人公は、フランク・バイロン・ロウレット、五十八歳——一九〇八年生まれで、戦前の一九三一年に米国政府の諜報機関に入り、それからじつに三五年間も黙々と、いわゆる「ブラック・チェンバー」（暗号諜報室）の暗号解読作業の秘密戦に従事してきたのだ。

みじかい米国政府当局発表によると、彼はすでに二年まえに米国議会から、秘密暗号使用上の新発明にたいして「日本海軍の暗号解読の功労金一〇万ドル（三六〇〇万円）を授与」の正式承認をうけた。

そして昨年十二月すえかぎりで、長い隠密の暗号官勤務から引退したので、今回の栄誉の叙勲をうけたわけだ。

ジョンソン大統領が、みずからロウレット氏の胸にNS勲章をかざったあと、つぎのような彼の功績が読み上げられた——「米国の安全保障に絶大な貢献をした、それはもっとも複雑な技術的な、工学的な問題の広範囲にわたり、創造力を適用したものである」

すなわち、ロウレット主任暗号官は、戦時中に日本軍のミッドウェー島攻撃計画の詳細な知識を提供し、それによって真珠湾の大災害後の劣勢な米海軍のバランスをうめて、ミッドウェー決戦に米海軍が、その全兵力を重要な戦略地点に集結できるようにしたわけだ。

この暗号解読によるミッドウェーの大勝利によって太平洋戦争の戦勢が米軍にとって有利に逆転したのであった。

（しかしその真相は、戦中、戦後を通じて、じつに二〇年以上も厳秘にされていた）

筒ぬけだった外交電報

戦後、彼は一九五二年に、新設された「国家安全保障局」（NSA）の開設に助力して、昨年すえに引退するまで長年にわたり、同局長官の特別補佐官として、暗号解読作業の指導に当たった。これについて米国の有力新聞はつぎのように、彼の偉大な功績を賞讃している。

「彼の発明と技術はいっさい、国家機密にぞくする。彼は第二次大戦前期における、米軍の暗号分析の主要な先駆者である。しかし、戦後の電子計算機時代に入り、天才的な個人の暗号解読技術は『国家安全保障局』（NSA）の巨大な組織による暗号諜報戦時代にうつった」

「ロウレット暗号官と、彼の同僚は頭脳戦で最大の勝利を、いくつもわれわれにあたえた。勝利はかんたんであった。すなわちわれわれは、他人の郵便物を自由に読むことができたのだ。この連中こそ、われわれが入手できる、もっとも豊富な諜報源を、われわれに提供してくれたのであろう」

しかしまだ、ミステリィーはすべて解かれたのではない。

彼は、いかなる方法で、当時は世界一と豪語していた日本海軍の機密暗号通信を破ることに成功したのであろうか？　それは永久に発表されないだろう。

太平洋戦争の前夜、和戦の重大なカギをにぎったワシントンの日米会談（野村・ハル会談）をめぐり、米軍諜報部ではすでに、日本の最高機密度の精巧な暗号機械（九七式欧文印字機）による東京の外務省とワシントン、ベルリン両日本大使館間の外交暗号電報を、数百通も、自由に傍受解読して、日本側の手のうちをすっかり見ぬいていた事実は有名である。

そしてその功労者である、米陸軍通信隊諜報部のフリードマン主任暗号官が、一〇年前に引退したときにも、功労金一〇万ドル（三六〇〇万円）と「国家安全保障勲章」（ＮＳＭ）を授与されていた。

してみると、今回のロウレット暗号官は、米国における暗号解読の天才第二号であり、太平洋戦争で軍国日本は武力戦のみならず、暗号諜報戦でも、ざんねんながら完全にノック・アウトされていたのだ。

（昭和四十二年六月号）

単行本　平成四年六月　光人社刊

解説

大和ミュージアム館長　戸高一成

本年二〇二二年は、ミッドウェー海戦から八〇年目にあたる。一九四一年十二月八日（日本時間）の日本海軍機動部隊によるハワイ真珠湾攻撃に始まった太平洋戦争の中にあって、最も大きな転換点となった海戦として有名である。しかし当時二〇歳の兵士でさえ一〇〇歳という現実は、ミッドウェー海戦を遠い過去の物語にしているが、その歴史的な重要さは今も変わらないと言える。

本書は、このミッドウェー海戦に参加した将兵の証言を集めたもので、主に昭和四十年から五十年ころに雑誌「丸」に掲載された記事を収録したものである。当時は終戦から二〇年から三〇年ほどしか経っていなかったので、多くの体験者が四〇代から五〇代と壮年期であり記憶も明瞭な時期の回想であるために、今となっては二度と得ることの出来ない貴重な証言集となっている。特にミッドウェー海戦に関しては、軍令部の航空作戦主務参謀であった三代一就を始め、航空機搭乗員、母艦の整備員、護衛の駆逐艦乗員、またミッドウェー海戦の関連作戦であったアリューシャン作戦、また潜水艦作戦に到る関係者を網羅し、ミッドウェー海戦を立体的に理解できるように配慮されている。

戦争を記録するということは簡単ではない。戦争は一種の武力外交であってみれば、その勃発に到るまでには複雑な国家間の国是国益にかかわる軋轢の背景がある。また、戦争自体が国家の権限によって発動されるものであり、文字通り国家事業ということになる。ところが国家の命令によって実際に戦場で生命をかけて戦うのは一人の個人としての国民なのである。

つまり、戦争を記録するという時には、国家の戦略の意思決定の記録、陸海軍の作戦計画の記録、陸海軍の作戦実施部隊の記録、最後に実際の戦闘経過の記録が残される。言うならば上からの歴史と言うことが出来る。現に防衛省の防衛研究所などには、これらの公式記録が保存されている。しかし、そこには現実に戦場で戦った個々の兵士の記録に関しては積極的には残されていないのである。これらの記録は国会図書館などの事業範囲と見ることが出来る。しかし、戦争というものが、政府からの上からの記録と同時に、個人の戦争体験記としての、下からの戦争記録が揃って、初めて立体的に理解されるものであるということを理解するべきなのである。

昭和十七年六月、日本海軍はミッドウェー攻略作戦を実施したが、米軍の反撃で航空母艦四隻の全てを失って作戦は失敗した。仮にもしこれだけがミッドウェー海戦の記録であれば、戦争の実態は全く分からないと言って良い。この説明と対になるべき体験者の記録が、政府側の記録と同じ重さで記録され、残された時、初めてミッドウェー海戦の実態が歴史の中に残されるのである。こう考えるとき、ミッドウェー海戦の一部とはいいながら、本書が持つミッドウェー海戦に直接間接に関わった兵士の証言の重さが認識されるのである。

では、そもそもミッドウェー作戦はどのようにして実施されたのか、これに関しては三代氏の証言が作戦実施の背景を明らかにしているが、その本質はハワイ作戦以来あまりに順調に進む作戦計画と、機動部隊（第一航空艦隊）の無敵ぶりに、機動部隊ばかりか連合艦隊司令部までもが慢心していたことにある。昭和十七年一月には連合艦隊の宇垣纏参謀長は、南方作戦終了後の方針を検討していたが、驚くことには六月以降にはミッドウェーを攻略し、次いでハワイ攻略という構想を纏めていたのである。もっともハワイ攻略はいずれ実施するという陸海軍間の認識は共有されており、間もなく陸軍部隊の中にハワイ上陸作戦を想定した部隊による上陸作戦の訓練が始まっていた。

しかし、軍令部はこの連合艦隊のミッドウェー攻略作戦には当初強く反対していた。攻略は可能であろうが、日本よりもハワイに近いという地理的に不利な状況もあった。占領したとしても補給が順調に出来るのかさえ確実とは言えなかったからである。連合艦隊は当初この補給を、南洋方面を担当地域とする第四艦隊に依頼する考えで、トラック島の第四艦隊司令部に渡辺安次参謀を派遣したが、第四艦隊では土肥一夫参謀が応対し、とんでもない、うち（第四艦隊）ではそんなことは出来ませんよ、第一そんな兵力なんか無いですよ。と即座に拒否したところ、渡辺参謀は当てが外れて、そんならうち（連合艦隊）でやる。と不満顔で帰って行ったのである。

軍令部が反対し、補給のあてもない作戦であったにもかかわらず、作戦が実施されることになったのは、四月十八日のドーリットル中佐指揮の爆撃部隊による東京空襲が大きな衝撃を与えたからである。特に連合艦隊の山本五十六司令長官は、皇居のある東京を爆撃されたことに責任を感じ、日本東方海域の哨戒能力の強化のために強硬に作戦実施を求め、遂にハワイ作戦を遥かに上回る大兵力でのミッドウェー攻略作戦が決定されたのである。

しかし、ここには大きな落とし穴が隠されていた。それは、連合艦隊は上司令長官から、下一兵士に至るまで、だれも深刻な敗北の可能性を意識することなく、戦えば勝つ、という思いあがった気持に支配されていたという事実である。かつて筆者が、終戦時連合艦隊参謀であった千早正隆氏にミッドウェー作戦当時の海軍の様子を聞いた際に、千早氏は一言、海軍は米軍をなめ切っていたんだよ、と厳しい表情で話された。

ハワイ作戦の際の計画の徹底した秘匿などの緊張感は全く無く、次の作戦がミッドウェー攻略であることを、海軍士官が使う料亭の芸者までが知っていたというような話があるばかりではなく、六月からの郵便物はミッドウェーに転送するように指示した者もいたというありさまだった。中には蒼龍艦攻隊の阿部平次郎氏のように、作戦情報が甚だしく漏洩していることを危惧し、機動部隊の源田実参謀に、源田さん今度のＭ作戦は止めなさいよ、袋叩きになりますよ。と苦言を呈した人物もいたが、大方は無敵神話に酔っていたのが実情だったのである。

このような状況のまま実施された作戦が、無残な敗北で終わったことは一面当然だったかもしれない。しかし海軍はこの敗北を以後徹底的に秘匿し、海戦後に纏めたミッドウェー海戦の失敗を検討した戦訓資料を完全に秘密にしたのである。以後の作戦に最も重要な教訓を秘密にした海軍は、昭和二十年八月、敗北の連鎖から抜け出すことが出来ないままに敗戦を迎えることになるのである。

最後に、本書は貴重な証言記録であるが、戦後の情報により証言者の記憶が混乱している箇所などがあるのは、このような記録においては避けられない面がある。このような記録を読むときには、戦後明らかにされた客観的事実と個人体験の双方を見渡しながら読むことも重要であることを知って読んで頂きたいと思っている。

NF文庫

証言・ミッドウェー海戦　新装解説版

二〇二二年六月二十三日　第一刷発行

著　者　橋本敏男　田辺彌八　他

発行者　皆川豪志

発行所　株式会社　潮書房光人新社

〒100-8077　東京都千代田区大手町一-七-二

電話／〇三-六二八一-九八九一(代)

印刷・製本　凸版印刷株式会社

定価はカバーに表示してあります

乱丁・落丁のものはお取りかえ致します。本文は中性紙を使用

ISBN978-4-7698-3267-6　C0195

http://www.kojinsha.co.jp

NF文庫

刊行のことば

第二次世界大戦の戦火が熄《や》んで五〇年——その間、小社は夥しい数の戦争の記録を渉猟し、発掘し、常に公正なる立場を貫いて書誌とし、大方の絶讃を博して今日に及ぶが、その源は、散華された世代への熱き思い入れであり、同時に、その記録を誌して平和の礎とし、後世に伝えんとするにある。

小社の出版物は、戦記、伝記、文学、エッセイ、写真集、その他、すでに一、〇〇〇点を越え、加えて戦後五〇年になんなんとするを契機として、「光人社NF（ノンフィクション）文庫」を創刊して、読者諸賢の熱烈要望におこたえする次第である。人生のバイブルとして、心弱きときの活性の糧《かて》として、散華の世代からの感動の肉声に、あなたもぜひ、耳を傾けて下さい。